바람과 구름과 비

바람과 구름과 비 9

ⓒ 이병주 2020

초판 1쇄   2020년 5월 15일
초판 2쇄   2022년 10월 14일

지은이   이병주
펴낸이   이정원

펴낸곳   그림같은세상
등록일자   1995년 5월 17일
등록번호   10-1162
주소   경기도 파주시 교하읍 문발리 파주출판단지 513-9
전화   031-955-7374 (마케팅)
           031-955-7384 (편집)
팩스   031-955-7393

ISBN   979-11-90831-01-7 (04810)   978-89-960020-0-0 (세트)

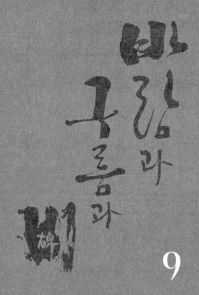

9

이 병 주 대 하 소 설

그림같은세상

차례

漢城

恨城

한성은 한성인가

그 사람이 없고서야 그 사람의 가치를 알게 된다는 것이 세상의 통념이다. 그러나 최천중이 박종태가 곁에 없으니 그의 가치를 알았다는 말은 아니다. 다만, 간혹 자신의 허전함을 감당할 수 없는 심경이 되었다.

물론 일당백, 일당천할 기량의 인재들이 주변에 없는 바는 아니지만, 대사를 경영하려는 마당에선 박종태 없인 무엇이건 감행할 수가 없는 것이다.

그렇다고 해서 박종태의 부재 때문에 최천중의 일월日月이 없을 까닭이 없다. 하물며, 한성의 일월이 없을 까닭이 없다. 그런데 한성의 일월은 한마디로 어수선했다.

일일신日日新해야 마땅할 일월이 일일망日日亡으로 보였다. 그럴 때, 남산 북악의 신록조차 쇠잔한 빛깔로 느껴졌다.

이조李朝는 5백 년으로 망한다는 비어蜚語인지 유언流言인지가 널리 항간에 유포되기도 했다. 나라가 성성盛하리라고 믿으면 일신의 희생을 사양하지 않을 용사도 망한다고 보면 나라를 위해 지푸라기 하나 생각을 안 하는 게 상식이다.

이태리, 아라사, 독일의 사신들이 차례로 들어와 수교조약을 맺는 것은 좋은데, 기왕 일본과의 조약이 본보기가 되어 모두가 불평등조약이었고, 일본인과 청인들의 방자한 행동이 차츰 목불인견한 꼴로 되어만 갔다.

청인의 행패가 어느 정도인가 하는 것을 기록한 사례가 '승정원일기', '일성록', '고종실록' 등에 등재되어 있다. 그 예의 하나를 들면,

전前 정언正言 이범진이 매옥賣屋한 사건으로 인해 청국 상인 웅정한熊廷漢 등 수십 인에게 구타당하고 상무공서(商務公署, 청국파견기관淸國派遣機關)에 납치되어 혹독한 문초를 받고 석방되었다. 한데 그를 사문한 자는 청나라 상무관商務官인 진수당陣樹棠이었는데, 마침 그 자리에 있었던 형조정랑刑曹正郎 신학휴申學休 및 좌우포청종사관捕廳從事官 한용철韓用喆, 장우식張禹植 등이 '우리나라의 제도는 조관朝官이 죄를 지으면 법사法司에서 그냥 치죄할 수 없고, 반드시 상上에 품지稟旨하여 사감查勘한다'는 뜻을 말했다. 그러자 진수당의 부하 유劉가 '천자법정天子法廷'이란 사자四字를 이들에게 보였다. 신학휴 등은 기겁할 정도로 놀라 입을 다물어버렸다….

즉, 청국의 미천한 상인들이 조선 조정의 고관을 마구 구타하고,

뿐만 아니라 일개 상무관이 재판을 해도 이에 대해 꿈쩍도 못 하는 처지에 놓여 있었던 것이다. 이 소식을 전해 들은 최천중이,

"이범진이 하는 짓을 보면 벼락에 맞아 죽어도 무방하지만, 명색이 정언 벼슬의 고관이 이런 모욕을 받는대서야 어디 나라의 꼴이랄 수 있는가."

하며 수연한 표정을 지을 때, 그 자리에 있었던 곽선우의 말은 이랬다.

"청국에 항의를 할래도 경위를 따져서 해야 할 것인데, 조정이 하는 짓치고 하나같이 경위에 맞는 짓이 없으니 무슨 낯짝을 들고 항의라도 할 것인가? 내가 스스로를 존중할 줄 알아야 남도 나를 존중하는데, 내가 개망나니 짓을 하구서 남의 개망나니 짓을 어떻게 탓할 수 있겠는가?"

그런데 또 사건이 발생했다. 청국 병정이 광통교 옆에 있는 약방 주인 부자父子를 총으로 쏘아 아들은 즉사하고 아비는 중상을 입었는데, 청국 관헌은 그 범인을 찾아낼 생각도 안 했다. 그래도 조정은 한마디 항의도 못 하는 형편이고 보니, 조선인은 조선 땅에 있어서 파리 목숨이나 다를 바가 없었다.

이러한 상황인데도 법을 집행한답시고 광화문 네거리엔 효수된 인두人頭가 보이지 않는 날이 없었다. 역적이니 화적이니 하는 푯말을 달고 천일天日 아래 썩어 말라가는 인두는 힐끔 보아도 구역질이 날 판인데, 한성 사람들은 이미 그런 광경에 익숙해져 있었다. 그러나저러나, 걸핏하면 목을 잘라 효수하는 것은 백성들을 경각케 하는 수단일진 몰라도, 보아서 유쾌한 광경은 결코 아니다. 뿐만

11

아니라, 뜻이 있는 사람이면

　'왜 그들이 역적이 되고 화적이 되었는가?'

하는 전색塡塞*의 마음이 되어,

　'아아, 이래도 나라라고 할 수 있는 것일까.'

하고 한탄하지 않을 수 없는 것이다. 최천중도 물론 그러한 사람 가운데 하나였다. 그러나 그런 우울한 나날 가운데서도 최천중에게 하나의 낙이라고 할 수 있었던 것은 한성순보漢城旬報를 읽는 일이었다.

　한성순보는 작년(계미년) 10월 1일에 창간되어 매월 3회씩 발간되는 신문이었다. 개화의 물결을 탄 조선에서 신문 하나쯤 발간하는 것은 당연지세라고 할 수 있었지만, 그 일이 그렇게 쉽게 되지는 않았다. 그 사정을 최천중은 잘 알고 있었다.

　일본에 체류 중 후쿠자와 유키치[福澤諭吉] 등의 자극과 협력을 얻어 김옥균, 박영효는 조선에서 신문을 발간하고자 하는 뜻을 벌써부터 가졌었다. 제1차 도일渡日에서 돌아온 김옥균이 삼개의 거상들과 신문 발간에 관한 의논을 한 적이 있었다. 그때의 의논 상대 가운덴 최천중과 막역한 최팔룡이 있었다.

　당시 김옥균은 미관微官이었고 삼개의 상인들은 시류에 어두웠던 탓으로 그 의논은 성공 단계에까지 이르지 못했으나, 최천중의 충고를 받은 최팔룡만이 단독으로 자금을 대겠다고 나섰다. 그러

---

*　메어서 막힘.

나 관보官報가 있기 전에 민보民報가 먼저 나올 순 없다는 당시의 한성판윤 박영효의 의견에 따라 최팔룡은 손을 끊고, 신문 발간은 박영효가 단독 주관하기로 했다. 박영효는 한성부에 신문국을 창설할 구상을 하고 그 장정章程**까지도 만들었다. 그것이 계미 2월의 일이다.

박영효는 저동苧洞에 공장을 차려 본격적인 준비에 들어갔는데, 민 왕비와 수구파의 반대에 부딪혀 한성판윤의 자리에서 광주유수廣州留守의 자리로 좌천되어 신문 발간도 일단 중단 상태에 빠졌다.

이렇게 해서 후쿠자와가 주선한 17만 원을 가지고 이노우에 가쿠고로[井上角五郎]를 비롯한 일인日人 수 명이 계미년 1월부터 한성에 와 있었는데도 하는 일 없이 시일을 보내고만 있었다. 그러나 신문 발간을 바라는 유지들의 소리는 높아만 갔다. 당시 배포된 취의서가 크게 인심을 자극한 것이다.

한성순보 발간의 취의서는 최천중만이 아니라 뜻있는 사람들로 하여금 청춘을 느끼게 했다. 어두운 밤에 돌연 휘황한 등불이 켜지는 듯한 느낌이었던 것이다. 역사적인 의미가 있으니 그때의 취의서를 다음에 초록해본다.

취의서.

대조선 개국 492년 계미 ×월 ×일에 국국局을 창건하고 신문을 발행하

** 규정.

니, 지상자紙上者 제1면은 관령官令, 제2 논설, 제3 내국잡보內國雜
報, 제4 외국잡보外國雜報, 제5 국세일람國勢一覽, 제6 문명사물文
明事物, 제7 물가物價 등 여항이니, 그 간행 도수는 매월 3회로서 고
위정례姑爲定例이나, 연이나 자금으로 개화 문명의 진보에 종從하
여 사리를 찰하여 기재 조목을 취사 증감하며, 또 그 간행 도수를
증가하여 필경은 현금 문명하다 칭하는 제국에서의 신문지와 같이
매일 간행하기를 지하며, 또 본시는 한성순보의 제1호일 뿐 아니라,
마땅히 아동방입국我東方立國 4240년래 신문 공보 간행하는 제1
호가 되는 자로다. 대저 신문지라 칭하는 자는 문명 제국에 성행하
여 그 효력을 들먹이려면 한이 없고, 그 대강만이라도 태무애제殆
無涯際하고, 그 요령은 일국 인민의 지견智見을 확대하는 데 지나지
아니하나, 크게는 만국 정치사리政治事理로부터 작게는 일신일가
一身一家의 수제修齊에 이르러 일신우일신日新又日新하여 그 비루
한 습속을 탈脫하여 개명한 화운化運에 향하여 폐해를 제하고 정
리正理에 귀하며, 불편을 사捨하고 유익을 취就하여 그 나라의 문
화를 증진하는 데 목적이 있느니라. 그 까닭은, 신문지는 내외국의
정치 사항을 세대細大 없이 기재 논변하고, 민간 사정을 원근遠近
없이 수문전파搜聞傳播하는고로, 권선징악하는 도道가 자연 유행
하며, 또 인민이 항상 정치득실政治得失을 변지하여 그 폐해를 제거
하길 희망하며, 정부도 또한 시세의 변천과 민심의 향배를 관찰하
여 정치를 적당하게 개량할 수 있으며, 또 신문지는 각지 물산의 다
소와 상업의 성쇠와 물가의 저승低昇이며, 기계, 기구 등의 창조편
부創造便否 등 농공상農工商 만반 업무에 관계된 사건을 기록, 보도

하느니… 일국 문명이 어찌 증진하지 아니하리요. 신문지의 공력功力이 가위 극광차대極廣且大라. 그러하나 이와 같은 공력은 1, 2 신문의 능히 치致할 바 아니요, 반드시 백천 종류가 있어 각분기업各分其業하여 기재 논변하며, 또 인민이 열독하길 기호하는 풍습이 있으면 가하니, 이른바 문명 제국의 신문지 종류가 심다하고 그 간행을 발매하는 수가 많으니, 그 개략을 진술한즉, 각종 신문 중에는 매일 간행되는 것이 있고, 격일 간행하는 것도 있으며 그 내용은 내치외교內治外交의 정무로부터 민간 사정, 항설이언巷說俚言에 이르러 일일 소견 사정을 박기광재博記廣載하기도 하며, 혹 일개사항一個事項을 전기專記하기도 하니, 가령 상업, 농업, 공업, 문학, 무사武事, 종교, 법률로부터 의술, 음악, 가무, 연극 등사까지 각 부문으로 구별하여 기재 논변하느니, 혹 해학하는 문사文詞로서 당시의 습속을 풍자하는 경우도 있으리라….

한성순보의 취의서를 계속 초록해보기로 하는 것은, 당시 우리의 선인先人들이 저널리즘, 즉 언론의 본질과 사명을 지실*하고 있었다는 것과 그들의 정열을 높이 평가하기 위해서다.

…그 간행 발매하는 수에 이르러선, 구미 각국의 문명의 천심淺深과 개화의 후박厚薄에 따라 다소의 차이가 있으나, 영국의 예를 보건대 근년 전국 중의 간행하는 신문 잡지가 합계하여 1천7백여 종

---

* 知悉: 자세히 앎.

이니, 그중 매일 간행하는 자가 1백43종이요, 발매의 최성最盛한 자는 동국同國 수부首府 런던에서 발행하는 데일리 텔레그래프라 칭하는 자니, 1일에 24만 지를 인출印出하고, 스탠더드는 1일 17만이요, 타임즈는 12만여 지니, 국중의 1일 인쇄 발매하는 지수를 계計한즉 부지기백만不知幾百萬이요, 또 북아메리카합중국은 13년 전 1870년대의 전국 간행하는 신문 잡지 종류 합계표를 보건대 5천에 불하하고, 그 간행하는 지수는 1일 기백만인지 부지하나, 5천여 종에 1일 2만 이상을 간행하는 자가 85종이라고 하고, 그 가운데 혹 10만에 이르고, 4, 5, 6만에 이르는 자가 있는지라, 가령 일종 신문의 수를 1일 3만으로 정산한즉 이 85종의 신문 발간하는 양이 1일 225만 지에 이르니, 이른바 수천만 지기智識를 1일 수집하여 기백만 서책을 1일 간행하여서 사민斯民을 교육함이니, 그 나라가 문명하고자 아니한들 어찌 득得하지 않으리요. 현금 간행 도수는 축일逐日 인출하지 못하고 1월간 기회幾回로 정하노니, 차는 본국 문화가 아직 광개廣開치 못하여 수불집권手不執卷, 목불식정目不識丁하는 자가 중다하여 매독열買讀閱하는 자가 필요 과소할 곡절曲節을 추찰한 연고라. 수연이나 방금 세世의 일대 변운變運을 당하여 외국과 교제를 개개開하여 조약을 결결結하였으니, 증차로 일신사물日新事物을 접하여 장야수면長夜睡眠을 파각破覺하리니, 연즉 인심이 진기振起하여 태타怠惰한 구습을 불수不守하고 문명한 신역新域에 진진振進하여 격치格致하는 사리를 강구하고자 하기에 지至하면, 신문지의 수용需用도 역자亦自 증식하여 그 효익소급效益所及의 극광차대極廣且大함이 필연한 이치라. 구미 제국은 금불수론今不須

論이어니와, 최근 인방隣邦 일본을 보건대 그 신문지의 간강함이 거금 십 수 년에 불과이로되, 일국의 기운이 일도개발一度開發하고 인심이 종차흥기從此興起하여 개진기력開進氣力이 풍조風潮의 도도함과 같다. …시고로 여등余等이 대조선大朝鮮 개국 동포 형제를 위하여 희망하길 불이하는 자니, 대개 신문지 간행의 다소가 독기인민獨其人民의 지우智愚와 문화의 심천에 관계할 뿐 아니라 그 나라의 흥폐성쇠를 판단하느니, 차제에 금일 위시爲始하여 본지 제1호를 간행하고 그 증감을 괄목대시刮目待視하여서 일국의 희우喜憂를 하노라….

이어, 국내 사정의 알기 어려운 점들을 들어 신문의 사명을 논한 부분이 있지만, 장황하기 때문에 이를 생략할밖에 없다.

이 취의서만으로도 일부 인사들은 바야흐로 때가 도래했다고 흥분했는데, 또 다른 일부, 즉 민비를 둘러싼 수구파들은 해괴막심하다는 투로 분격했다.

즉 '사민유지使民由之', 백성은 명령에 따르게 하면 그만이니 '불가사지지不可使知之', 나라의 사정을 알려선 안 된다는 공자의 말을 선두에 세워 반격을 가했던 것이다.

그런 까닭으로 해서, 이미 말한 바와 같이 신문 발간의 뜻을 밝힌 박영효가 좌천되고, 신문을 반대하는 수구파들의 공기가 험악해지자, 일본에서 건너온 기술자들은 돌아가버렸다. 그러나 이노우에 가쿠고로만이 두 공인工人과 함께 남아, 신문을 발간해야 한다는 의견서를 끈덕지게 정부 각 기관에 배포했다.

그러자 외아문外衙門 협판協辦인 김윤식金允植이 이노우에를 외아문 고문으로 임명하고, 박문국博文局을 정식으로 발족시켜, 이노우에를 박문국 책임자로 앉혔다. 이처럼 김윤식의 주선으로 신문 발간 준비는 진척되었다.

한성판윤 김만식金晚植도 이를 적극적으로 도왔다. 이러한 과정에서 민씨 가문의 민영목을 이해시켜 그를 박문국 총재로 받들어 비로소 구체적인 계획을 세울 수 있었는데 그 계획은 다음과 같다.

1. 제호는 한성순보로 한다.
1. 신문은 순보旬報로 하고 매월 10일 격隔 3회 발행한다.
1. 관보官報를 주로 하고 내외의 시사를 병並하여 기재한다.
1. 인지人智를 개발하여 식산을 장려하고, 기타 풍교상風敎上 필요한 논설을 기재한다.
1. 각 관아의 고등관 및 중앙, 지방의 각 읍에 의무 구독을 명한다. 기타의 구독에 대해서는 그 요금을 저렴하게 한다.
1. 편집 사무의 제원諸員을 모두 관원官員으로 하고, 내외 사정에 통하는 문학의 소양素養이 유한 자를 채용한다.
1. 당분간은 한문만으로 한다.
1. 국원 모두의 봉급은 외아문에서 지출하고, 기타의 비용은 한성부에서 지변支辨한다.

이렇게 해서 한성순보는 계미(1883년) 10월 1일에 발행되었는데, 신문의 체제는 양지책자형洋紙冊子型으로 4호 활자 일단제(1면 1행

47자 23행)를 채용하여, 세로 8촌 8푼, 가로 6촌 4푼의 크기로 매호 여덟 장 내외의 것이었다.

　김윤식이 이 창간호에 창간사를 썼다. 제題하여 순보서旬報序. 그 대략을 소개하면,

　　개화의 기풍이 점차적으로 열려 인간의 지식과 기술이 날로 발달
　　하여 윤선이 해양을 달리고 전기가 세계 사방을 연락하게 되었다.
　　(금풍기점벽今風氣漸闢 지교일장수선치수환영智巧日長輪船馳駿環瀛
　　전선연락사토電線連絡四土)

이러한 정황 속에서

　　조정은 신문국을 만들어 널리 외국 사정을 소개하고 국내 사정을
　　기재하여 나라 사람들에게 보도할 작정이니, 가위 사회의 등불과
　　거울이 되어, 칭찬할 것은 칭찬하고 꾸짖을 것은 꾸짖어, 선을 권하
　　고 악을 징懲하는 사명을 행하리라….
　　(가이촉조경고可以燭照鏡考 이포폄근징지의而褒貶勤懲之意 우미상불
　　행호기간야又未嘗不行乎其間也…)

　이미 말한 바와 같이, 최천중의 한성순보에 대한 관심은 대단했다. 그 조각 신문으로도 오대양 육대주의 소식을 대강 알 수 있었던 것이 반가웠다. 그러나 한 가지 유감스러운 것은, 일본 소식을 알리는 그 정도로 청국 소식을 알리지 않은 일이었다.

"조선은 일본과 청국 사이에 끼여 두 나라와 지리적으로 가깝게 있지만, 정치적으로도 그 중간에 있다. 그런데 청국 소식에 어둡고 일본 소식에만 통해 있다는 사실은 장차 화근이 될지 모른다."

고 최천중이 말했을 때, 곽선우의 대답은 다음과 같았다.

"친일파 박영효나 김옥균이 못 했던 일을 친청파 김윤식이 해낸 것인데, 오늘의 순보가 친일에 치우치면 김윤식에 대한 체면이 서질 않을 거요. 우선 그것부터가 걱정이오. 이대로 가다간 모처럼의 신문이 길지 않을 것 같소."

두 사람의 걱정은 정확한 것이었다. 청국으로부터의 항의가 잦아졌다. 청국 병정의 행패를 기사화했을 때는 북양대신 이홍장의 명의로 다음과 같은 엄중한 항의서가 송달되어 오기까지 했다.

"원래 순보는 관보이다. 민보의 수문수록隨聞隨錄하는 것과는 다르다. 금번 기사는 과오라고 해서 간과하기엔 너무나 중대하다."

즉, 책임자를 엄벌하고 신문의 내용을 바꾸라는 것이다. 이 때문에, 외아문 고문직과 박문국 실무 책임자직을 맡고 있던 이노우에는 퇴한退韓하지 않을 수 없었다.

아무튼 한성순보의 발간은 청국에 대해선 일대 충격이었다. 간접적으로나마 신문의 중대성을 과시한 것이기도 하다. 이 무렵 청국의 상해신보上海申報가 다음과 같이 논평했을 정도였으니까 말이다.

조선자거동시월朝鮮自去冬十月 청일본인지모聽日本人之謀 설박문국設博文局 간각순보신협판외무아문刊刻旬報申協辦外務衙門 김윤식金允植 주기사主其事 매십일각每十日刻 일본고찬태서一本輒讚泰

西 이박중국而薄中國 우어일본인다칭석지사又於日本人多稱釋之詞
중국인재조선자中國人在朝鮮者 무인절치통한無人切齒痛恨
(조선은 지난겨울 시월부터 일본인의 말을 듣고 박문국을 설치해서 순보
를 발간하고 있는데, 외무아문의 협판인 김윤식이 주관하여 십 일마다 한
부씩을 찍어낸다. 한데 서양을 칭찬하면서 중국에겐 박하고, 더구나 일본
인을 찬양하고 소개하는 일이 많다. 조선에 사는 중국인들치고 이를 갈면
서 통한하지 않는 자가 없다.)

중국인들이 통한하든 말든 그것이 문제될 것은 없었으나, 편파적
인 태도는 좋을 게 없다.
그러나저러나 최천중은 한성순보를 읽음으로써 견문을 넓혔고
식견을 더해나갔다. 서북경략사西北經略使 어윤중이,

관북연병지지關北練兵之地 쟁포탄환의비다수鎗砲彈丸宜備多數
(관북의 연병지엔 창포와 탄환을 많이 공급해주어야 한다.)

라고 쓴 것이 있고, 평안 병마절도사兵馬節度使인 이종건李鍾建은,

영변부寧邊府 단속군병團束軍兵 사삭조련취四朔操練就 기중일삭其
中一朔 이조련어약산성移操練於藥山山城
(영변부는 군병을 단속하여 넉 달 동안 조련하는데, 그중 한 달간은 약산
산성으로 옮겨 조련한다.)

등등의 글을 순보에 써서 국방의 중대성을 환기시키기도 했는데, 이 모든 문장이 최천중에겐 신선한 정보였던 것이다.

한성순보가 소일감이 되는 것은, 원시임原時任* 조신朝臣들의 소식을 일목요연하게 알 수 있으며, 그들의 비행非行을 빙산의 일각이나마 알 수 있다는 데 있었다.

폐일언蔽一言을 하고, 벼슬의 이동이 어쩌면 그렇게 빈번한지, 그제 이조판서였던 자가 오늘 예조판서로 바뀌는 것은 보통 있었던 사례이고, 가장 요긴한 자리라고 할 수 있는 한성판윤 자리가 한 달을 넘기지 못하고 바뀌는 판인데, 전엔 그때마다 곧 알 수 없었던 것을 순보가 생기면서부터 축일逐一** 알 수 있었으니, 정치의 난맥상을 장상掌上에서 보는 느낌이었던 것이다.

갑신년 오월만 해도 그렇다. 1일에 시강원 우빈객右賓客으로 임명된 심순택沈舜澤이 7일엔 판돈녕부사判敦寧府事가 되었고, 역시 1일에 시강원 좌부빈객左副賓客으로 임명된 민영목閔泳穆이 4일엔 병조판서가 되었다.

이와 같은 것은 일례일 뿐이다.

"어느 관직치고 좌불안석 아닌 것이 없는데, 소문으로만 듣고 아는 것하고 이렇게 활자로 찍힌 글을 통해 아는 것하곤 그 느낌이 다르군."

최천중이 한성순보를 뒤지며 말하자, 언제나 그림자처럼 옆에 있

---

* 전·현직.
** 하나도 빼지 않음.

는 곽선우가,

"그 기사의 일구일장一句一章이 문란한 정사에 대한 선고宣告처럼 보이지 않는가. 탐관오리들에겐 이 이상 무서운 문서는 없을 거라. 수구파 조신들이 못마땅하게 생각하는 것도 무리가 아닌 얘기지."

하고 맞장구를 쳤다.

이러한 얘기가 오간 며칠 후의 일이다. 한성순보의 제2면에 다음과 같은 기사가 나왔다.

함경도관찰사 임한수林翰洙가 함경도 병마절도사 윤웅렬尹雄烈의 죄상을 묘당廟堂으로 하여금 품처할 것을 청하니 대죄거행戴罪擧行토록 하다. 의정부에서 계언啓言하되, 이는 판하관가判下寬假의 특전에서 나왔다고 할지라도 이미 도신道臣이 허다히 논열論列하였으므로 잉치仍置할 수 없다 하여 웅렬을 파출罷黜하여 의금부로 하여금 나감拿勘하도록 청하였으나 불허不許하다. 이어서 주사主事 윤치호尹致昊가 상소하여 그 부父 웅렬을 위하여 소원하되, 도신소론道臣所論은 모두 북청유생北淸儒生 조면趙冕 등의 날조 모함에서 나온 것이라고 하다.

윤치호가 왕문의 친구라고 들은 터라, 최천중은 이 사건에 각별한 관심을 가졌다. 윤웅렬의 죄란 진鎭을 혜산진惠山鎭으로 옮기면서 그 역비役費를 횡령해 먹었다는 것이다.

함께 그 기사를 읽은 곽선우가 말했다.

"윤웅렬이 야무지게 걸려들었군."

"아냐."

하고 최천중은 윤치호의 총명스런 얼굴을 상기하며 중얼거렸다.

"웅렬은 아들 덕으로 무사할 거야. 그 아들 치호가 왕비의 총신이거든. 되레 웅렬을 고발한 놈들이 치이게 될 테니까 두고 보시오. 아들은 잘 낳고 볼 거여."

그해 오월엔 윤월閏月이 잇따랐다. 즉, 윤오월의 초이튿날 한성순보에 다음과 같은 기사가 실렸다.

> 좌변 포도청에서는 재작일 밤 방곡기교坊曲譏校 박중근, 민응오,
> 김창인, 송흥록 등이 행순行巡하다가 광통교廣通橋에서 적도賊徒
> 수십 명을 만나 이를 격파치 못하고 사인四人이 모두 피척被刺되었
> 음을 계계啓하다….

그리고 그 적도의 정체가 무엇인지, 수사를 하고 있는지 아닌지에 관해선 한마디의 언급이 없었다.

이 기사를 읽은 최천중은 갑자기 불안해졌다. 아무리 밤이라고해도 수십 명의 적도가 떼를 지어 한성의 거리, 그것도 중심부라고할 수 있는 광통교 근처에 나타났다는 것이 첫째 이상했고, 행순하는 포졸을 만났으면 궁여지수단으로 한두 놈을 찌르고 도망치는게 고작일 텐데, 네 사람의 포졸을 몰살하였다는 것이 이상했다.

게다가 포졸 네 사람을 죽일 정도의 소란이 벌어졌으면 상당한

시간을 끌었을 것이고, 소란을 듣고 인근을 돌던 순라병이 달려올 수도 있었을 것인데, 포졸을 몰살한 적도들에 관한 아무런 단서도 잡을 수 없었다는 사실은 실로 해괴한 일이라 아니할 수 없었다.

'결코 단순한 적도들이 아닐 것이다.'

하는 짐작과 아울러, 광통교 근처가 양주집, 즉 퇴기 여란이 경영하는 요정과 가깝다는 사실, 그 양주집은 요즘 왕문, 민하, 소민과 그들을 에워싼 젊은이들의 양산박처럼 되어 있다는 사실이 뇌리에 떠올랐다.

양주집이 그들의 양산박이 된 이래 최천중은 매달 천 냥 가까운 돈을 사람을 시켜 보내기만 할 뿐, 자기와 친구들은 일절 발을 끊었기 때문에 소상한 내막은 알 수 없었으나, 혈기 방장한 청년들이 때론 수십 명씩 몰려들고 몰려나고 한다는 얘기는 듣고 있었다. 그래서 광통교에서 일을 저지른 패거리가 그놈들이 아닌가 하고 짐작되었다. 생각할수록 그 짐작이 옳을 것만 같았다.

최천중은 시동을 시켜 허병섭을 오라고 했다. 허병섭은 20년 전 정회수, 강직순과 함께 부안에서 올라온 사람이다. 부안에서 올 적엔 15세의 홍안의 소년이었는데, 지금은 체구 당당한 35세의 장년인 것이다. 허병섭의 집은 양생방 최천중의 집을 에워싸듯 하고 있는 집 가운데 하나였다. 허병섭은 특히 상재商才가 있어, 종로에서 한성 제일가는 포목전을 경영하고 있었다.

최천중의 부하들은 어떤 생업에 종사하든 일별日別로 해서 최천중의 분부를 받들기 위해 한 달에 하루는 번番을 맡아야 했다. 윤5

월 2일은 마침 허병섭이 당번이었다.

지체 없이 들어온 허병섭에게 한성순보를 건네주어 읽게 하곤 최천중이 일렀다.

"지금 곧 양주집으로 가서 작금에 있었던 일들을 소상하게 물어보게."

이 말이 채 끝나기도 전에 연치성이 들어섰다. 그 표정이 심상찮게 긴장되어 있었다. 그런데 연치성이 한 말은 최천중의 가슴을 서늘하게 했다.

"왕문 군을 비롯해 민하, 소민 등 여덟 사람이 간 곳이 없습니다. 어젯밤 자정 무렵에 양주집을 나섰다고 하기에 강남에까지 갔다 오는 길입니다만…"

"연공, 소상히 얘기해보게."

최천중은 불길한 예감을 물리치려고 대범한 표정을 짓고 말했다.

연치성의 설명은 다음과 같았다.

양주집 여란의 말에 의하면, 여덟 사람이 그제 저녁나절에 술을 시작했다. 그들의 이름은 왕문, 민하, 소민, 이중하, 임건중, 김천호, 염상만, 박주철이었다.

그 이름 가운데 최천중이 모르는 이름이 있었다. 연치성이 일일이 설명을 보탰다. 당당한 실력자인데도 문벌이 부족하고 돈이 없었기 때문에 무과 응시를 해도 번번이 낙방한 청년들이라고 했다.

이들은 술을 마시며 담론풍발談論風發하다가 자정이 가까워져서야 행선지를 알리지도 않고 떠났다. 그리고 이때까지 소식이 없다는 것이다.

"혹시나 하고 강남으로 가보았더니, 강원수 혼자 서당에서 기다리고 있었습니다. 강원수와 같이 즉시 성안으로 들어와 이곳저곳을 찾아보았지만 흔적이 없습니다."

"그것 이상한 일이군."

최천중의 표정이 흐려졌다.

"혹시나 하고 좌우 포도청, 의금부까지 알아보았습니다만, 그런 곳에 가 있진 않은 것 같습니다."

연치성이 얼른 이렇게 말을 보탰다.

"불량배와 싸움이나 하다가…."

하고 곽선우가 끼어들자, 연치성이

"소민을 들먹이지 않더라도 이중하, 임건중, 김천호, 염상만, 박주철은 모두 일기당천一騎當千할 맹사猛士들이라, 장안의 어떤 불량배도 감히 당적할 자가 없을 것입니다."

하고 자신 있게 말했다.

"그럼 청병들과 시비가 붙어 납치된 거나 아닌지…?"

최천중이 한 말이다.

"저도 그렇게 생각해보았지만, 소민이 끼어 있는데 어찌 그런 일이 생기겠습니까?"

하고 연치성이 말했다.

"그렇다면 도대체 어떻게 된 일이란 말인가? 사람 하나가 없어졌대도 이상한데, 장정 여덟이 감쪽같이 자취를 감추다니…. 하늘에 오른 것도 아닐 테고, 땅속으로 숨은 것도 아닐 텐데…"

최천중이 짜증스러운 얼굴이 되었다.

"어쩌면 기생집에나…?"

하는 말이 나왔다.

"그렇다면 양주집에 일러놓고 갔을 텐데…."

하는 웅수가 있었다.

"별걱정 없을 거요. 친구끼리 어울려 달리 재미있는 곳을 발견했
는지 모를 일 아닌가. 내일 아침쯤 나타날 거야."

곽선우는 어디까지나 낙천적이었다.

그러나 최천중과 연치성은 안심할 수가 없었다. 왕문이 움직일
때는 어떤 일이 있어도 그 행선을 누구를 시켜서라도 알려놓기로
굳은 약조가 되어 있었던 것이다. 민하와 소민의 제일의 임무는 왕
문의 소재를 언제이건 최천중과 연치성에게 알리는 데 있었다. 뿐
만 아니라 연치성은 이, 임, 염, 김, 박을 왕문에게 소개할 때 왕문
을 보호할 것을 당부하길 잊지 않았다. 그럼에도 불구하고 여덟 사
람 전부가 어디론가 잠적하여 소식을 끊어버렸다는 것은 예사로운
일이 아니다. 최천중은 생각에 잠겨 있다가 연치성에게 귀띔했다.

"좌우 포도청을 한 번 더 살펴보고 청병의 진영을 염탐해보게."

좌우 포도청엔 연치성의 심복들이 많이 잠적해 있기 때문에 쉽
게 알아볼 수 있었다. 왕문 등 일당은 거기에 없었다. 뿐만 아니라
어느 관아에도 그들은 없었다.

드디어 청진淸陣으로 가서 소민의 면회 신청을 했다. 사정상 아
무도 만날 수 없다는 답이 돌아왔다. 만날 수 없다는 것은, 있긴 있

다는 사실의 증명이었다. 연치성은 진문陣門 근처에서 서성거리는 비번非番인 청병을 구석진 곳으로 불러내어, 돈 열 냥을 건네주며 부탁했다.

"이 쪽지를 소민 대인大人에게 주어 답을 받아다 주시오. 그럼 내 그때 또 열 냥을 드리리다."

돈이라 하면 사족을 못 쓰는 청병은 눈을 끔뻑하여 알았다는 시늉을 하고 진문 안으로 들어갔다. 연치성은 그 자리에 서서 한나절을 기다렸다.

해가 질 무렵에야 나타난 청병이 쪽지를 전하는데, 쪽지에 쓰인 글은 '일동무사一同無事 수삼 일 후 출방'이었다.

일단 안도의 숨을 내쉬긴 했으나 궁금하기 짝이 없었다. 약속대로 열 냥을 더 주고 연치성이 청병에게 물었다.

"왜 그렇게 늦었소? 소 대인에게 무슨 변이라도 있소?"

"말 마시오. 소 대인 만나기가 하늘의 별 따기나 다름이 없었소. 기회를 보아 겨우 측간에서 만났소이다."

청병의 말투로 보아 자기의 고심을 과대하게 말하는 것만은 아닌 것 같았다.

"도대체 무슨 일이 있었소?"

연치성은 초조하기 짝이 없었다.

"나처럼 아랫사람이 무슨 일인지 알기나 하겠소? 아무튼 대단한 일이 생긴 것 같소이다."

청병은 사실, 그 이상의 일은 알지 못하는 것 같았다. 연치성은 다시 열 냥을 주고, 내일 이맘때 올 것이니 소민으로부터 소상한 사연을 쓴 쪽지를 받아다달라고 일렀다. 청병은 자신이 없어 뵈면서도 성큼 돈만은 받았다.

궁금하기 이를 데 없었지만, 연치성은 되돌아설밖에 없었다.

연치성의 보고를 받은 최천중이,

"내 그럴 줄 알았지."

하고 장탄식을 했다.

"그럴 줄 아셨다니, 무슨 일이옵니까?"

연치성이 놀라 물었다.

"어젯밤 광통교에서 방곡坊曲 기교譏校 네 사람이 찔려 죽지 않았느냐."

"그런 일이 있었다고 들었습니다."

"그 짓을 한 놈들이 바로 그 일당이다."

최천중이 뱉듯이 말했다.

"설마…."

했지만, 연치성은 이중하, 임건중 등의 성미에 생각이 미치자 아찔한 느낌이 들었다. 그놈들 같으면 못 할 짓이 없는 것이다. 연치성은 할 말을 잃었다.

"일을 저지르고 쫓기게 되자 소민이 일당을 데리고 청진으로 간 거다. 틀림없어."

최천중은 심각한 얼굴이 되더니 말을 이었다.

"소민은 '수삼 일 후 출방'이라고 썼지만, 청병이 무슨 영문으로 그들의 죄를 뒤집어쓰겠느냐. 그들의 비행을 이때에 변명해야겠다는 생각을 가질 게 뻔하다. 청병은 놈들을 포도청으로 넘길 거라.

그렇게 되면 모두 효수감이지.”

무거운 한숨이 따랐다.

“소민이 거기 있는데 어찌 그렇게까지야…?”

하고 연치성이 최천중의 얼굴을 보았다.

“소민이 할 수 있는 일이 있고 할 수 없는 일이 있어. 살인이 있었다 하면 일단 청병의 소치라고 보는 것이 요즘의 민심 아닌가. 하수인 불명의 살인은 모두 청병 탓으로 돌리고 있구…. 그런데 이번의 사건은 다르잖나. 원세개는 이 사건을 대대적으로 이용해서, 이때까지 청병이 한 짓 가운데 밝혀지지 않은 부분은 전부 그들의 소행으로 돌릴 걸세. 내일 아침쯤이면 일당을 오랏줄로 묶어 포도청에 압송해놓곤 원세개 자신은 대궐로 들어가 떵떵 울릴 걸세. 자, 보라면서…. 아아, 철딱서니 없는 놈들!”

연치성은 몸 둘 바를 몰랐다.

왕문이나 민하, 소민은 그런 짓을 했을 까닭이 없으니 이중하, 임건중, 염상만, 김천호, 박주철이 저지른 일임에 틀림이 없었다. 그러니 모든 게 자기 책임인 것이다.

왕문에게 사귀어둘 만한 청년들이라고 해서 소개했던 것이 오늘의 화를 몰고 왔다고 생각하니 참으로 어이가 없었다.

“도망을 치려면 딴 곳으로 갈 일이지, 하필이면 사자의 아가리를 찾아갈 것이 뭐람!”

최천중이 힘없이 중얼거렸다.

“과히 걱정 마시오. 하늘이 무너져도 솟아날 구멍은 있다우.”

곽선우의 말이었다.

"총칼을 멘 청병을 상대로 솟아날 구멍을 찾겠수?"

최천중이 수연하게 말했다.

연치성은 최악의 경우를 예상하고 비상수단을 엮어보려고 했다. 그러나 엄두가 나질 않았다. 청병이 계획적으로 이 사건을 이용할 것이 분명할진대, 그들의 압송 행렬은 어마어마할 것이다.

"만금지자萬金之者는 불수극형不受極刑*이라니, 돈을 가지고 발라 봅시다그려."

아까부터 생각한 바를 곽선우가 발설했다. 아닌 게 아니라, 최천중도 그걸 생각하고 있었다. 단, 어느 편을 상대로 하느냐가 문제였다.

"원세개를 상대로 돈을 써야 하겠소? 이편으로 넘어온 다음에 돈을 써야 하겠소?"

"생각해봅시다."

하고 곽선우도 심각한 표정을 지었다.

"오늘 밤 안으로 손을 써야 할 거야. 내일이라도 압송할지 모르니…"

최천중은 이미 침착을 잃고 있었다. 이때 연치성이 일어섰다.

최천중은 그를 물끄러미 바라보았다.

"제가 청진으로 가 보겠습니다. 가서 일단 완급緩急만은 알아오겠습니다."

하고 연치성이 달려 나갔다.

연치성은 아랫사람을 시켜 경영하는 종로의 도자전으로 가서 금

---

* 만금을 가진 자는 극형을 받지 않는다.

은보석을 있는 대로 챙겨 들고 청진으로 향했다.

긴 여름 해도 져서 주위가 어둑어둑했다. 연치성은 초병哨兵한테로 가서 수문장에게 면회를 청했다.

"우린 밤에 사람을 만나지 않소."

하면서도 전립戰笠을 비스듬히 쓴 수문장이 나왔다. 연치성은 금붙이 하나를 눈에 띄게 만지작거리며 낮은 소리로 귀띔했다. 어릴 때부터 배운 말이라, 연치성의 중국말은 유창했다.

"우리 어디 조용한 데로 갑시다."

수문장이 연치성을 따라나선 것은 결코 연치성의 유창한 중국말 때문이 아니고, 어둠 속에서 빛나는 황금의 힘 때문이었다는 것은 너무나 분명한 일이다.

연치성은 먼저 금붙이를 쥐어주고 소민에 관한 사정을 물었다. 성을 진陣, 이름을 호豪라고 한다는 청병 하급장교는,

"그젯밤 소민 대인이 조선인 6, 7명을 데리고 마영 선생의 막사로 들어간 것과 어제 아침 그들을 모두 하옥시킨 사실까지도 아는데, 무슨 까닭인지 알 수가 없습니다."

라고 말했다. 그리고 곧 덧붙였다.

"무슨 일인지 몰라도, 대단히 엄중한 일인가 봅니다."

"그럼, 소민 대인도 하옥되었소?"

"소민 대인은 하옥되지 않았소. 자기 방에서 바깥출입만 못 하는 것 같소이다."

"붙들린 조선인이 고문을 받거나 매를 맞거나 한 일은 없었소?"

"그런 일은 없었소이다. 그러나 내일쯤엔 국문이 있을 것으로 짐

33

작되오."

"그건 어떻게 아셨소?"

"원袁 대인이 인천에 가셨다가 내일 귀진歸陣하니, 그때 죄인을
다스리게 되지 않을까 해서 하는 말이오."

"진공께선 소민 대인을 만나실 수 있겠죠?"

"사정에 따라선 만날 수도 있겠죠."

"그렇다면 이 쪽지를 소민 대인에게 건네주고 답을 받아주실 수
없겠소?"

진호는 대답하지 않았다.

"제가 거금으로 후사하리다."

그래도 답이 없었다.

액수를 알고자 하는 눈치였다.

"은으로 백 냥을 드리겠소."

진호는 이편의 다급한 형편을 눈치챈 김에 배짱을 부려보자는
태도인 것 같았다. 연치성은 청국인의 심보를 뻔히 알고 있는 터라
일단 딴전을 부렸다.

"그젯밤 붙들린 사람 가운데 나와 안면이 있는 사람이 있어서
우의상友誼上 사정을 알아보려는 것인데, 돈이 너무 많이 든다면
그만둬야 하겠군."

연치성은 이렇게 중얼거리며 발길을 돌리려는 시늉을 했다.

"친구를 위하는 그 정성에 나는 감복했소. 답을 받아오면 틀림없
이 은 백 냥을 주겠소?"

은 백 냥이면 거금이다.

34

"어찌 장부가 두말을 하오리까."

하고, 연치성은 품에서 은괴를 꺼내 보였다. 그리고 말을 보탰다.

"진공이 성의를 다해준다면야, 앞으로의 사태에 따라 천금, 만금도 아끼지 않겠소."

"위우비백금爲友費百金*하는 우정이 부럽소이다. 그럼 갔다 오리다. 약간 시간이 지체되더라도 이곳에서 기다리도록 하시오."

"부탁하오. 내 여기 서 있으리다."

진호가 사라진 뒤 연치성은 하늘을 보았다. 어둠이 끝난 저편에 별빛이 아련하게 빛나고 있었다.

원세개의 단斷은 최천중의 말대로 결정적인 것이었다. 왕문 일행의 운명은 경각에 있는 셈이다.

'그러나…'

하고 연치성은 희망의 불을 켰다. 청병들을 매수할 수 있지 않을까 하는 희망이었다.

진호가 다시 나타난 것은 자정이 가까워서였다.

"여간 힘든 일이 아니었소."

하고, 진호는 쪽지를 연치성에게 넘기며 '후유' 하는 한숨마저 섞었다.

"그렇게 감시가 심하우?"

연치성이 물었다. 감시가 심하다는 것은 그만큼 사태가 어렵다는 척도가 되기 때문이다.

"하여간 원 대인이 오셔서 단을 내릴 때까진 각별히 조심해야

---

* 친구를 위해 거금을 씀.

35

할 것 같습니다."

이렇게 말하는 진호에게 은괴를 넘겨주고, 연치성은

"또 무슨 일이 있으면 도와주기 바라오. 예는 얼마라도 할 테니까."

하고 얼른 그 자리에서 떠났다. 한시바삐 소민의 쪽지를 읽어야 했던 것이다.

소민이 보낸 쪽지의 내용은 다음과 같았다.

'…우리들이 한 일과 거기 따른 상황은 추후 소상하게 설명하기로 하고, 우선 알릴 것은 사태가 소생이 뜻하는 바와는 전연 달리 전개될 것 같아서 그것이 걱정이오. 돈을 쓸 의향이 있으면 좌우 포도청의 포도대장을 구워삶아, 청진에 용의자 인도 신청을 내지 않게 하시오. 다행히 오늘 이 시각까지는 포도청에서 그런 청간이 없었소. 포도청에서의 인도 신청만 없으면 마영 선생을 통해 원 대인의 선처를 얻어낼 자신이 있소. 만일 포도청에서 용의자를 인도하라는 청구가 있기만 하면, 때가 때인지라 원 대인도 어떻게 할 수가 없을 것 같소. 그러나 긁어 부스럼을 만드는 일이 없도록 신중을 기하기 바라오. 아직 포도청에서 인도 신청이 없는 것을 보면, 그 사건과 우리의 관계를 포도청이 모르고 있기 때문인 것 같기도 하고, 우리가 청진으로 와 있다는 사실조차도 포착하고 있지 못한 때문인 것 같기도 하오. 오늘의 그 사람을 내일 밤 한 번 더 내게로 보내주시오. 그러나저러나 과히 걱정은 마시오. 내 생명과 맞바꾸는 일이 있더라도 두 사람의 신상엔 별고 없도록 하오리다.'

두 사람의 신상이란 왕문과 민하를 가리키고 있음이 분명했다. 연치성은 다급한 심정을 진정시키기는 했으나, 소민이 그렇게 쪽지를 쓸 만큼 당황하고 있구나 하는 짐작을 할 수도 있어서, 마음이 더욱 무거워지기만 했다.

밤이 깊었는데도 최천중과 곽선우는 연치성을 기다렸다.

자정 넘어 돌아온 연치성의 보고를 들은 최천중은

"내일모레 어떻게 될 생명은 아닌 것 같지만…."

하고 입맛을 다셨다.

"좌우 포도청의 동정은 내가 살피지."

곽선우가 나섰다.

"곽형이 나서주신다면 힘이 되겠소."

하고, 최천중은 그 자리에서 만 냥짜리 어음 두 장을 장만하여 곽선우에게 건넸다. 그러나 곽선우는 받지 않고 다음과 같이 말했다.

"긁어 부스럼을 만들지 말라는 소공의 뜻이 있지 않소. 그런 일이 없도록 나는 동정을 살피겠다는 겁니다. 만일 내가 이런 어음을 꺼내보시오. 단번에 의심을 받을 거요. 돈을 건넬 필요가 있으면 삼개 최팔룡 공을 시켜야 하오. 거금은, 거금을 가지고 있을 만한 사람이 써야 하는 것 아니오이까?"

불안한 밤이 샌 그 이튿날.

인천에서 돌아온 원세개를 마영이 찾아가 만나 간단하게 경과를 알렸다.

원세개는 회심의 미소를 띠었다. 그러곤,

"광통교에서 살인을 저지른 놈들이 그놈들이란 말입니까?"

하고 되물었다.

"모두가 한 짓은 아니겠지. 그 가운데 몇 놈이 한 짓일 거요."

"여부가 있습니까. 모두들 오랏줄로 묶어 포도청으로 넘겨야죠."

원세개는 이렇게 결단을 내려놓고 화제를 돌리려 했다. 그러자

"원 장군."

하고 마영이 의자를 가까이 끌고 가서 말을 나직이 계속했다.

"그 가운데 소민의 친구가 둘 있습니다. 아니, 일곱 명 전부가 친구인데 그 가운데서도 두 사람과는 특히 친한 사인가 보오. 그래서 그자들을 이리로 피신시킨 모양인데 그 점을 참작해야 할 거요."

"선생님, 그건 안 됩니다. 살인자와 공범을 우리가 숨겨주었다가 앞으로 어떤 말썽을 빚을지 모릅니다. 더욱이 아병我兵의 행패를 트집 잡아 북양대신에게 빈번히 밀서를 보내고 있는 형편입니다. 차제에 망신을 주어야 할 겁니다."

원세개는 이처럼 단호했다.

"궁조窮鳥*는 죽이지 않는다고 하는데…. 더욱이 소민의 체면을 봐줘야 할 게 아니오?"

마영이 소민의 이름을 들먹이자 원세개는 짜증을 냈다.

"소민은 어쩌자고 한인들과 깊이 사귀는지 모르겠소."

"원래 소민은 한국인 아뉴. 한국인들과 사귀는 게 당연하지."

"그자도 한패에 끼였다던가요?"

"우연히 현장에 있었을 뿐이지. 그 사람이 뭣 하러 그런 데 끼였겠소?"

---

* 쫓기어 도망할 곳이 없는 곤경에 빠진 새.

"아무튼, 앞으론 소민에게 별도의 지시가 있을 때까지 외출을 금지한다고 하시오."

"소민이 달갑지 않으면 내보내면 될 게 아뇨. 괜한 고생을 시킬 필요가 없을 텐데요."

"그자는 내게 필요하오. 앞으로 조선을 경략하는 데 있어서 그자의 도움이 꼭 필요하니 내보낼 순 없소이다."

"그렇다면 그의 체면도 세워줘야지."

"소민의 체면보다 우리 청군 전체의 체면이 중요합니다."

"그러나저러나 원 장군, 일의 처리는 신중하게 하시오. 저편의 포도청에서 아무 말도 없는데, 사유가 어떻게 되었건 이편의 온정을 믿고 온 사람들을 호락호락 넘겨준대서야, 청군의 체면이 문제가 되기 전에 대청국大淸國의 위신이 문제될 것이오."

"살인범을 넘겨주는데 청국의 위신이 간여할 바 있습니까?"

"그들은 강도 따위의 파렴치를 일삼는 적도가 아니라, 당당한 명분을 가지고 행동한 국사國士들이오. 시정잡배와 같이 취급해선 안 될 일이오."

마영은 이쯤 말해놓고, 원세개의 대답을 기다리지 않고 바깥으로 나와버렸다. 자기 강요에 의해 원세개가 뜻을 굽힌 것으로 만들지 않기 위해서였다.

'그만큼 말해뒀으면 생각이 있겠지.'

마영은 소민의 방을 지나치며 고개를 들이밀어 안심하라는 듯 눈짓을 했다.

원세개가 왕문 일당을 국문하게 된 것은 그로부터 1주일이나 지난 윤오월 10일이었다.

그렇게 늦어진 까닭은 조·이조약朝伊條約을 맺기 위해 내한한 이탈리아의 공사 루카의 본직은 주청공사駐淸公使였던 관계로, 그가 한성에 체재하는 동안엔 갖가지 상의할 일이 있었기 때문인데 그가 8일에 떠나자 겨우 짬이 생겼던 것이다.

원세개는 당초 형식적으로 취조하는 체만 하고 일당 7명을 조선의 포도청으로 넘겨버릴 참이었는데, 마영의 간곡한 부탁을 받고는 그럴 수가 없어 진상을 철저히 알아볼 각오를 했다. 마영의 간청을 들어줄 경우에도 거절할 명분이 서야 했기 때문이다.

원세개는 일을 공평히 처리할 목적으로, 조선에 주재해 있는 청병의 직접 책임자인 오조유吳兆有를 입회시켰다. 원세개의 직함은 총리영무처회판總理營務處會瓣 조선방무朝鮮防務란 기다란 것이었다. 간단하게 말하면 조선총독이란 뜻이다.

왕문 등을 국문하기에 앞서, 원세개는 소민을 불렀다. 소민에게 물은 원세개의 첫 말은,

"자네는 자네 자신이 그 일당에 속해 있다고 생각하는가, 그렇지 않다고 생각하는가?"

"나는 분명히 그 일당이옵니다."

소민은 서슴없이 대답했다.

"자네의 임무가 뭣이기에 그 같은 불량배에 섞이게 되었는가?"

"저는 저의 임무를 망각한 적이 없습니다. 임무 이외의 시간에 그들과 상종했던 것입니다."

"자네는 자네가 청국인이란 사실을 잊었는가?"

"제 피는 조선인의 피옵니다."

"피가 어떻게 되었건, 자네는 청인의 양자가 되어 정식으로 청국의 국적을 가지고 있지 않는가."

"그렇습니다. 그러나 저는 어디까지나 조선인입니다."

"조선에 국적이 있는가?"

"없습니다."

"그렇다면 너는 조선인이 아니다. 엄연히 대청국인이다."

"그러나…."

"내 말을 잠자코 들어. 우리 청국은 피엔 상관하지 않는다. 동방의 이夷족이 있고 남만의 만蠻족이 있다. 그래도 전부 청국의 국적을 가지고 있는 이상, 대청인大淸人으로 취급한다. 죄를 운운하는 것은 사사로운 문제이다. 피를 운운했다간 대청국이 몇 동강이나 날지 모른다. 넌 엄연히 청국인이니 앞으로 이 국문에 있어서 혼란이 있지 않도록 하라."

"저도 그들의 일당으로 처치해주옵소서."

"안 된대두."

"그들을 조선의 포도청으로 넘길 작정이시면 저도 같이 넘겨주소서."

"그건 안 돼. 대청국인을 조선인과 같이 취급할 순 없다. 자네에 대한 징치는 청국의 법으로써 한다."

"그러시다면 그들을 살려주십시오. 그들을 죽게 하고 저 혼자 살 순 없습니다. 죽이는 이유도 백 가지겠지만 살려 주는 이유도 백 가

지나 되지 않겠습니까. 그들을 조선의 포도청으로 넘기지 말아주십시오."

"소민, 엉뚱한 소리 말라. 나라엔 국법이 있고, 나라와 나라 사이엔 신의란 것이 있고, 종주국과 속방 사이엔 서의序誼가 있느니라. 그것을 벗어나서 정사가 어디에 있겠는가."

원세개의 말은 준엄했다.

그러나 소민에 대한 정이 없진 않은 말이었다. 그의 성격으로 보아, 소민의 아까와 같은 말을 상대가 소민이 아니었더라면 계속 듣고 있을 까닭이 없는 것이다.

소민이 머리를 조아리고 말했다.

"법에 따라야 하는 정사가 있고 법을 넘어설 수도 있는 것이 정사가 아니옵니까? 정사가 하나에서 백까지 법에 따라야 하는 것이라면 법사法事라고 해야 마땅하지, 무슨 까닭으로 정사라고 하겠사옵니까. 법에 의하면 죽음을 면할 자도 정사이기 때문에 사형을 가할 수 있고, 마찬가지의 이유로 법에 따르면 꼭 죽어야 할 사람을 특사特赦로서 방면할 수도 있지 않겠사옵니까. 그들을 용서해주옵소서."

"그것은 나라 안에선 통하는 일이지만 나라와 나라 사이의 문제가 있을 땐 불가한 일이다. 소민! 억지소리 말아라."

그래도 소민은 호소했다.

"고래로 중국의 역사는 인국隣國에서 망명한 사람을 보호해주는 미풍을 기록하고 있지 않사옵니까. 어찌하여 미풍을 따르려는 생각을 안 하십니까?"

"듣다가 보니 별소릴 다 하는구나. 청국과 조선은 대등한 나라가 아냐. 종주국과 속방이다. 종주국은 속방에게 옳은 일을 가르쳐주어야 한다. 그들이 질서를 지켜나갈 수 있도록 도와주어야 한다. 질서를 가르쳐야 할 입장에 있는 우리가, 그들의 범인을 빼돌려 그들이 질서를 지키지 못하도록 방해할 수는 없지 않느냐. 자넨 사사로운 정에 이끌려 사리의 분별을 잃고 있다."

"아니옵니다. 그들은 모두 훌륭한 군자이며 선비들입니다. 죽이기엔 너무나 애석하옵니다."

"자네는 아까부터 그들을 살려달라는 말을 하는데 그것부터가 사리에 맞지 않다. 조선인인 범인을 그들의 포도청에 인도하겠다는 것이지, 우리가 그들을 죽이려고 하는 것은 아니지 않는가."

"포도청으로 넘어가면 그들은 죽습니다. 그러하오니 인도하느냐, 안 하느냐가 그들에게는 사활의 갈림길입니다."

"조선의 포도청이 그들을 살리건 죽이건 그건 우리가 알 바 아니다. 분명히 말해두거니와, 나는 그들을 상대로 정사를 하려는 것도 아니고 사법司法을 하려는 것도 아니다. 다만 종주국을 대표하는 입장에서 속방에 그들의 범죄인을 넘겨주겠다는 것뿐이며, 그 절차의 하나로서 그들의 죄상을 확인하려는 것뿐이다."

"대인, 그들은 결코 범죄인이 아닙니다. 당당한 국사國士들입니다. 국사들이 의기를 느껴 간교한 오리汚吏를 중치한 것뿐이옵니다. 그들을 살려야 할 백천*의 이유가 있사옵니다."

---

* 百千: 아주 많은 수.

"듣기 싫어. 나는 자넬 오늘 국문이 끝나면 방면하려고 했더니 안 되겠는걸. 좀 더 근신을 해야겠다."

원세개가 일갈하고 다음의 명령을 내리려고 하자, 옆에 앉아 소민을 지켜보고만 있던 오조유가,

"원 대인, 소공이 할 말이 또 있는 듯하니 들어두기나 합시다."

하고 부드러운 웃음을 띠었다.

"더 시켜보았자 마찬가지 말이겠지, 별말이 있겠소?"

원세개의 얼굴엔 노기가 남아 있었다.

"아닐 겁니다, 원 대인. 그들을 살려야 할 백천의 이유가 있다고 했으니, 그걸 한번 들어봅시다."

오조유의 말이었다.

"그럼 오 대인께서는 그 백천 가지 장광설을 죄다 듣고 있을 참이오?"

원세개는 어이가 없다는 표정을 지었다.

"우선 열 가지만 들어봅시다."

오조유는 웃으며 말했다. 오조유에겐 대인풍의 온후한 면이 있었던 것이다. 보통의 장수와는 달랐다.

원세개도 오조유가 이렇게 말하는 덴 반대할 수 없었던 모양으로, 표정을 부드럽게 바꿨다.

"소공, 얘길 해보게."

오조유가 조용히 말했다.

소민이 입을 열었다.

"그들을 사지에 보낼 수 없는 첫째 이유는, 옛날 우리 속담에 궁

조궁조窮鳥가 품에 들면 이를 죽이지 않는다는 게 있습니다. 그들은 궁조나 다름없습니다. 만일 그들을 인도하면 대청인大淸人은 비정하다는 항설이 돌게 될 것입니다. 이완 반대로, 인도하지 않았대서 물의가 생기는 경우가 있더라도 옛날의 그 속담을 이용해서 납득시킬 수가 있습니다. 그들을 인도해선 안 되는 둘째 이유는 순전히 저 개인의 사정입니다. 그들이 다른 곳으로 가려는 것을 굳이 청진으로 데리고 온 것은 바로 접니다. 제 말을 듣고, 저를 믿고 그들은 이곳으로 온 것입니다. 그랬는데 결과가 최악이 되어버리면 제 입장이 어떻게 되겠습니까. 저는 죽음으로써 그들에게 사죄할밖에 없는데, 제가 죽는다고 해서 그들에게 지은 죄를 보상할 수 있겠습니까. 저나 그들은 모두 천추의 원혼이 될 수밖에 없는 것이옵니다. 그런데 이건 사사로운 사정이라고는 하나, 비록 하식下識이나마 청진에 몸담고 있는 저의 체면을 대인께서 보아주시지 않는다면, 가향家鄕 멀리 타국에 와 있는 병사들의 사기에 영향이 있지 않을까 합니다. 따라서 병사들의 숭경崇敬을 잃을까 봐 심히 두렵사옵니다. 그들을 인도해선 안 될 셋째 이유는, 그들의 행위와 살인 행위를 분간해서 생각해야 한다는 데 있습니다. 기교譏校 박중근, 민응오, 김창인, 송홍록 등은 한성에서 소문난 오리들입니다. 범법자를 잡는 것이 아니라, 없는 죄를 날조하여 뒤집어씌워선 금품을 갈취하는 악독한 놈들입니다. 놈들을 하루 더 살려두면 억울한 누명을 쓰고 죽어야 하는 자가 불어나는 것입니다. 혈기 방장하고 정의감이 강렬한 청년들이 놈들을 어찌 좌시할 수 있었겠습니까. 급기야 그들은 놈들에게 천주天誅*를 가하게 된 것입니다. 사람을 죽였대서 모두가 살인자로서 벌을 받아야 한다면 우리의 사서史書를 다시 고쳐 써야 하지 않겠습니까."

원세개와 오조유는 무표정한 얼굴로 다정하게 앉아 귀를 기울이고 있었다. 그런데 싫어하는 빛은 없는 것 같았다.

소민이 용기를 얻어 말을 계속했다.

"…양 대인께서도 알고 계시겠지만, 지금 조선의 조정은 놈들의 비행을 알린다고 해서 개량할 그런 조정이 아닙니다. 되레 죄 없는 놈에게 죄를 뒤집어씌우는 술책이 능한 자를 중용重用하는 경향마저 있습니다. 그들을 써먹기가 편리하기 때문입니다. 어떤 정적政敵이 버거우면 그들에게 귀띔만 해주면 되니까요. 그럴듯한 죄상을 꾸며내어 당장에 파멸시킬 수가 있습니다. 뿐만 아니라 고관들은 놈들을 이용해서 취리取利하기도 합니다. 아시다시피 조선 정부의 내직內職들은 녹봉祿俸이 박합니다. 그들은 지방 수령들의 등을 쳐 먹어야 겨우 연명할 수가 있는데, 그 정도론 언제나 부족합니다. 그러니 금품 갈취 잘하는 기교나 포졸들을 배하에 두게 되는 것입니다. 이런 사정이니 혈기 방장한 정의감 있는 청년이면 이를 좌시할 수 없어 손수 처치하지 않을 수 없는 것입니다. 게다가 우리 동지 가운데의 몇몇은 놈들에게 심한 박해를 당하기도 했던 것입니다. 이를테면 파사현정破邪顯正의 칼을 휘두른 것입니다. 이러한 정의한正義漢들을 어떻게 사지로 보낼 수가 있단 말입니까. 그들을

---

* 천벌.

46

꼭 살려야 하는 넷째 이유는, 그들 모두가 문무 양면에 걸쳐 일당백, 일당천할 수 있는 인재들이란 사실입니다. 하늘이 그러한 재능을 부여했을 땐 반드시 무슨 섭리가 있을 것으로 아옵니다. 그러니 지금 그들의 전정**을 끊는다는 것은 섭리에 대한 역행이요, 천리에 대한 배신이 되지 않을까 하여 두려운 것입니다. 연경燕京에 인재가 많다고 하지만, 아마 그들에 비견할 수 있는 인재란 얻기 힘들 것입니다. 고래로 장일기長一技이면 형형에 있어서 감일등減一等***이라고 하였는데, 그들은 장일기할 정도가 아니라 장십기長十技하는 기량들이니 어찌 소중하게 다루지 않을 수 있겠사옵니까. 그들은 또한 그 배후에 그들을 아끼는 수많은 사람들을 가지고 있습니다. 인물을 아끼시는 대인께선 이러한 인재들을 소홀히 다루어선 안 될 줄 아옵니다. 그들을 사지에 보내지 말아야 할 다섯째 이유는, 모두가 지닌 청나라에 대한 깊은 숭경崇敬의 정에 있습니다. 사실을 말하면 저는 기라성綺羅星과도 같은 그 인재들이 우리 청국을 마음으로부터 숭경하고 있는 데 감동하여 저 자신 그들에게 심취하게 된 것입니다. 앞으로 조선을 두고 기필 청일간淸日間에 경합이 생길 것이온데, 그 인재들을 우리 편으로 해놓으면 천만 명의 원병을 얻은 것이나 다를 바가 없을 줄 압니다. 지금 조선에서 개화에 눈뜬 청년들은 대개 일본에 눈을 돌리고 있습니다. 그런데 저 동지들은 일편단심 청국을 숭앙하고 일본에 대해선 싸늘한 태도

** 前程: 앞길.
*** 기술이 한 가지 있으면 형을 한 등급 감해준다.

를 지키며, 개화에 눈을 떴는데도 기어이 청국을 통한 개화라야 한다는 것입니다. 그리고 그 바탕이 그들의 중원문학中原文學에 대한 깊고도 넓은 조예에 있는 것이고 보니 실로 마음 든든한 바가 있습니다. 이 같은 우리의 맹우, 그들을 통해 수천수만으로 맹우를 늘릴 수 있는, 그 인재들을 버려서야 되겠사옵니까…. 그들을 사지로 보내선 안 될 여섯째 이유는…."

하고 소민이 말을 계속하려고 하자 원세개의 소리가 있었다.

"그쯤 해둬라."

그러고는 오조유를 향해 무슨 소린가를 했지만 소민에겐 들리지 않았다. 소민은 부복한 채 있었다.

"소공, 고개를 들게."

오조유의 말이었다.

"예."

하고 소민이 고개를 들었다.

"결정을 하루쯤 미루겠다. 그 대신 내일 그 일곱 사람의 기량을 한번 보겠다. 연경에서도 찾기 어려운 인재들이라고 하니 한번 보고 싶구나."

오조유의 말에 소민은 수미愁眉*를 열었다. 우선 급난은 피한 셈이었다.

소민의 안색이 밝아지는 것을 보고 원세개가 말했다.

"그들을 용서하겠다는 것은 아니니 오해하지 말라. 오 대인께서

---

* 근심의 표정.

호기심을 일으킨 것뿐이다. 연이나 고양이를 데리고 와서 호랑이라고 하고, 돼지를 끌어다놓고 코끼리라고 우기는 꼴이 되었을 땐 소공 자네부터 용서하지 않을 테니 그렇게 알아라. 위에 있는 어른을 만착瞞着**하는 자를 그냥 둘 수 없지 않느냐."

"충분히 알고 있사옵니다. 내일 그들을 시험하시기 바랍니다."

"좋다. 물러가라."

는 영이 내렸다.

소민은 원세개에게 말했다.

"내일 일이 있사온즉 의논을 해야겠습니다. 오늘 밤은 그들과 같이 있도록 해주소서."

"좋다. 그러나 하룻밤 사이에 무슨 꾀를 꾸며보아도 소용이 없을 것이다."

소민이 원세개의 방에서 나왔다. 물통에 빠진 것처럼 그의 옷은 흠뻑 젖어 있었다.

소민은 우물물을 퍼내어 몸을 씻고서 옷을 갈아입은 뒤 왕문 등이 갇혀 있는 옥사로 갔다. 나뭇조각을 잘라 만든 격자창이 천장 가까이 서벽西壁 위에 나 있을 뿐, 높은 담벼락에 둘러싸인 옥방은 어두컴컴한 데다 떡시루나 다를 바가 없었다. 게다가 습기 끼인 곰팡내와 땀내가 섞여 숨통이 막힐 지경이었다.

소민은 옥방에 들어서서 겨우 숨을 고르곤, 어둠 속에서 익어진 눈으로 왕문의 손과 민하의 손을 찾아 잡았다.

** 남의 눈을 속여 넘김.

"나 때문에 이 고생이니 면목이 없소이다."

"천만의 말씀을. 우리 때문에 소형의 입장이 난처하게 된 것이나 아닌가 하고 그게 걱정이오."

왕문의 소리도 늠름했다.

"이렇게 더워서 어찌…."

소민이 위로의 말을 하자, 민하는

"심두멸각心頭滅却하면 화중유량火中有凉*이란 말이 있지 않소."

하고 웃었다.

이중하, 임건중, 김천호, 박주철, 염상만 등에게도 지친 흔적이란 전혀 없었다. 뿐만 아니라 불안한 구석도 전혀 없었다. 소민은 감탄하지 않을 수 없었다.

"제형들은 이처럼 겁도 없고 지친 데라곤 없는데 어떻게 된 일이오?"

"겁자怯者에겐 만사萬死가 있지만 용자勇者에겐 일사一死가 있을 뿐 아닙니까."

한 것은 이중하였고,

"죽음을 각오하고 나니 이 더운 시각도 아깝소이다."

한 것은 임건중이었다.

청진의 옥사에서 소민과 더불어 일곱 명의 청년이 내일 일을 의논하고 있을 시각에 양생방 최천중의 사랑에선 최천중을 둘러싸고

---

* 마음을 가다듬으면 불 속에서도 시원하다.

곽선우와 연치성이 구수회의를 하고 있었다.

먼저 곽선우의 보고.

"좌변 포도대장 김기석金箕錫의 사랑에서 들은 얘기요. 금년 정월 이튿날 청병이 광통교 근처에 있는 최택영崔宅英 약국에 들어가서 최택영의 아들을 죽인 일이 있지 않았소. 그때 의정부에서 청제독 오장경吳長慶에게 범인을 체포해달라고 청한 모양이오. 그러나 청진에서 아무런 회답이 없어 차일피일하고 있는데 한성순보 제십호, 제십일호에 그 내용을 적곤 청병을 비난하는 기사를 썼단 말이오.

그 기사를 이홍장이 읽고 대로하여 진수당陣樹棠에게 엄명을 내렸소. 철저하게 조사해서 보고하라고. 진수당이 조사한 결과, 한성순보가 풍문을 듣고 기재했다는 사실을 알았소. 그래 김병시金炳始를 통해 통박해 왔는데, 김병시 역시 항간에 떠도는 소문만 듣고 쓴 것이라며 박문국원博文局員을 엄중히 다스리겠다고 백배 사죄했다오. 진수당은 한인韓人이 청병의 옷을 가장하고 한 짓을 청병에게 뒤집어씌웠다고 결론을 짓고 대판 소동을 벌였다는 것이오. 그 때문에 박문국의 주사 일인日人 이노우에[井上]는 본국으로 쫓겨갔다오. 이런 일이 있어놓으니 의정부나 포도청에선 방곡 기교를 죽인 자들이 청진으로 도망친 것을 알고도 감히 인도 요구를 내지 못하고 있다고 하오."

"그처럼 뼈도 없는 낙지 같은 놈들이 정사를 하고 있으니 나라가 될 까닭이 있겠소만, 덕분에 놈들의 살길이 터질 것 같구려. 그럼 돈을 청진에만 쓰면 될 게 아닌가?"

하고 최천중이 연치성을 돌아봤다.

연치성은 이미 천 냥 이상의 돈을 진호에게 주고 있었다. 그리고 진호도 돈을 받은 만큼의 노력은 했다. 소민을 비롯한 일곱 명의 동태를 소상하게 알려주었던 것이다. 연치성은,

"그러나 아직 안심할 순 없습니다."

하고 원세개와 오조유가 오늘 소민을 불러 엄중한 국문이 있었다는 보고를 했다.

"그 결과가 어떻게 되었다던가?"

"저와 통해 있는 놈이 그 국문하는 장소에까진 들어가지 못한 모양입니다. 오늘 밤 소민으로부터 쪽지를 얻어내어 오라고 했으니 밤중쯤엔 대강 알 수 있을 것으로소이다."

"소민이 무슨 꾀를 꾸미고 있는진 몰라도 저번의 일도 있고 해서 굳이 놈들을 포도청으로 넘기려고 할 거라. 그 시기를 알기만 하면 그놈을 만나 구워삶기라도 할 텐데."

최천중이 초조함을 금하질 못해 이렇게 중얼거렸다.

"통보가 포도청으로 오면 미리 알게 되어 있소이다."

곽선우가 한 말이었다.

"어떻게?"

"곽선우가 괜히 포도청 근처를 맴돌고 있는 것은 아니오."

하고 곽선우는 청진과의 통보 책임을 맡고 있는 놈을 매수해놓았노라고 했다. 연치성은 진호를 만나러 갈 시각이 되었다면서 일어섰다.

소민으로부터 대강의 설명을 듣고 한동안 묵묵하더니 민하가 말했다.

"살려줄 터이니 재주를 부려보라, 이 말이군요."

"그렇게 풀이할 것까진 없소. 내가 모두를 훌륭한 인물들이라고 했더니만, 그 인물 됨됨이를 보고 싶다는 뜻이라고 생각하면 무난할 거요."

"살기 위해서라고 하지만 곰이나 원숭이 시늉은 못 할 것이 아닌가. 더구나 청인들 앞에서 비루하게 살아남는 것보다 장부답게 죽는 게 낫지 않을는지. 비루한 놈은 버러지처럼 죽일 수가 있어도 당당한 자는 쉽게 죽일 수가 없을 거요."

민하가 거듭한 말이었다.

"어떤 시험을 할 것인지 몰라도 우리가 당당하게 응할 수 없는 것이면 거역하는 것이 어떻겠소?"

이중하가 한 말이다.

"나도 그 의견에 동감하오."

한 것은 임건중.

"생명을 보전할 수 있는 일이면 만전을 다해야지. 비루한 꼴로선 훌륭한 인물임을 증명할 수 없을 테니까."

염상만이 의견을 보탰다.

"그러하오. 비루한 짓은 있을 수 없을 것이오. 나는 모두를 훌륭한 인재들이라고 했지, 요술을 부리는 재주꾼들이라고는 하지 않았으니."

소민이 말을 끼웠다.

"당해보고 결정할 일이지 미리 왈가왈부할 얘기는 아닌 것 같소."

김천호의 말이었다.

"나는 다만…"

하고 민하가 침통하게 말했다.

"결과적으로 생명을 구걸하는 비루한 꼴이나 되지 않을까 해서 우울한 것이오. 대장부 일곱이 청인 앞에 나서서 나를 보아줍쇼, 나를 구해줍쇼 하고 기량을 보이는 꼴 그 자체가 탐탁하지 않다는 얘긴데, 특히 왕군王君이 끼여서 말요."

소민은 민하의 심정을 이해했다. 소민의 본심은 왕문을 그런 자리에 끌어내기 싫다는 데 있었다. 왕문을 받드는 민하의 마음은 지성이라고 할 수 있었다. 그 심정을 왕문이 알았다.

"민군, 내게 관해선 걱정 말게. 강풍이면 바위도 굴러떨어지는 법 아닌가. 우리는 지금 강풍 속에 있는 것이 아닌가. 강풍노도 속에 편주를 타고 있으면서 장부의 기개를 들먹일 필요가 있겠는가? 파도와 대결할 수밖에 없잖은가. 우리가 그들에게 생명을 구걸한다고 생각하지 말고 대결한다고 생각하면 될 것 아닌가. 만승萬乘의 인군人君도 적의 포위 속에 들면 포로가 될 수 있지 않은가. 대결하는 각오로 나가세, 내일!"

왕문의 음성은 조용했으나 힘이 차 있었다.

"그러면…"

하고 민하가 제의했다.

"소형, 내일 시험하는 자리엔 무슨 시험을 할지 모르지만 내가 모두를 대표해서 그 시험을 감당할 수 있도록 해주시오. 솔직한 얘기로 나는 왕군을 그런 시련대에 올릴 수가 없소."

"좋소. 하는 데까지 해보죠."

소민이 힘 있게 대답했다.

민하를 내세우기만 하면 그로써 시험을 끝낼 수가 있으리란 자신이 없지 않았다. 민하는 가히 귀재라고 할 수 있었으니까.

"수인囚人으로서가 아니라 객인客人으로서 처우해주시오."

하는 소민의 요청은,

"이 자리에서만은."

이란 조건을 붙여 원세개가 접수하는 바 되었다. 왕문 등이 소민이 말하는 대로의 출중한 인물들이라면 어설픈 대접으로 증오를 사는 것보다 후한 대접을 함으로써 환심을 사는 것이 유리하다는 계산쯤은 원세개에게도 있었던 것이다. 줄곧 난세를 살아온 원세개, 원세개가 아니라도 인물은 인물로서 대접해야 한다는 게 청인들의 도량이었다. 이해가 상반되는 국면에 몰려들기까진 인물에겐 관용과 후덕을 베풀어야 한다는 것이 그들의 처세술이기도 했다.

원세개는 그의 집무실 전랑前廊으로 왕문 등 일곱 명을 초치하여 의자를 마련해주어 자기와 오조유의 자리를 정면으로 하고 반원형으로 앉혔다. 소민은 원세개 뒤에 시립하여 왕문 등의 이름을 알리도록 했다.

모두들 앞에 냉차가 놓였다. 원세개와 오조유는 얼굴에 미소까지 띠며 일동을 대했다. 한데, 이러한 변화가 어떻게 하룻밤 사이에 이루어졌던 것인가.

사실은 소민을 옥사로 가게 해놓고 정탐꾼으로 하여금 그들의 말을 엿듣도록 원세개가 공작을 했던 것인데, 그 정탐꾼으로부터 그들이 말한 내용을 듣곤, 과연 그들이 대인물大人物들일는지 모른다는 생각을 하게 되었던 것이다.

윤오월이면 유월이다. 그 유월의 더위 속에, 그것도 바람 한 점 들어오지 않는 옥사 속에 앉아 '심두멸각하면 화중유량'이라며 늠름하다는 것은 예사로운 인물일 리가 없었다. 더욱이 그러한 찌는 시루 같은 데 갇힌 지 열흘 가까이 된다고 들었을 때 원세개는 적이 놀랐다. 뿐만 아니라 그들은 어떻게 하면 사지에서 벗어날까 하는 궁리를 해야 할 것인데 비겁해선 안 된다고 장부다운 기상을 살릴 의논만 하고 있었다니 기가 막히는 일 아니겠는가.

소민의 말처럼 대청국 넓은 곳에서도 그만한 기우*의 청년들을 찾아내기란 힘들 것이었다. 원세개는 그들의 기우에 감탄하는 동시, 그 인물들을 만나보는 데 비상한 흥미를 느꼈다. 그래서 오조유를 만나자마자 그 얘길 하고는,

"어쩌면 우린 조선 땅에 와서 대어를 낚게 될는지 모르겠소이다."

하는 말을 덧붙였다.

"조선에서 낚은 대어로써 무엇을 하겠소이까?"

하고 오조유는 웃었는데 원세개의 말은 이랬다.

"요즘 왜인들의 책동이 눈에 보이는 것 같지 않소이까? 그런 만큼 그들은 조선의 젊은 인재들을 포섭해서 그들의 앞잡이 노릇을

---

* 氣宇: 기개와 도량.

56

시키려고 애쓰고 있는데, 우리도 훌륭한 인재를 포섭해서 우리 편으로 굳혀놓을 필요가 있지 않겠습니까?"

"훌륭한 인재가 어디 호락호락 우리 편으로 되겠소이까?"

"우리 편까지 될 필요는 없지요. 청나라에 호의를 가지는 정도이면, 그들 자신을 키워만 주면 되는 겁니다. 호락호락 왜인의 농락은 받지 않을 테니까요. 그만하면 우리에겐 이득이 되는 겁니다."

"원 대인이 대단한 생각을 하시게 되었군요."

소민이 일동을 소개했다.

원세개의 말이 있었다.

"어떤 경로이건 제공諸公을 이렇게 만나보니 반갑소. 옥사에서의 고초가 대단했겠소이다. 그러나 나라마다 국법이 있고 군에 군율이 있는지라 도리가 없는 일이었소. 한데, 원칙으로 말하면 제공을 조선 관서로 인도 송치해야 하겠지만 여기 있는 소공이 한사코 청을 하기에 제공을 만나보게 된 것이오. 같은 죄라도 사람에 따라서 분간함이 있어야 하겠다고 생각하는 바이오. 그래서 오늘 이 자리를 만들어 오조유 제독을 모셔 참석케 한 것이니, 무슨 시험을 한다고 생각질 말고 나나 오 대인의 궁금증을 덜어줄 셈으로 언행하시오."

그러고는 소민을 돌아보고 말했다.

"어느 한 사람, 대표를 지목하게."

소민이 아뢰었다.

"민하 군을 대표로 했으면 좋겠습니다."

"그럼 그렇게 하지. 민공, 이리로 나오시오."

하고 부관을 시켜 민하의 의자를 원세개 가까이에 놓도록 했다.

자리가 마련된 뒤 원세개가 물었다.

"민공, 나이가 몇이시오?"

"스무 살입니다."

"성이 민씨이면 왕후 민씨와 동성이 아닌가?"

"그렇소이다."

"그렇다면 명문 벌족인데 사관仕官할 생각은 없었소?"

"부득이 민씨 성을 지녔긴 하나 서출의 신분이라 명문 벌족 속에 끼이지 못합니다."

"그렇다면 평생의 소업을 무엇으로 할 작정인가요?"

"저기 계시는 왕문 군을 평생토록 모실 작정으로 있습니다."

"어떠한 연고로?"

"연고로서가 아니라 나의 소신으로서이다."

"왕문 공은 뭣을 하고자 하는데?"

"경국제민經國濟民할 포부로서 목하 수양 중에 있는 신분이로소이다."

원세개는 민하의 얼굴과 저편에 앉아 있는 왕문의 얼굴을 한동안 견주어 응시하는 듯하더니 물었다.

"민공이 가장 장기로 하는 게 무엇인가?"

"장기라곤 별반 갖지 않았습니다. 오직 성성誠과 신신信과 정정情으로써 왕문 공을 받드는 마음이 있을 뿐입니다."

"시문詩文의 소양은 있는가?"

"다소 있사옵니다."

"그럼…."

하고 원세개가 오조유에게 물었다.

"제독 오 대인, 글자를 하나 주어 시를 지어보도록 시키면 어떠하리까?"

"좋은 생각이오, 원 대인."

"오 대인께서 제자題字를 주도록 하시오."

오조유는 한참을 생각하는 듯하더니 다음과 같은 말을 건넸다.

"민공은 이제 막 자기가 서출이라고 했는데, 그래서 명문 벌족임에도 불구하고 사관의 길이 막혔다고 했는데 그럴수록 어머니가 안타깝다는 마음을 갖고 있는 것이 아닐까?"

"정히 그러하옵니다."

"그렇다면 모母라는 글자를 두고 글을 지어보게."

그러자 부관이 지필묵이 놓여 있는 소탁자를 민하 앞으로 옮겨놓았다.

깊은 호흡이 두세 번 거듭되었을까.

민하는 붓을 손에 들었다. 손에 잡히자 붓은 혼자서 움직이는 듯했다. 묵흔은 임리*하게 4구 5언을 적었는데,

모자사주자母字似舟字

일견사주형一見斜舟形

---

* 글씨에 힘이 넘침.

만적인애하滿積因愛荷

여사불피경如斯不避傾

이 뜻을 새기면,

'어미모母란 글자는 배주舟란 글자를 닮았다. 얼핏 보니 비스듬한 배 모양이로구나. 사랑[愛]의 짐을 가득 실었기에 이처럼 기울어질 수밖에 없었던가.'

하는 내용으로 된 것이었다.

원세개는 이 글을 보고 있더니 눈에 보이게 안색이 변했다. 그러고는 나직한 소리로,

"오 대인, 이럴 수가 있소? 정말 놀랐소이다."

하며 이것을 오조유에게 넘겼다.

이윽고 오조유도,

"흐음."

하고 신음하듯 했다. 그러고는 덧붙였다.

"조식曹植의 칠보시七步詩를 능가하는 것 같소이다."

"아무렴, 그런 것 같소이다."

원세개는 고개를 끄덕이며 민하를 응시했다.

조식은 조조曹操의 삼남三男으로서 건안문학建安文學의 천재로서 꼽히는 사람이다. 조조가 죽은 뒤 형인 비조와의 사이에 권력을 둘러싼 암투가 있었다. 비는 식植을 규문糾問할 양으로 소환해서,

"네 이놈, 네 재주가 비상하다고 소문이 자자한데, 과연 그러한지 내 시험을 하겠다. 형제란 주제로 형제란 문자를 섞지 말고 열 발

짝을 떼어놓을 사이에 시를 지어라. 만일 불연이면* 세상을 현혹하는 자로서 너를 벌해야 하겠다."

고 영을 내렸다.

조식은 칠보 만에 시를 지었는데

자두연두기煮豆燃豆萁

두재부중읍豆在釜中泣

본시동근생本是同根生

상전하태급相煎何太急

(콩을 삶는데 콩을 태운다.

콩은 솥 안에서 운다.

원래 같은 뿌리로부터 난 처지로,

서로 들볶기가 왜 이처럼 다급할까.)

조비는 아우 식의 비상한 재주에 놀라 그를 용서해주었다는 것인데, 오조유는 민하의 재능이 그 조식의 재능을 능가하고 있다고 느꼈던 것이다.

"실로 놀랄 만한 재능이로다."

원세개는 솔직하게 이렇게 말하고,

"이 한더위에 옥방 생활이 여간 신고辛苦롭지 않았겠지?"

하고 물었다.

---

* 不然-: 그렇지 않으면.

"견디지 못할 만큼은 아니었으나 대단히 신고로웠습니다."

민하의 대답이었다.

"그럴 테지."

하고 원세개는 오조유와 귀엣말을 주고받더니 이렇게 말했다.

"민공의 재주가 가상하여 청하는 것이니 그렇게 알고 한 수를
더 지어보시오. 이번의 제목은 신辛자이오. 쓰라리다는 신자."

민하는 잠깐 동안 눈을 감고 있더니 다시 붓을 들었다.

민하는 순식간에 또 하나의 오언절구를 지었는데 다음과 같았다.

신행자상사辛幸字相似

수연의판이雖然意判異

신가일획행辛加一劃幸

행감일획신幸減一劃辛

('신辛'과 '행幸'의 글자는 서로 닮았지만

그 뜻은 전혀 다르다.

신辛에 한 획을 더하면 행幸이 되고,

행幸에 한 획을 감하면 신辛이 된다.)

이렇게 써놓고 수연한 얼굴로 보고 있더니, 민하는 한 칸 낮추어
다음의 네 구를 첨서添書했다.

이하일획以何一劃

가오생신加吾生身

막언근일莫言僅一

천양이거天壤以距

그 뜻하는 바는,

'어떤 한 획으로 내 생신生身에 보탤까. 겨우 일一이 아니냐고 하지 말라. 하늘과 땅만큼 한 거리가 있다.'

물끄러미 지면을 보고 있더니 원세개는 감개무량한 양으로 고개를 끄덕였다.

"미상불 신辛에 한 획을 더하면 행幸이 되고 행에서 한 획을 감하면 신이 되는구려."

오조유도 이에 호응했다.

"무재無才에 견불시見不視요, 무능無能에 문불청聞不聽*이라더니 민공의 재능을 통해 새삼스럽게 둔재의 미급未及함을 알았소이다."

민하의 재능은 가히 천의무봉天衣無縫이라고 할 수 있었다. 원세개와 오조유의 놀람도 대단했거니와 소민, 왕문을 비롯해 동좌한 친구들도 경탄을 금할 수가 없었다. 민하의 재능이 비범함은 일찍이 알고 있는 바였지만 이처럼 간일발間一髮의 틈도 없이 황홀하게 빛나기도 하는 재질이란 덴 생각이 미치지 못했던 것이다.

정신을 차린 원세개는,

"내 해동 조선에 와서 민공 같은 일재逸才를 만나긴 이번이 처음이오. 그런데 이 사실을 모르고 만일 민공에게 못할 짓이라도 했더

---

* 재주가 없으면 보여도 보지 못하고, 능력이 없으면 들려도 듣지 못한다.

라면 실로 앙천대곡仰天大哭할 뻔했소이다. 그러니 곡자哭字를 두고 한 수의 글을 지어보시구려. 내 오늘의 일을 영영토록 마음속에 새겨넣어 평생의 얘깃거리로 할 참이오."

하고 간곡하게 청했다.

민하는 무표정한 얼굴로 원세개와 오조유를 한동안 바라보고, 이어 뒤쪽에 앉아 있는 친구들을 둘러보니 명목일각瞑目一刻*, 천천히 붓을 들었다. 이윽고 그 붓끝에서 다음과 같은 글귀가 나타났다.

비동곡여기比同哭與器
인자시명기人者是名器
명기취이약名器脆而弱
기훼생곡성器毁生哭聲

뜻을 새기면 이렇게 될 것이다.

'곡哭이란 글자와 그릇기器자는 엇비슷하다. 한데, 사람은 명기名器와 같은 것이다. 명기는 취약하다. 그러니 그 명기가 깨질 땐 울음소리가 난다.'

민하의 이 글을 읽자, 원세개가 벌떡 자리에서 일어나 민하 가까이로 오더니 그의 손을 잡았다. 그러고 하는 말이,

"글귀를 꾸미는 재주에 놀란 것이 아니오. 그 마디마디에 빛나는 인생의 철리哲理에 탄복한 것이오."

---

* 잠시 눈을 감음.

64

원세개는 이처럼 간곡한 말을 남기곤 오조유를 재촉해서 별실로 들어갔다.

"오 제독, 어떻게 하면 좋으리까?"

원세개가 먼저 입을 열었다,

"하나를 보면 열을 알 수 있다는 말이 있지 않소. 민하는 물론이거니와 나머지 여섯도 모두 출중한 인물들이 아닌가 하오."

오조유의 말이다.

"그러니까 어떻게 하면 좋겠소이까?"

"그렇다고 해서 그냥 방면할 수도 없을 것이구."

"우리가 한다면 할 수는 있지요. 그러나 아무리 속방이긴 하나 너무 조선의 조정을 깔보는 행동은 삼가야 할 판이니…."

"그렇소."

"아까운 인재들인데…."

"그럼 이렇게 하면 어떨까요? 그들이 파옥도주破獄逃走한 것으로 하고 조선조에 그렇게 통보하면."

오조유가 조심조심 말했다.

"통보할 것까진 없소. 파옥도주한 것으로 꾸민다면. 아직 조선 조정에선 광통교 사건 범인에 대해선 아무 말도 없으니까요."

"뒷일이 귀찮다고 생각하고 우리의 태도만을 지켜보고 있는 것이 아니겠소이까?"

"그럴는지도 모르지요."

"그렇다면 일단 저들에게 통보해서 저간의 사정을 알아보면…."

"그랬다가 자승자박하는 결과가 되어 그들을 넘겨주어야 할 궁지에 몰리면 어떻게 하겠소이까?"

"원 대인은 어떻게 하더라도 그들을 살려주고 싶은 의도인 것 같구려."

"오 대인도 나와 동감일 텐데요?"

"그렇소, 그렇소."

이런 상황이고 보니 아무리 의논을 해도 제자리걸음이었다.

"가부간 원 대인이 결단을 내리슈. 뒷일은 나도 합세해서 책임의 반은 질 테니까."

오조유가 이렇게 원세개의 결단을 촉구하자, 원세개가

"아무튼 조선의 포도청에 광통교 사건의 경과가 궁금하니 대강이라도 알려달라는 내용으로 어름하게 조회 통보를 내어보고 그 결과에 따라 적당한 방법을 안출하도록 합시다. 그동안 저 청년들을 유치해둘 수밖에 없지 않소이까."

하는 제안을 했다.

"그것 좋소이다."

오조유는 동의를 표해놓고 웃으며 다짐했다.

"어떤 방법을 안출하든 그들을 살리는 방법을 안출합시다. 정말 민하라는 청년의 재주는 아까워."

"민하뿐이 아닙니다. 왕문이란 청년의 상을 보아하니 민하가 입을 열어 일각삼천언—刻三千言으로 웅변하면 왕문은 침묵 속에서 일각삼천언할 수 있는 대인물이라고 보았소."

하고 원세개는 감탄하는 말을 되풀이했다. 그러자 오조유도 지지 않았다.

"이중하도 임건중도 그 밖에 세 사람도 범상한 인물이 아니겠소 이다."

"그러니 어떻게든 그들을 살려 우리 쪽에 유리하게 활용토록 합 시다."

"암, 그렇게 해야죠."

이쯤 의논을 마치고 원세개는 청년들이 있는 자리로 나왔다. 그 리고 장중한 태도를 꾸미며 다음과 같이 말했다.

"오늘부터는 여러분을 우리 청진의 빈객으로 모시겠소. 다신 옥 방으로 들여보내지 않을 것이오. 뿐만 아니라 여러분을 어느 누구 의 손에도 넘기지 않겠소. 여러분을 당장 방면할 수 없는 까닭은, 조선의 조정이 여러분을 어떻게 생각하고 있는가를 알고 그것에 따 라 수단을 강구해야 하기 때문이오. 우리가 여러분을 방면했을 때 여러분이 조선의 포도청에 잡히게 된다면 모처럼의 우리의 호의가 보람 없이 될 것이 아니겠소. 어떠하든 나는 여러분을 위험 속에서 구하고 싶은 것이오. 이런 사정으로 방면의 시일이 다소 늦어질 것 이나, 아무쪼록 초조감일랑 갖지 말고 별랑別廊에서 거처할 수 있 도록 내가 특별 주선할 것이니 그렇게 아시오."

소민이 일동을 대표해서 정중한 답사를 했다.

"과연 대청제국의 깊으신 관인寬仁이며 넓으신 금도襟度*라고 보 았습니다. 감사하옵니다. 그 홍 잊지 않겠소이다."

이 말을 듣고 원세개는 빙그레 웃으며,

---

* 관인: 너그럽고 어짊. 금도: 남을 품을 만한 도량.

"소공의 극진한 말도 반갑거니와 나는 민공의 한마디를 듣고 싶구려."

민하는 머리를 숙여 공손히 절하고 얼굴을 들었다.

"풍우일과風雨一過하니 광풍제월光風霽月*의 심경입니다."

원세개는 만족한 듯 고개를 끄덕이고 그 자리를 떠났다.

이렇게 해서 그들은 옥방 신세를 면하고 청진의 빈객이 되었다. 푸짐한 주식酒食의 향응도 있었다.

이 소식을 듣고 수미愁眉를 펴긴 했으나 최천중은 여전히 불안했다. 일만금을 준비하여 곽선우로 하여금 좌포대장 김기석에게 달려가게 했다.

그땐 이미 청진에서 보낸 통보 조회가 형조를 통해 포도청에 돌아와 있었는데 포도청의 관속들은 그 애매한 문면을 놓고 구수회의를 하고 있었다. 통보 조회는 다음과 같았던 것이다.

'…순일 전 한성 대로에서 방곡 기교 수명이 적도에 의해 살해되었다고 들었는데, 그 사건의 처리가 어떻게 되었는지 알고 싶다. 한성의 치안은 피차 협력하여 유지해야 할 것인바, 그 수사 경위를 알아 우리도 참고로 할 것이니라. 속히 회보하길 바란다…'

어떤 범죄이건 청진이 관심을 가진다는 것은 당연한 일이지만 이 통보의 문안은 아무래도 이상했다. 그 큰 사건이 있었는데도 아직 범인을 잡지 못했다고 하면 그런 치안 능력 갖고 무슨 정사를

---

* 비바람이 지나간 뒤, 맑은 날의 바람과 비 갠 날의 달.

하느냐는 핀잔을 살 염려가 있고, 이미 잡았다고 하면 왜 진작 통보가 없었느냐는 비난을 당할 것 같기도 했다. 더구나 지난번 약국집 아들의 살해 사건을 둘러싸고 청군과의 사이에 심각한 응수가 있었고 보니 더욱 망설여지는 것이다.

한데, 다행하게도 왕문 일당이 청진에 있는 사실을 포도청은 까마득히 모르고 있었다. 청군이 하는 짓에 관해선 아예 관심을 쏟지 않는 것이 무난하다는 사무주의事無主義 근성의 탓이었다. 이런 사정을 간파한 곽선우는 일만금을 쓸 필요가 없었다. 간단한 조언으로써 족했다.

"긁어 부스럼을 만들지 않으려면, 용의자를 체포했으니 불원 사건의 진상은 명백해질 것이라고 회보하시오."

수일 후 형조로부터 이 같은 회보를 받은 원세개는 오조유와 합의를 보았다. 즉, 왕문 일당을 방면하기로 결정한 것이다.

내일 방면하기로 한 전날 밤 원세개는 왕문 일당을 불러 은밀한 잔치를 베풀었다. 그 석상에서 원세개는 모두가 친청적親淸的인 심정의 소유자란 것을 확인한 뒤 일본과 조선과의 사이에 진행되고 있는 사실을 소상하게 설명했다. 원세개는 일본에 주재하고 있는 청국공사를 통해 정확한 정보를 입수하고 있었던 것이다.

"일본은 조선을 잡아먹으려고 호시탐탐 노리고 있다. 일본은 양의 탈을 쓴 이리다. 갖은 꾀를 부려 조청간朝淸間을 이간시키려고 하고 있다. 고래로 중국과 조선은 종주국이니, 속방이니 하기보다 형제의 우의를 가진 나라가 아닌가. 우리 청국과 사귀어 조선이 손해 본 것이 뭔가? 조공을 한다지만 그 반례返禮로서 청국이 조선에 선사하는 품목과 양을 따지면 거의 비슷할 것일세. 그런데 만일 일본이 우리를 물리치고 이곳에서 득세하기만 하면 오만불손, 안하무인격으로 설칠 것은 자명한 일일 뿐 아니라 드디어는 국기國基마저 뒤흔들어놓을 것일세. 그러니 망국의 화를 피하기 위해선 여러분이 우리와 일심동체가 되어야 하네. 수백 년 내려온 우의가 있는 것이 아닌가. 청국은 조선이 약할 때 도움을 주었을 뿐, 언제나 조선의 법도를 존중해주지 않았는가. 청국은 이 이상의 관계를 바라진 않아. 그러나 섬놈인 일본은 달라. 알겠소?"

하고 원세개는 또한 다음과 같은 얘기를 했다.

"일본 정부는 지난 이월 조선 정부에 십칠만 원을 빌려주었다. 그래 놓고 오만 원을 도로 받았다. 오 년 연부로 갚기로 한 것인데 그 한 회 반환금으로 오만 원을 받은 것이다. 그래 김옥균이 십이만 원을 가지고 왔는데, 아시다시피 왕실의 왕비는 걷잡을 수가 없다. 당장 없어지고 말았다. 그렇게 해서 아무런 보람도 없이 일본 정부에 십칠만 원이란 빚만 지게 되었다. 그런데 일본인은 그 돈을 빌려주며 김옥균과 박영효에게 바람을 넣었다. 일본의 힘을 빌려줄 터이니 조선 독립을 달성하라고 했다. 이건 곧 청국을 배척하라는 뜻이다. 청국이 물러나기만 하면 자기들 마음대로 될 것이라고. 김옥균과 박영효는 이 꾐에 빠져 개화독립당開化獨立黨을 만들었다. 일본이 황제를 중심으로 도쿠가와 막부를 무너뜨리는 데 성공한 예를 좇아, 조선에서도 국왕을 중심으로 정부를 개조하여 내정을 일신하고 우리 청국과의 유대를 단절하자는 얘기다. 하여간 김옥균은 개화독립당의 세력을 키우기 위해 애를 쓰는 과정에서 삼백만 원의 돈을 빌리려고 했다. 일본 정부는 국왕의 위임장만 가지고 오면 빌려주겠다고 했는데 국왕의 위임장을 가지고 갔을 땐 일이 뒤틀어져버렸다. 삼백만 원이란 거금을 빌려주기엔 일본 자체의 경제 사정이 말이 아닌 데다가 김옥균과 박영효를 어느 정도로 신용해야 좋을지, 의심이 생긴 때문이다. 게다가 일본공사 다케조에[竹添]가 김옥균이 가지고 간 위임장은 위조라고 통보해버렸다. 그 이유는 다케조에 자신이 김옥균을 불신한 데 있다…"

왕문과 민하를 비롯한 청년들은 원세개가 김옥균의 일본에서의 활동 양상을 소상하게 알고 있는 데 놀랐다.

원세개의 말에 의하면, 일본 정부가 김옥균을 냉대하자 일본의 은행가 시부자와 에이이치[澁澤榮一] 등이 삼백만 원은 안 되더라도 이백만 원 또는 일백만 원이라도 주선해주려고 애썼는데도 끝내 실패하고 말았다고 했다. 그러자 이중하가 물었다.

"일본 정부가 돈을 빌려주지 않은 것을 보면 일본의 조선에 대한 야심이 그다지 뿌리가 깊다고 할 수 없는 것이 아닙니까?"

이에 대한 원세개의 대답은,

"천만에. 아까도 말했거니와 그들의 재정 사정이 딱한 것과 김옥균을 전적으로 신용할 수 없다는 데 원인이 있는 것이지, 야심을 포기한 건 아니다. 일단 연기를 한 거지. 서양 각국과 우리 청국에 대한 체면 문제도 있었던 거구. 한데, 일본의 민간 지사志士들이 야단이라는군. 조선에 건너와서 조선 정부를 장악하겠다는 거지."

"그게 될 법이나 한 일입니까?"

한 것은 임건중이었다.

"어림도 없는 일을 획책하고 있으니까 가소롭다는 것 아닌가."

하고 원세개는 소리를 낮추더니,

"그런데 요즘의 동향이 이상해. 민영목이 미국에서 돌아오자 개화파가 된서리를 맞고 어윤중 같은 사람은 서북으로 좌천되기도 했는데, 무슨 영문인지 모두들 중앙으로 복귀하고 요직에 앉기도 했거던. 내 짐작은 아무래도 국왕이 친일파가 아닌가 해. 왕비는 우리 편이지만."

"개화당이 세력을 잡으면 어떻게 될 것 같습니까?"

소민이 물었다.

"친일파 일색으로 되겠지."

"그럼 청국은 어떻게…."

"그들 생각으론 내몰려고 하겠지. 그러나 우리가 그처럼 호락호락하진 않을 거여. 나 원세개가 일본인 따위에게 수모를 받기 위해 한성에 와 있는 건 아니니까."

"그렇다면 걱정할 필요가 없지 않습니까?"

한 것은 이중하.

"그렇지도 않아. 개화당의 움직임을 보면 뭔가 한 바람 일고 말 것 같아. 그렇게 되면 뜻하지 않은 대사건으로 번질는지도 모르고. 가능하다면 불상사가 나지 않도록 미연에 방지하는 게 좋아."

"어떻게 하면 불상사를 미연에 방지할 수 있겠습니까?"

"간단하지."

하고 원세개는 일동의 얼굴을 둘러봤다. 모두들 원세개의 다음 말을 기다렸다.

"여러분이 나의 귀가 되고 눈이 돼주면 되는 거다. 개화당 인물들 사이에 깊게 파고들어 정탐을 해서 나에게 알려줘."

이 말에 모두들 움찔했다. 솔직하게 말하면 간자間者, 즉 밀정이 되어달라는 부탁인 것이다.

그런 짓은 못 한다는 단호한 반발이 있어야 하는 것이었지만, 구사九死에 일생一生을 얻은 처지에 그렇게 처신할 수는 없었다. 그러나 원세개는 모두들의 심정을 짐작한 모양으로,

"싫은 짓을 나는 강요하지 않겠다. 결과적으로 여러분의 협력이 있으면 큰 재앙을 미연에 방지할 수 있겠다 싶어 내 의견을 말해본 것뿐이다."

며 대범한 표정을 지었다.

치열한 정쟁 속에서 이겨 남아 오늘의 지위를 얻은 사람이라, 원세개에겐 인심수람人心收攬의 기술이 있었다. 그런 만큼 순진한 청년들의 마음을 사로잡는 것쯤이야 문제도 안 되었다.

그는 자국自國의 정세를 이것저것 설명하고 나서,

"동양 대국이 서양의 세력과 부딪치다 보니 다소의 알력과 동요가 없을 수 없는 건 당연한 일. 그러나 서양인 스스로가 대청제국을 잠자는 사자라고 일컫고 있는 만큼 대청제국이 힘은 무한량한 것이오. 작금 일본이 서양 문물에 심취하고 또한 그들의 단결력을 과시하고 있지만, 우리와 그들과는 코끼리와 모기에 비유할 수 있는 것인즉 문제될 것도 없다."

고 하고 자기가 북양대신 이홍장의 신임을 얻고 있을 뿐 아니라 대
청 조정의 실력자 서태후의 총애를 받고 있는 몸이니 불원 중원에
호령할 날이 있을 것임을 은근히 비추기도 했다. 그러고는 교묘하
게, 자기와 뜻을 같이하여 협력하는 바 있으면 청년들의 장래는 창
창할 뿐 아니라 후일 청년들이 조선을 지배할 수 있도록 만전을 다
하겠다는 의도를 은근히 토로했다.

"아무튼 일본의 문제는 여러분의 문제지, 우리 대청제국으로선
아프지도 가렵지도 않은 사소한 문제로서, 내가 진력하는 것은 조
선을 위해서고 나아가 청·조淸朝 양국의 우의를 위한 것이지 어떠
한 사심私心, 어떠한 야망도 없는 일이오."

원세개의 말이 이러했고 보니 그의 제안에 승복하지 않는 것은
나라를 사랑하고 위할 마음이 없다는 것처럼 되어버릴 것이다.

원세개는 또 이런 말도 했다.

"간자니 밀정이니 하는 말이 군자의 귀에 거슬리기도 하겠지만,
손자의 병법에도 있듯 승리하기 위해 상대방을 알고자 하는 노릇
일 뿐이다. 비록 그런 짓이 탐탁하지 않다고 치더라도 누란累卵의
위기에 있는 나라를 위해선 못 할 노릇이 없다는 것이 국사國士의
도리 아닌가. 여러분이 간악한 포졸들을 징치한 것도 그런 뜻이 아
니었던가? 인지소행人之所行 가운데 가장 나쁜 짓은 살인이다. 그
러나 살인의 목적이 애국과 정의, 또는 협기에 있을 땐 영웅적인 행
적이 되는 것이며, 덕행에 못지않은 행위로 칭송받는 것이다."

원세개의 말은 조리가 정연했다.

김천호가 미우를 곧게 하여 입을 열었다.

"대인께서의 가르침, 마음에 새겨들었습니다. 일신을 내던져 대인의 뜻을 받들겠사옵니다."

이어 박주철이 나섰다.

"저도 김천호와 같은 각오로소이다."

염상만도 같은 뜻의 말을 했다. 그러자 이중하, 임건중도 원세개의 귀가 되고 눈이 되길 자청했다. 그러자 원세개는 왕문 쪽으로 얼굴을 돌렸다. 황급히 민하의 말이 있었다.

"왕문 군은 이곳에선 말할 수 없는 중대한 사명이 있사온즉…."

"그럼 민공은 어떤가?"

원세개가 물었다.

"저는 왕문 군을 모시는 데 전일, 진심갈력해야 하겠기에 원 대인의 그러한 기대엔 충천하게 보답할 수 없겠사옵니다."

임건중이 민하의 말을 중간에서 가로챘다.

"왕문 군은 큰 사명을 가졌고, 민하 군은 그러한 왕문 군을 보필하는 사명을 가지고 있습니다. 그러니 우리 다섯 사람이 두 분의 몫까지 다할 터이니 양해하시길 바랍니다."

원세개는 빙그레 웃으며,

"나는 여러분께 강요하지 않았고, 다만 의견을 말해보았을 뿐이오. 내게 변명이나 사과를 할 필요가 없소."

하고 술과 안주를 권했다. 그리고 자신도 사양 않고 술을 마셨다. 기분이 썩 좋은 것 같았다.

"내 해동 조선에 와서 이렇게 기분 좋은 자리는 처음이오."

하며 그가 조선에 오기까지 견문했던 이야기를 늘어놓기도 했다.

그 얘기 사이사이로 그는 자기의 원대한 계획을 은근히 비추는 것
이었는데, 그것이 또한 청년들을 매혹했다.

주흥酒興이 일자 원세개는 대배大杯를 비우고 상궤에 비스듬히
몸을 기대고 낭랑하게 시창을 하는데 그 시는 백거이의 것으로,

부동자후지不動者厚地

불식자고천不息者高天

무궁자산천無窮者山川

장재자연월長在者年月

송백여구학松柏與龜鶴

기수개천년其壽皆千年

차차군물중嗟嗟群物中

이인독불연而人獨不然

조출향조시早出向朝市

모이귀하천暮已歸下泉

형질급수명形質及壽命

위취약부연危脆若浮煙

요순여주공堯舜與周孔

고래칭성현古來稱聖賢

차문금하재借問今何在

일거역불환一去亦不還

아무불사약我無不死藥

만만수화천萬萬隨化遷

소미정지자所未定知者

수단지속간修短遲速間

행급신건일幸及身健日

당가일준전當歌一樽前

하필대인권何必待人勸

지차자위환持此自爲歡

이것을 풀이하면,

'대지는 부동, 고천은 불식*, 산천은 무궁하고 세월은 영구로다.
송백과 거북과 학은 천년의 수명을 가졌는데 사람만이 그렇지 못
하구나. 아침에 바삐 일보러 나갔던 사람이 저녁엔 황천黃泉으로
돌아간다. 인간의 육체와 수명이 허망하길 뜬구름과 같도다. 요순
과 주공周公, 공자는 성현으로 불리는 사람. 그러나 묻노니 지금 어
디에 있단 말인가. 한번 가면 다시 돌아오지 않을 것을, 내게 불사
약이 없으니 갖가지 변화를 따라 움직일 뿐. 모르는 것은 언제 죽
느냐 하는 그것이로다. 다행히 지금 몸도 건전하니 술통을 앞에 하
고 노래나 불러볼까. 누가 권하길 기다릴 필요조차 없구나. 이로써
내 멋대로 즐기면 되는 것을.'
　민하의 창화는 '영웅유비색英雄有悲色'으로 시작한 현란한 시였다.
　이렇게 해서 청년들은 좋게 말하면 애국의 충정을 맹세한 것이

---

* '대지는 움직이지 않고 높은 하늘은 쉬지 않는다.'

었고 나쁘게 말하면 원세개의 간자間者가 되길 자원한 꼴이 되었다. 물론 왕문과 민하를 제외하고 하는 얘기지만, 무슨 영문인지 그 이유를 밝히지 않고 닷새를 더 유치해두었다가 원세개는 그들을 방면했다. 방면하는 자리에서 원세개는 구리쇠로 된 방형方形의 소패小牌 하나씩을 청년들에게 주었다.

그러고 한 말은,

"언제나 신변에 위급이 있을 때는 이 패를 가지고 우리 진으로 달려오시오. 이 패는 그럴 때를 위한 통감이오. 위급한 일 없이 내게 무슨 할 말이 있을 때도 이 패가 소용될 것이오."

그 소패의 한쪽 면엔 '대청大淸'이란 두 글자가 전서체로 새겨져 있었고, 또 한 면엔 독수리의 모습이 정교하게 그려져 있었다.

그들이 청진을 나왔을 때 연치성이 기다리고 있었다. 연치성은 왕문의 손을 잡으며 말했다.

"선생님이 양생방에서 기다리고 계십니다. 친구들을 그리로 데리고 오라는 분부이십니다."

일행은 양생방 최천중의 거처로 갔다.

최천중은 그들을 보자,

"수고들 했다."

는 한마디 말이 있었을 뿐, 진수성찬을 차린 요리상을 내오라고 했다.

"심려를 끼쳐 죄송하옵니다."

하고 왕문이 말했을 때도 최천중은 대꾸가 없었다.

그러자 동좌해 있던 곽선우가 차근차근 청진에 있을 때의 사정을 묻기 시작했다. 이중하의 얘기로 민하가 '모母,' '신辛,' '곡哭' 자를 두고 시를 지었다는 대목에 이르자 최천중이 쓸쓸하게 웃었다. 그러나 웃는 까닭을 말하진 않았다.

"그 글 가운데 곡哭자 풀이가 일품이군. 기훼생곡성器毀生哭聲이라, 기가 막혀. 사람을 명기名器에 비유한 거도 좋구."

곽선우가 감동한 듯 말하자 최천중의 말이 있었다.

"천여*의 재질로써 글을 배워, 생명을 구걸하는 데 써먹었으니 장부의 체면이 약연하군."

최천중의 나직한 음성이었으나 노기가 서려 있었다. 최천중은 반가움과 노기에 얽힌 스스로의 감정을 억누르느라고 무진 애를 쓰고 있는 것 같았다. 이어 또 말이 있었다.

"앞으로 양주집의 출입을 금한다. 강남에 칩거하라. 성중에 들어와서도 안 된다."

왕문과 민하는 당연한 조처라고 생각하고 승복할 마음이었다. 그런데,

"앞으로 자네들은 자네들이 저지른 죄를 어떻게 감당해야 할 것인지 그게 난감하구나."

하는 최천중의 말을 납득할 수가 없었다. 간사하고 악독한 방곡 기교를 죽인 것이 감당 못 할 죄란 말인가. 왕문은 이중하를 비롯한 친구들에게 미안함을 느꼈다. 그러한 마음의 움직임을 꿰뚫어본 모양으로 최천중이 말했다.

---

* 　天輿: 하늘이 줌.

"천천히 식사를 하고 나서 모두들 서소문으로 나가보라. 그때 자네들이 어떤 죄를 지었는가를 알게 될 거다."

알쏭달쏭한 말이었다.

그러나 반문할 수도 없었다. 왕문이 곽선우를 보았지만 곽선우는,

"빨리 자시기나 하게."

할 뿐 더 이상 말이 없었다.

식사가 끝나자 연치성이 일어섰다.

"선생님 분부대로 가봅시다."

윤오월이 하순에 가까웠으니 기온은 유월의 더위였다. 그 찌는 듯한 더위의 오후, 서소문에 가까워지자 형언할 수 없는 악취가 코 언저리에 서성거리는 듯했다.

그러나 연치성이 이끄는 대로 그들은 형장 가까이로 갔다. 형장 이곳저곳에 서 있는 말뚝 위에 생수生首 다섯 개가 걸려 있었다. 산발한 머리털엔 피와 흙이 뒤범벅이 되어 있었고, 얼굴엔 검붉은 피가 말라붙어 있는데 똥파리가 그 근처를 윙윙거리며 날고 있었다. 잘린 목을 붙들어 맨 말뚝의 윗부분엔 말라붙은 핏자국이 아교질의 둔한 빛으로 변질돼 있었다.

왕문은 구역질을 겨우 참았다. 민하는 고개를 돌려 북악 쪽을 바라보고 있었다. 이중하도, 임건중도, 염상만도, 박주철, 김천호도 힐끗 썩어가는 생수들을 보곤 엉뚱한 곳으로 시선을 돌렸다.

"모두들 자세히 보시오."

연치성의 싸늘한 소리가 있었다.

일동의 시선이 연치성에게로 쏠렸다.

"이 다섯 사람은 어제 처형되었소. 죄목은 이달 초에 광통교에서 방곡 기교를 죽였다는 거요. 여러분 아시겠소? 여기 효수梟首되어 있는 이 사람들이 방곡 기교 네 사람을 죽였다는 말이오."

민하는 얼떨떨한 표정으로 왕문을 바라보았다. 왕문도 영문을 몰라 연치성의 얼굴을 말끄러미 바라보았다.

"똑똑히 눈여겨봐둬요. 이들이 광통교에서 방곡 기교들을 죽였으니까."

하고 잠깐을 지내곤 연치성이,

"봤으면 갑시다."

하고 앞장을 섰다.

다시 양생방으로 돌아갔을 때 비로소 연치성이 설명했다. 그 대요는

원세개는 포도청에 추상같은 재촉을 했다. 혐의자가 있으면 잡아야 하고, 그것이 죄인으로 밝혀졌으면 한시바삐 처형을 해서 경각시중警覺示衆을 해야 한다고 독촉한 것이다. 포도청은 수사 능력이 모자란다는 것을 폭로하기가 싫었고, 빨리하지 않으면 청군으로부터 무슨 난제가 나올까 몰라 닥치는 대로 만만한 사람 다섯을 붙들어다가 목을 쳐서 효수해버렸다. 청진에 대한 보고 자료를 만들기 위한 처사였다.

"여러분이 살아 돌아올 수 있었던 것은 다행한 일이지만, 여러분을 대신해서 그 사람들이 죽었으니 안타까운 일 아닌가. 아까 선생

님께서 그 죄를 어떻게 감당할 수 있을 것인가 하신 것은 바로 이 사실을 두고 하신 말씀이오."

연치성은 이렇게 설명을 끝맺으며 한숨을 섞었다.

왕문과 그 친구들은 비로소 자기들의 방면이 닷새나 늦어진 까닭을 알았다. 원세개는 왕문과 그 친구들이 광동교 사건으로 인해 앞으론 추궁당하는 일이 없도록 하기 위해 범인의 체포와 처형을 엄중히 독촉해선 그런 결과를 만들어놓고서야 비로소 방면하는 조처를 취한 것이었다.

원려심모, 용의주도한 조처라고 하면 그렇게도 말할 수 있지만 인도에 어긋나는 처사임엔 틀림이 없다. 왕문과 민하는 감사하다는 감정에 앞서 두려움을 느꼈다. 곽선우는 다음과 같이 말을 보탰다.

"하여간 놈들은 겁나는 놈들이다. 만일 후에 탄로가 나면 여러분을 숨겨둔 책임을 져야 하니까, 미리 손을 쓴 거다."

긴 여름 해도 어느덧 서산으로 기울어들고 있었다. 연치성과 왕문 그리고 민하는 뚝섬의 숲속에 앉아 나룻배를 기다리고 있었다.

구사에 일생을 얻었다는 안도의 기쁨은 온데간데가 없고 자기들 대신 참형을 받고 효수된 다섯 사람의 생수가 눈앞에 어른거려 왕문의 심기는 불안하기만 했다.

최천중의 말마따나

"그 죄를 앞으로 어떻게 감당할 것인가."

하는 생각이 가슴을 짓눌렀다.

청군에게 대한 체면이 있기로소니 얼토당토않은 사람을 끌어다가 죄를 뒤집어씌워 목을 잘라버리는, 그런 소행이 어떻게 가능한 것일까.

왕문이 굴심*한 나머지 물었다.

"우리들 대신 죽은 사람들의 이름을 알고 계십니까?"

"적어두었어."

하고 연치성이 도포 소매에서 한 장의 쪽지를 꺼내 왕문에게 건넸다. 왕문이 쪽지를 폈다. 민하가 그것을 들여다보았다.

박용수朴鏞壽, 김유만金有萬, 민창범閔昌範, 공영동孔永東, 윤태보尹太輔 등의 이름이 거기 적혀 있었다.

"그 사람들의 집을 알 수 있을까요?"

"알 수야 있겠지. 알 수 있겠지만 알아 무엇을 할 건가?"

연치성의 말엔 힘이 없었다.

"알았으면 해요. 어떻게든 유족들에게나 우리의 성의를 다해야죠."

왕문이 무겁게 말했다.

그러자 연치성이,

"왕공과 민공은 그런 일에 관심을 갖지 말아요. 최 선생님께서 마음을 쓰고 계시니까요."

하고 정색을 했다.

"그런 일은 선생님에게만 맡겨둘 수가 없소. 우리도 응분의 성력誠力을 다해야죠. 그 사람들 가운데 한 사람의 집이라도 모르시겠

---

* 屈心: 마음을 굽힘.

습니까?"

왕문의 말은 간절했다.

"윤태보의 집만은 알고 있지. 동대문 밖 숭신방崇信坊이라고 했지, 아마?"

"숭신방이라고 해도 꽤 넓은 데가 아닙니까?"

"윤태보의 아버지가 그곳에서 안방술집을 하고 있다오. 윤태보는 협기가 있는 노름꾼이구. 다섯 사람이 붙들린 게 그 집에서였다오. 노름을 하다가 붙들린 모양이우."

노름을 하다가 일망타진, 붙들려 갔는데 포도청에선 그것을 기화로 목을 쳐서 죽이고는 뒤에 죄목을 방곡 기교 살인범으로 몰아 버린 것이 연치성의 추측이었다.

나룻배가 가까이 오고 있었다.

연치성은 왕문과 민하가 나룻배 타는 걸 보고서야 등을 돌렸다.

"성중에 드나들지 말라는 선생님의 분부를 어겨선 안 됩니다."

하는 말을 남겨놓고.

나룻배가 강남 언덕에 도착해도 왕문과 민하는 내리지 않았다.

"손님들은 왜?"

하고 사공이 물었을 때 민하가 말했다.

"우리는 다시 한성으로 돌아가야 하겠소. 급한 볼일을 남겨놓고 왔기 때문이오."

사공은 더 이상 캐묻지 않았다.

손님 셋을 태우고 한참을 기다리다가 나룻배는 다시 뚝섬으로 돌아왔다. 민하의 망막엔 송이화의 얼굴이 아른거렸다.

한성으로 되돌아왔을 땐 어둠이 짙어 있었다.

"성문이 닫혔을 테니까 양주집으론 가지 못하겠고, 숭신방으로 나 가보지."

왕문이 한 말이었다.

"최 선생께서 알면 큰일날 것 아닌가."

민하는 뒤늦은 걱정을 했다.

"엉뚱하게 목이 날아가기도 하는 세상인데 최 선생님의 노여움 이 무슨 큰일인가?"

왕문이 아무렇지 않게 말했다.

"그것도 그래."

민하가 고개를 끄덕였다.

"우리 때문에 죽은 그들을 위해 뭔가 하지 않곤 좌불안석이라서 아무 일도 하지 못할 것 같애."

답답하다는 듯 왕문이 가슴을 탁 쳤다.

성벽에 버섯처럼 기대 있는 집들 사이의 골목을 동대문 쪽으로 대중 잡아 두 사람은 걸었다.

이윽고 동대문 밖까지 왔을 때 어느 주막집에 들러 윤태보의 안 방술집이 어디냐고 물었다. 노파는,

"그 집을 왜 찾수?"

하고 탐탁지 않은 표정이었다.

"윤태보 씨완 잘 아는 사이가 돼서요."

민하가 말하자,

"잘 알다니, 어떻게 잘 아우?"

희미한 노파의 눈에 심상찮은 빛이 돋았다. 민하가 우물쭈물했다.

"댁들도 노름을 하슈?"

노파의 퉁명스러운 말이었다.

"할머니께선 윤태보 씨에게 무슨 감정이라도 있는 겁니까?"

왕문이 물었다.

"감정? 감정이야 많지. 아무런 죄도 없이 목을 잘려 남의 집 딸 과부 만들어놓은 놈에게 감정이 없으면 사람도 아니게요."

노파는 자기도 모르게 몸을 떨었다.

"그럼 윤태보 씨는 할머니의 사위였습니까?"

"…"

노파는 말없이 대포 두 잔을 떠서 왕문과 민하 앞에 놓았다.

"윤태보 씬 활달한 협객이라고 들었는데…."

민하는 술잔을 반쯤 비우고 나서 노파의 말을 유도했다.

"그 사람에게 죄가 있다면 노름한 죄밖에 없었쇠다. 인물 잘나고, 노래 잘하고, 남의 일 잘 봐주고, 동대문 밖에선 제일로 꼽는 활수*였지. 양반으로 태어나지 못한 설움. 기막힌 팔자라오. 이놈의 세상은 망해야 하는 거유."

노파는 북받쳐 오르는 분격을 참을 수가 없다는 듯 거칠게 지껄였다.

"할머니, 말조심하시구려. 밤말은 쥐가 듣는다우."

저편 구석에 앉아 술을 마시고 있던 교군轎軍 풍風의 사나이가

---

* 滑手: 무엇이든지 아끼지 않고 시원스럽게 잘 쓰는 사람.

한 말이다.

"말조심 안 하면 어쩔 텐가. 죽이기밖에 더하겠수? 서른 살 젊으나 젊은 청춘이 목을 잘려 죽는 판인데, 늙은 내가 무엇이 두려워 할 말을 못 하겠수? 죽어 아까울 것 없구만."

아닌 게 아니라 노파는 못 할 소리가 없었다.

"내 사위가 죽어 내 딸이 과부가 되었대서 하는 소린 아뉴. 이놈의 나라는 법도 없고 경우도 없는 거라. 법도 경우도 없는 나라가 부지할 수 있겠어? 이, 치가 떨린다. 능구렁이 같은 놈, 여우같은 년이 얼마나 오래 갈 건지…. 천벌을 받지 않고 배겨낼까…?"

노파의 악담은 엉뚱한 방향으로 가고 있었다.

"능구렁이와 여우들은 그렇다고 치고, 벼슬아치들 하는 짓이 또 뭔가? 이놈의 나라의 사내들 불알을 죄다 까버려야 해. 불알 달고 겨우 계집질이나 할 바에야 그게 뭔가? 계집질이야 소도 하고 말도 하고 닭도 하고 개도 하고 지렁이도 하고 뱀도 하는 것 아닌가. 대장부로 태어나서 뭐란 말인가. 수십 명 사내들이 한 줌도 못 되는 양반의 손아귀에 꿈쩍달싹도 못 하게 쥐여 있는 그 꼴이 뭐란 말인가? 모두들 죽어야지. 밟혀 죽어야지. 그러나 내 사위는 당당하더라. 형장에 끌려가서도 당당하더라. 고래고래 고함을 질러 임금이며 왕비를 마구잡이 욕을 했으니까. 망나니 한 놈은 내 사위의 발에 차여 갈비뼈 몇 대가 부러졌다고 하니 얼마나 통쾌한 일인가."

노파는 신들린 사람처럼 되었다.

왕문과 민하는 술잔을 비울 생각도 않고 멍청히 있었다.

노파는 그렇게 한참을 지껄이다가 돌연 왕문과 민하를 쏘아보는

87

눈빛으로 되었다.

"댁들은 보아하니 양반이구려. 백성들의 목숨을 파리 목숨처럼 만들어놓고 당신들은 잘 살 줄 아시우? 어림없소. 어림없어."

"우린 양반이랄 것도 없습니다."

민하가 가까스로 한마디 끼웠다.

"그렇다고 해서 상민은 아닐 테지."

노파의 말이 다그쳐 들었다.

"양반도 상민도 천민도 중민도 아닌 그런 사람이오."

민하의 이 말이 침울하게 들렸던지 노파는 말소리를 부드럽게 하며 물었다.

"윤태보를 찾는 모양인데, 윤태보는 아까 말했듯 서소문 형장에서 참형을 당했쉬다. 그런데 무슨 용건으로 그 사람을 찾는 거유?"

"억울하게 죽었다는 소릴 듣고 그 가족들에게 위안이라도 드리려고 온 것입니다."

"무슨 연고로요?"

"연고랄 것도 없습니다. 그저 동정심에 이끌려 찾아왔을 뿐입니다."

"고맙소."

노파는 처량하게 말을 이었다.

"내 딸은 오늘 절로 갔소. 아마 머리를 깎고 중이 될 작정인가 보오. 나는 말리지 않았소. 그 잘난 남편을 잃고 어떻게 살겠소. 목을 매달아 죽지 않는 것만도 고마울 뿐이오."

"아들이나 딸은 없습니까?"

"없습니다. 결혼한 지 삼 년이나 되었는데도 난 외손주를 보지 못했소. 고래로 금실 좋은 부부는 아들딸이 귀한가 봅니다."

하고 노파는 한숨을 쉬더니,

"나도 어찌 장사하고 있을 기분이 되겠소만, 가만 드러누워 있을
수도 없이 이렇게 가게를 열어놓고 만나는 사람마다 악담을 퍼붓고
있는 거라오. 그런데, 그런데… 앞으로 어떻게 살아갈까 싶으니 막
연하구면."

하며 울먹이기 시작했다.

그 벅찬 슬픔을 무슨 말로 위로할 수 있을까. 왕문과 민하는 고
개를 떨구고 있는데 노파의 말이 있었다.

"죽은 다섯 사람 가운데 누구 하나 불쌍하지 않을 사람이 있을
까만 그중에서도 박용수 가족의 형편이 말이 아니오. 작년에 상처
하고 노모는 병석에 있고, 과년한 딸이 있다고 들었는데…."

"그 사람 집은 어디 있습니까?"

왕문이 물었다.

"혜화문 밖, 사아리沙阿里라고 들었소."

노파는 아까의 기고氣高한 태도와는 딴판으로 기어드는 소리로
이렇게 말하며 소매로 눈물을 닦았다.

"사아리로 가면 쉽게 집을 찾을 수 있을까요?"

왕문이 거듭 물었다.

"사아리는 집이 이삼십 호 있을까 말까 한 빈촌인데 박용수의 집
을 모르는 사람이 있을라구요."

그러고 노파는 중얼중얼했다.

"조그만 체구에 날쌔기 짝이 없는 사람이었다오. 노름 솜씨 하나

기가 막혔지. 모두들 박용수가 죽었다는 소리를 듣고는, 그 아까운 손을 어떻게 하고 죽었을까 한탄을 했소. 윤태보와는 그럴 수 없는 짝이었는데, 쯧쯧…."

"그러나저러나 노름을 한다는 건 좋은 일이 아니지 않습니까?"

민하가 한마디 했다.

노파의 눈이 이상스럽게 빛났다.

"여보슈, 선비님네. 양반의 곤장을 맞으며 종노릇을 해야 좋은 일이우? 소나 말처럼 양반의 가마를 메고 다녀야 좋은 노릇 하는 거유? 뼈 빠지게 농사지어 알곡은 양반에게 다 바치고 겨를 먹고 살아야 좋은 노릇 하는 거유? 말 마슈. 이 길 저 길 다 막힌 팔자에 노름이나 하고 소일하지, 뭘 하고 소일하겠소. 노름은 도둑질 다음 가는 짓이라고 합디다만, 배부르고 등 따신 사람들이 하는 소리유. 나는 내 사위 윤태보가 노름하는 걸 말려보지 않았소. 노름을 해서 밥 빌어먹는 게 곤장을 때려 양민을 짜 먹는 양반들의 토색질보단 떳떳한 짓일 거요. 그러니까 선비님들, 노름했다고 그들을 탓하지 마슈. 사대가의 갖은 놈들이 그 짓을 하고 있을 때 오죽이나 한이 맺혔겠수…."

"알았소. 알았소."

하고 민하는 술을 한 사발 더 청했다. 그냥 둬두면 노파의 넋두리는 밤을 새워도 못 다 할 것 같아서였다. 바람 한 점 없이 후텁지근했지만 그날 밤은 그 집 봉놋방에서 세울 수밖에 없게 되었다. 왕문과 민하는 목침 하나씩을 찾아 베고 잠에 빠졌다.

이튿날 새벽, 노파가 끓여주는 해장국에 막걸리 한 사발을 곁들여 마시고 왕문과 민하는 사아리로 박용수 집을 찾아갔다.

사아리에 도착했을 때 훤히 주위가 밝아오고 있었다. 동구에 있는 집에서 연기가 나고 있기에 그리로 가봤더니 그곳은 주막이었다. 그날은 마침 양주에서 장이 서는 날이라 장 보러 가는 성내 장사치들을 위해 일찍 일어나 준비를 한다는 주인의 설명이었다.

"박용수의 집을 찾는데요."

민하가 말을 건넸더니, 주막집 주인이 한다는 소리가,

"별일도 다 있지. 어제도 하루 종일 박용수 집 찾는 사람으로 우리 주막이 꽉 차더니, 오늘은 새벽부터 손님이 들이닥치는군. 박용수 집은 이 동네 맨 꼭대기에 있소. 아무래도 박용수 집은 벼락부자가 될 끼라. 사람 죽고 벼락부자 된다면 나도 한번 죽어볼 걸 그랬어."

마을 앞 주막에서 술 한 잔씩 청해 마시고 왕문과 민하가 박용수의 오두막집 앞에 섰을 땐 바야흐로 솟아오른 아침 햇빛이 그 오두막집을 정면으로 비추고 있었는데 민하가,

"왕공, 저걸 보시오."

하고 문지방 한 군데를 가리켰다.

거긴 '무戊'란 글자가 새겨져 있었다. 왕문과 민하는 또 글자를 찾을 셈으로 두리번거렸다. '무'라고 새겨져 있는 반대편에 '삼三'자가 보였다.

"그랬군."

왕문이 중얼거렸다.

십 수 년 전 삼전도장은 관의 간섭으로 불태워 없어졌지만 그곳에 빈객으로서 드나들었던 사람들은 삼전계三田契를 만들어 그 계원이 되어 있었다. 그 계의 중심인물이 최천중이었던 것은 물론이고, 계의 재물을 맡아보던 사람은 최팔룡이었다.

삼전계의 계원은 계원의 집을 징검다리로 해서 전국 방방곡곡을 무일푼으로 여행할 수 있었고, 무슨 불행을 당하면 즉각 원조를 받을 수 있었다. 왕문과 민하가 본 '삼三'과 '무戊'는 삼전계 계원의 집이란 표지標識였다. 삼무三戊라고 하는 것은 삼전도장 무랑戊廊의 손님이었다는 기호이다. 삼전도 무랑엔 도박, 특히 투전술鬪牋術에 뛰어난 기량을 가진 손님들이 모였었다.

박용수 집 비좁은 뜰엔 쌀가마가 십 수 개 쌓여 있고 돈 부대라고 짐작되는 부대까지 마루에 쌓여 있으나 사람의 그림자라곤 없었다. 민하가 뜰로 들어서서 주인을 찾았다.

"안 계십니까?"

하는 소리를 서너 번 거듭하고야 부엌 쪽 창문이 반쯤 열렸다.

"우리는 옛날 삼전도장과 인연이 있던 집안의 사람들입니다. 주인을 뵙고자 합니다."

"아버지는 돌아가셨사옵고…."

하는 처녀의 목소리로 짐작되는 음성이 흘러나왔다.

"그건 알고 있습니다."

"어머니도 돌아가신 지가 오래되었구요."

"그것도 압니다."

"주인이라고 하면 병석에 계시는 할머니온데, 기동을 못 하시니…."

"우리는 박용수 어른의 가족을 위해 도움이 되는 일을 하려고
온 사람들입니다. 무슨 시키실 일이라도 없는지요?"

잠깐 대답이 없더니 처녀가 말했다.

"어젯밤에 어떤 사람들이 와서 쌀가마와 돈 부대를 가지고 왔는
데 그 영문을 모르겠사옵니다. 그 영문을 알았으면 합니다."

"무슨 전갈이나 문서 같은 것은 없었습니까?"
하고 민하가 물었다.

"진서眞書로 된 쪽지가 있었사옵니다만 저는 진서를 모르고, 그
것을 동네 어른들에게 보일 겨를도 없고 해서…."
하며 열린 문틈으로 쪽지를 내놓았다.

민하가 그걸 펴 들었다. 짤막하게 다음과 같이 적혀 있었다.

'천추한千秋恨 앙천곡仰天哭 기하일期何日 유소보有所報 시량건
柴糧件 걸휴념乞休念 삼전계三田契 불망의不忘誼.'

민하가 이를 쉬운 말로 풀이했다.

"천추의 한이 될 일이니 하늘을 향해 통곡할 심정이오. 언젠가
를 기해 보복이 있을 것이오. 시량의 문제는 걱정하지 마옵소서. 삼
전계가 의誼를 잊지 않으리라."

그러고는 이어 민하가 물었다.

"아버지 살아 계실 적에 삼전도장의 얘기를 듣지 못했습니까?"

"한두 번 들은 것 같습니다. 꿈같은 나날을 보낸 한 시절이 있었
노라며 삼전도장 얘기를 하신 적이 있사옵니다."

"그때의 의리를 잊지 못하는 어른이 쌀이랑 재물을 보낸 것이니

걱정 마시고 이것을 쓰시도록 하시오. 모자라면 또 갖다줄 것이올
시다."

"친척 되시는 분은 계시지 않습니까?"

이번엔 왕문이 물었다.

"강원도엘 가면 있다고 들었습니다만, 이 근처엔 없는 것으로 압
니다."

"그렇다면 살아가시기가 퍽이나 외로우시겠습니다."

"그보다도 할머니의 병환이 걱정이옵니다."

"이웃 사람들의 도움을 청하면…."

"아버지가 그 일을 당하곤 이웃 사람들이 가까이하려고 안 합니
다. 형사인刑死人의 집에 드나들었다간 무슨 누累를 당할지 모르니
당연한 조심이겠지요."

"그럼 우리들이 여기 머물러 도와드려도 좋겠소이까?"

민하가 물었다.

"너무 황송해서 어디…."

"황송할 것 없습니다. 보니 저기 아랫방이 있으니 저길 거처로
하구…."

"그 방은 오랫동안 묵혀둔 방이어서…."

"상관없습니다."

하고 왕문은 민하를 돌아보고,

"민공은 빨리 성중에 들어 연치성 형을 만나, 아니, 연치성 형을
만나는 건 당분간 보류하고 다른 알음을 통해 의원을 데리고 오시
오. 그동안 나는 거처할 장소를 치워놓을 테니까."

"알았소."

하고 민하는 민첩하게 몸을 돌려 바깥으로 나갔다.

왕문은 아랫방의 문을 열었다. 물씬한 흙냄새에 케케묵은 곰팡이냄새가 섞여 코를 찔렀다.

하는 수 없었던지, 처녀가 맨발로 내려왔다. 누추한 옷을 걸치고 있었으나 얼굴은 해맑고 눈동자엔 그윽한 광채가 있었다.

"어찌 이런 방에 거처하실 수가 있겠사옵니까?"

처녀는 애원하는 얼굴로 왕문을 보았다.

"거미줄을 걷고 먼지를 털고 불을 지펴 습기와 곰팡이냄새를 몰아내고 멍석을 사다가 깔면 충분히 거처할 수가 있습니다. 먼저 아궁이에 불부터 지핍시다."

왕문의 결심이 굳은 것을 알자 처녀는 재빨리 행동했다. 수건으로 머리를 가리고 아궁이에 불을 지피고, 비를 들고 나와선 천장의 거미줄을 쓸었다. 그사이 왕문은 그 집을 빠져나와 멍석을 구하러 나섰다. 주막집에서 흥정을 한 결과 다섯 냥으로 새 멍석 두 장을 구할 수가 있었다.

왕문과 처녀가 말없이 점심때까지 일을 하고 나니 방은 제 꼴을 찾았다. 계속 통풍을 하고 나면 거처할 만한 곳이 될 것이었다.

대강 일을 끝내고 왕문이 손과 얼굴을 씻곤 처녀를 불러 일렀다.

"내 이름은 왕문이오. 내 친구는 민하이구. 이웃 사람들이 혹시 묻거든 이번의 변을 듣고 강원도에서 온 친척이라고 하시오."

처녀는 고개를 끄덕이곤 말했다.

"제 이름은 달순이에요."

그들에겐 그들의 세계가 있었다. 즉 노름꾼들에겐 노름꾼의 세계가 있었던 것이다. 새삼스럽다고 할 수 있는 발견이었지만 왕문과 민하에겐 큰 교훈이 되었다.

'위정자는 마땅히 이러한 사실을 알아야 하는 것이어늘!'

죽은 박용수는 노름꾼들의 세계에선 일종의 영웅이었던 모양이다. 하기야 그 노름 기술만으로 삼전도장의 빈객이 될 수 있었다면 능히 짐작할 수도 있지 않은가.

그가 처형된 소식이 차츰 알려지자 전국 각지에서 내로라하는 노름꾼이 박용수의 가족을 찾아왔다. 그 가운덴 면식은 없으면서 이름만 알고 있는 사람들도 많았다. 모두들 박용수에게 경의를 표하는 것이 노름꾼으로서의 최저한도의 의리라고 생각한 것임에 틀림이 없었다.

그런데 그들은 하나같이 빈손으로 오진 않았다. 얼마간의 돈과 자기들이 먹을 양식은 휴대하고 있었다. 궁한 사람들의 교제엔 그 나름대로의 법도가 있는 것으로 보였다.

손님이 많을 땐 왕문과 민하가 거처하고 있는 아랫방이 비좁아 마을 앞 주막집 봉놋방에까지 넘쳐날 지경이었다. 팔도에서 모여드는 사람들이라 사투리와 습관들은 각각 달랐으나, 박용수의 억울한 죽음에 분격하고 있는 감정은 한가지였다.

"이 원수를 어떻게 갚을까?"

하는 것이 그들이 모여 앉기만 하면 화제에 오르는 대목이었다.

"노름꾼이라고 해서 뱀이 없을까? 두고 보라지."

하고 이를 가는 사람도 있었다.

"그럴 게 아니라 우리 함께 뭉쳐 포도청으로 몰려가서 박살을
내자."

고 성급하게 서두르는 자도 있었다.

어느 날 밤은 경상도 선산에서 왔다는 사람이,

"언제 누명을 쓰고 달아날 목인지 알 수가 없는 형편이니 이 판
에 한번 본때를 보여주자."

며 일을 꾸미려고 들었다.

이때 전라도 해남에서 왔다는 사람이,

"좀 더 두고 봅시다. 이놈의 나라는 얼마 가지 않아 망하게 돼 있
소. 옹기 무너지듯 우르르 무너질 때가 있을 거요. 그때를 기다립시
다. 분풀이를 하려면 감쪽같이 해야지…. 지금 서둘러보았자 황소
에 바늘 찌르기가 될 뿐이오."

하고 만류를 하는데,

"이러나저러나 황소를 바늘로 찌르는 꼴밖엔 더 될 게 있겠소?"

하고 일을 꾸미자는 데 찬성하는 사람이 많았다. 해남 사람은 침착
했다.

"아니오. 도끼로 정상을 박살내야지. 그럴 때가 머지않았소."

그에겐 기대할 무엇인가가 있는 것처럼 보였다.

노름꾼이라면 인간으로서 하지하下之下로 여겨왔던 것인데, 왕문
과 민하는 그들에게도 만만찮은 의지가 있음을 알았다. 뿐만 아니
라, 그들을 통해서 조정에 대한 백성의 원한은 극도에 달해 있다는
것과, 불을 그어대기만 하면 마른풀처럼 반항의 불길이 충천衝天하
리라고 느꼈다.

"요컨대 영웅이 없는 거라."

누구의 입에서나 이런 말이 있었다. 조정은 망하게 되어 있는데 앞장서서 일을 치를 영웅이 없다는 한탄이었다.

강원도에서 온 친척이라고 하고 이름을 박왕문, 박민하로 가장한 두 사람에게 문상 온 노름꾼들은 모든 얘기를 숨김없이 하는데, 안성에서 온 김만휴라는 청년이 하룻밤을 묵고, 아침 하직하는 자리에서 왕문을 보고 한 말이 있었다.

"오늘 밤 장안엔 구경거리가 있을 겁니다. 그러나 외출하시진 말고 내일 소문을 들으시오."

그 이상의 말이 없었기에 굳이 캐묻지도 않고 그날을 지냈는데, 그 이튿날 주막엘 나갔던 민하가 포도청에 불이 난 틈에 수감 중인 죄인이 도주하고 좌우 포도대장의 집도 같은 시각에 타버렸다는 얘기를 들었다. 이 말을 전해 듣고 왕문은 안성에서 왔다는 김만휴의 말을 상기했다.

그 일이 신호가 된 듯, 그날부터 곳곳에서 사건이 연달아 발생했다. 이곳저곳에서 포졸들이 칼에 찔려 죽기도 하고 돌에 맞아 죽기도 하였다. 그런데 그 살인 현장엔 치졸한 언문으로,

"죄 없는 사람을 죽인 자들은 마땅히 죽어야 한다."

는 쪽지가 있었다는 것이니, 박용수, 윤태보 등을 죽인 데 대한 보복이라고 짐작할 수 있었다.

"투전장을 들던 손이 비수를 쥐고 장안을 누비면 포졸이 떤다."

는 속요俗謠가 순식간에 퍼졌다.

그렇게 날을 보내고 있는 동안 왕문과 민하는 박용수의 딸 박달

순과 친남매 이상으로 친하게 되었다. 속죄하는 마음으로 그들은 박용수 어머니의 병간호도 했다. 그러나 마음이 편할 까닭이 없었다. 박용수를 죽게 한 동기가 된 것이 바로 자기들이었으니까.

그들이 그곳에 있게 된 지 열흘 만에야 자기들의 거처를 최천중에게 알렸다. 최천중은 혀를 끌끌 차면서도 말이 없었다. 곽선우가 그들을 데리러 가겠다고 나서려고 할 때, 말이 있었다.

"곽공, 내버려두시오. 왕문은 심약하기 짝이 없는 사람이오. 자기가 죄를 저질렀다고 뉘우치고 있는 모양이니 당분간 직성이 풀릴 때까지 내버려둘밖에 없소. 그렇게 해서 어려운 궁민窮民들의 사정을 알게 되는 것도 좋고, 궁민들의 인심을 얻어놓는 것도 나쁠 것 없소."

결과적으로 왕문과 민하는 박용수의 집에서 기약 없는 나날을 보내게 되었는데, 최천중이 예측한 그대로 왕문은 궁민들의 사정을 알게 됨으로써 심중 깊은 곳에 포부를 가꾸게 되었다. 한편 왕문과 접촉한 사람은 예외 없이 그의 인품의 순후함에 경복했다.

어느덧 여름이 지나고 가을이 왔다. 이 무렵 민하가 지은 시가 있다.

추색여추풍秋色與秋風

소소수살인蕭蕭愁殺人

출역수出亦愁

입역수入亦愁

좌중하인座中何人

수불회우誰不懷憂

장안여호지長安如胡地

초목일일퇴草木日日褪

심사불능언心思不能言

장중차륜전腸中車輪轉*

이것을 읽고 왕문이 한 말이 있었다.

"심사불능언, 마음은 있어도 할 말을 못 하니, 장중차륜전이라, 창자 속을 수레바퀴가 도는 것 같구려. 이 대목이 기막히오."

---

* '가을 빛 가을바람 쓸쓸함이 사람을 죽인다/ 나가도 들어와도 쓸쓸한데/ 여기 앉은 사람 어느 누구 근심 없을까/ 장안은 오랑캐 땅과 같아/ 초목이 하루하루 시드는데/ 마음은 있어도 할 말을 못 하니/ 창자 속을 수레바퀴가 도는 듯하구나.'

甲申　　갑신의 비풍

悲風

이중하가 박영효의 식객이 된 것도 어언 3개월. 임건중이 김옥균의 식객이 된 것도 3개월. 염상만은 홍영식의 집에 비집고 들어갔고, 김천호는 서재필徐載弼이 이끄는 사관반士官班에 들어갔다. 박주철은 이들이 있는 곳을 두루 돌아다니며 연락을 맡고, 소민과는 매일 한 차례 장소를 달리하여 만나기로 되어 있었다.

이것은 원세개의 지시에 따라 취한 배치였고, 그들이 그러한 요로의 인물들의 식객이 될 수 있었던 것은, 감쪽같이 보람 있는 소개장을 쓸 사람들을 원세개가 심복으로 삼고 있었다는 사실을 말해주기도 했다.

이건창, 강위, 김태영 등, 원세개는 얼마든지 동원할 만한 인물들이 주변에 있었다. 예를 들어 원세개가,

"내가 아는 조선 청년에 이중하란 사람이 있는데, 그 사람이 박영효 씨를 꽤나 좋아하는 모양이라. 그러나 워낙 지체가 높은 상대여서 가까이할 계기가 없는 모양이오. 어떻소, 형이 천거하는 글을

한 장 써주면…?"

하고 부탁하면, 그 내심을 알 길이 없는 이건창이나 강위, 김태영
등은

"좋소이다."

하고 즉시 붓을 들었던 것이다.

이중하를 박영효에게 소개한 사람은 이건창이고, 임건중을 김옥
균에게 소개한 사람은 김태영이다. 염상만을 홍영식에게 소개한 사
람은 김윤식, 김천호를 서재필의 사관반에 넣어준 사람은 어윤중.

안타깝게도 이들은, 이른바 개화파가 나라를 일본에 팔아넘길
책동을 하고 있다는 원세개의 말을 곧이곧대로 믿고 있었다. 우선
소민의 생각이 그러했으니, 이중하 등의 마음먹기는 짐작하고도 남
음이 있었다.

그들은 김옥균, 박영효의 이른바 나라를 근대화해야 한다는 언
설을 교언영색巧言令色으로만 듣고 있었다.

"도둑놈은 그 본색을 드러내기 전엔 기언其言이 선善하다. 속지
말아라."

그들은 만날 때마다 이렇게 다짐했다.

청년의 열정은 무서운 것이다. 그들은 각기 맡은 인간들의 일거
수일투족을 교묘하고 민첩한 수단으로 샅샅이 알아내어 소민에게
전달했다. 그렇게 하는 것이 애국 애족하는 행위라고 믿어 의심하
지 않았다.

"조정엔 이미 믿을 만한 사람이 없고, 야野에 있는 사람은 믿어
보았자 무력하니, 나라의 위급을 구하려면 청국에 일단 의지할밖

에 없지 않느냐."

하는 것이 소민의 사상이었고 이중하 등 다섯 청년의 사상이었다.

박영효, 김옥균 등은 자기들이 호랑이를 키우고 있는 줄은 꿈에도 모르고, 유위 유능한 청년을 알게 되었다는 것을 다행하게 여기고 있었다.

그런데 이중하 등이 꼭 지켜야 할 원칙이 있었으니, 자기들이 알아낸 정보를 결단코 소민 이외의 사람에게 알려선 안 된다는 점이었다.

"만일 반대파에 누설되면, 조정이 난마亂麻와 같이 되어 수습할 수 없게 된다. 청 측은 결정적인 행동이 요구되지 않는 한 정보를 이용하지도 않고, 물론 발설하지도 않는다."

이건 원세개의 의견이었다.

추석 명절이 하루 지난 날의 밤.

즉, 팔월기망八月旣望*의 청야에 최천중은 우연히 김옥균과 함께 지내게 되었다. 장소는 남촌의 어느 기생의 집. 그 기생은 김옥균과 깊은 인연으로 맺어져 있는 것 같았다. 이름은 기생이라 해도, 현재는 들어앉아 있는 형편으로 보였다. 김옥균은, 비밀에 속하는 이야기를 하려면, 그 집으로 손님을 초대하는 것을 관례로 하고 있었다.

기생은 얼굴과 몸매가 아름다웠다. 눈에 총기가 있고, 거조擧措**

---

* 8월 16일.
** 말과 행동.

에 향기가 있었다. 최천중은 첫눈에 다음과 같은 글귀를 가슴속에
새겨 넣었다.

"남촌일미희南村一美姬 명왈고균화名曰古筠花."*

김옥균은 옥기玉器로써만 요리상을 차려 오게 하여, 활달하게
잔을 건네며,

"환재 선생으로부터 최공의 성명聲名을 들은 진 오래되는데, 몇
번 배면할 수 있었을 뿐, 피차 포회한 생각을 개진해볼 수 있게 된
것은 이번이 처음이 아닌가 합니다."

하고 정중하게 말을 다듬었다.

"소인도 고균을 만나 할 말이 많았는데 시기가 없었소."

최천중도 정중했다.

"우리는 서로 만나지 않아도 둑은 통하고 있는 겁니다. 환재 선생
의 사상과 정신이 우리의 사상이며 정신인 까닭이죠."

하고, 김옥균은 천하대세를 설명하기 시작했다. 그 골자는, 극동의
소국이 도도한 세계의 대세 속에서 독립을 유지하고 살아나가려
면, 일진월보日進月步하는 문물을 받아들여야 할 뿐 아니라, 그것
을 받아들여 활용할 수 있는 제도를 만들어야 하는데, 고루한 구제
舊制에 얽매여 우리나라는 반신불수가 되어 있다는 것이었다.

"그래, 고균에게는 어떤 방책이 있소?"

"일본의 진보는 실로 괄목할 만합니다. 우선 일본을 배워야 합니
다. 일본이 급격하게 진보할 수 있었던 것은, 서양의 문물을 그들의

---

* '남촌 제일의 미희가 있으니 이름하여 고균화(김옥균의 꽃)라.'

구미에 맞춰 취사선택한 때문입니다. 우리도 그들을 본받아 하루 바삐 선진 문물을 도입해서 진보를 해야 합니다."

"서양 문물이 중요하다면, 직접 서양과 거래를 하는 것이 좋지 않겠소?"

"서양과의 직거래에는 우선 돈이 많이 들고 시간이 걸립니다. 일본이 서양의 제도를 배우기 위해 들인 돈이 얼마나 되는지 아십니까? 무려 수천만금입니다. 정부의 수뇌급 인사들이 골고루 구라파에 가서 수삼 개월씩 지냈는데, 우선 그 비용만 해도 대단합니다. 오늘날 우리가 어찌 그 흉내를 낼 수 있겠습니까? 하는 수 없이 일본이 배워온 것을 배울 수밖에 없습니다."

"왜 하필이면 일본으로부터 배워야 합니까? 동문同文의 나라 청국도 있는데요."

"청국이 받아들인 서양 문물은, 썩어가는 죽에 섞은 고깃덩어리와 마찬가집니다. 그것은 청국에 활성活性을 주지 못하고 있을 뿐 아니라, 청조를 분해시키는 작용을 할 뿐입니다. 보십시오. 청조는 불원 망하게 됩니다. 사정이 급하다고 홍수에 떠내려가는 집의 지붕에 뛰어오를 수 있습니까? 우리가 청국을 의지하려는 것은 홍수에 떠내려가는 지붕을 타는 꼴이나 다를 바가 없습니다."

"청국을 의지하는 것이 홍수에 떠내려가는 지붕에 올라탄 격이라면, 일본을 의지하는 것은 순풍에 큰 배를 탄 셈이 된다는 말이지요?"

은근했으나, 약간의 비판을 섞은 투로 최천중이 물었다.

눈치 빠른 김옥균이 최천중의 심리를 읽었다.

"청국과 일본을 비교해서 말하자면, 청국보다는 일본이 낫다는 얘기지, 일본이라고 해서 속속들이 믿을 수야 있겠습니까? 놈들에게 이용당하는 체하고 우리가 놈들을 이용한다는 얘길 뿐이오. 나는 일본인들의 심보를 알고 있습니다. 아무튼 그들이 우리를 자기들의 손아귀에 넣으려고 하는 심보를 알고 있다는 말입니다. 그러나 청국이 있으니 일단 우리의 환심을 사려 하고 있습니다. 그 심보를 이용하자는 것이지요. 그들을 이용해서 우리나라가 국기國基를 튼튼히 하고 제 외국과 활발한 외교 관계를 맺어버리면, 그땐 놈들도 우릴 호락호락하게 다루지 못합니다. 일언이폐지하면, 내가 일본의 세勢와 재財를 빌리자는 것은 일종의 고육지책苦肉之策이 되는 겁니다."

"고균의 저의는 알겠소. 그러나 놈들이 고균의 의도대로 움직여주겠소? 들은 얘깁니다만 지난번 고균이 일본에 갔을 땐 형편없는 취급을 받았다고 하던데…"

최천중의 이 말은, 국왕의 위임장만 갖고 오면 일금 삼백만 원을 빌려주겠다고 해놓고, 위임장을 가지고 가니 언言을 좌우左右하여 약속을 지키지 않아, 김옥균이 허행虛行한 일이 있었는데, 그 사실을 가리킨 것이다.

김옥균은 잠시 생각에 잠기더니 미우眉宇를 들어 다음과 같이 말했다.

"그 일에 있어서는, 첫째는 민가閔家 일족이 나쁘고, 다음으로 일본인이 나쁘오. 내가 위임장을 입수하자 민가배閔家輩가 일본 공사 다케조에[竹添]에게, 국왕이 내게 준 위임장은 가짜라고 일렀소.

다케조에인들 그것이 가짜가 아니라는 걸 모를 까닭이 있었겠소만, 다케조에는 자기를 따돌리고 내가 일본의 고위층과 직거래를 하는 것이 못마땅해서, 민가배의 모함을 참말인 양 저들 정부에 통보한 것이오. 그런데다 일본의 재정 사정이 여의치 않게 되어놓으니, 일본 정부도 다케조에의 보고에 편승하게 된 것이오. 괘씸한 것은 민가배들이오."

"결과적으로 고균이 일본에 농락당한 것은 사실이 아니오?"

"내가 왜 그 모욕을 잊을 수가 있겠소. 곰곰 생각하면 치가 떨릴 지경이오. 그러나 일본인 가운덴 악의에 찬 놈도 있지만 선의의 인간도 있다는 것을 알고 있소. 악의의 인간이 밉다고 해서 선의의 인간까지 외면할 수야 있겠습니까. 나는 악의를 가진 놈에겐 그 악의를 역용逆用하고, 선의를 가진 사람에겐 그 선의를 순용順用하여, 어떻게 하건 우리의 형편을 고쳐나갈 참이오. 이를테면 독을 약처럼 쓸 작정입니다. 오늘의 우리나라 형편은 세계의 대세 속에서 볼 때 폭풍 속의 편주片舟와 같고 칠흑의 밤길을 걷는 나그네와 같소이다."

김옥균의 비애와 기백이 고루 섞인 말에 귀를 기울이며, 최천중은 김옥균의 그 넓은 이마, 이글거리는 눈, 준수하다고 할 수 있는 백면의 얼굴을 응시하며 관상사로서의 생각을 더듬고 있었다. 비상非常한 재능, 비상한 언변, 비상한 인격. 그러나 그 비상이 운명의 비상으로까지 번지면 천상에서 나락으로 굴러떨어질 것이다. 이를테면 단애斷崖 위를 걷는 인간! 최천중은 자기도 모르게 한숨을 쉬었다.

김옥균은 말을 계속했다.

"소국이라고 하지만 남북 삼천 리, 동서 천 리에 긍하는* 국토이오. 삼면이 바다라서 해산海産의 은총에 욕浴할 수 있고, 금동철金銅鐵을 비롯하여 한량없는 자원을 지하에 두고 있을지도 모르는, 이른바 삼천리금수강산, 역사는 반만 년, 동포의 수는 육백만… 어찌하여 이런 나라를 복되게 만들 수가 없단 말입니까? 복된 나라를 만들기 위한 그 첫째의 비결은, 생민으로 하여금 요기업樂其業케 하고, 진천분盡天分**케 하고, 육백만 일심一心케 하여, 이 땅의 백성임을 자랑하게 하도록 하는 데 있지 않겠소이까. 그러자면 정사가 제대로 공명公明하고 정대正大하게 이루어져야 하는 것이로소이다. 일본이 우리보다 낫다고 해보아야, 지익地益으로서나 인력人力으로서나 별반 월등히 다를 게 있습니까? 단 한 가지, 정사에 성공하고 있을 뿐입니다. 그들은 소위 유신維新이라고 해서, 우리가 파쟁派爭으로 영일寧日이 없을 때 눈을 선진된 나라로 돌려 그 장長을 취하고 단短을 버려 정사를 쇄신했습니다. 그 노력이 불과 이십여 년 동안에 우리와 그들 사이에 현격한 차를 만들어버린 것입니다. 그들은 '널리 회의를 열어 만기萬機***를 공론公論으로 결정하자'고 했고, '상하일심上下一心으로 나라를 위하자'고 했고, '산업을 일으켜 국리와 민복을 도모하자'고 하여, 국정을 근본부터 바꾸어나간 것입니다. 우리도 그렇게 하자는 겁니다. 모든 정사를 합

---

* 亘하다: 걸치다.
** 생업을 즐기게 하고, 자신의 재질을 다하게 하다.
*** 정치상 중요한 기틀.

리와 순리에 좇아, 민력民力의 낭비가 없도록 정사의 궤도를 바르게 하자는 겁니다. 그 모범을 일본에서 취하자는 겁니다. 그렇게 하기 위해 일본의 힘을 잠깐 빌리자는 겁니다. 이미 말씀드린 대로 청국은 노후하여, 그 자체 멸망 직전의 징후를 나타내고 있습니다. 우리가 힘을 빌리려고 해도 그들에겐 지혜가 없습니다. 만수산萬壽山 속에서 서 태후라고 하는 늙은 암여우가 세상이 어떻게 돌아가는지도 모르고 천하에 군림하고, 그 아래 있는 정신廷臣들은 부시腐屍에 덤벼드는 똥파리처럼 윙윙대고 있는 판국인데, 어떻게 그들에게 위탁할 수 있겠사옵니까? 우리는 일본에 먹히지 않기 위해서라도 일본을 이용해야 하며, 일본을 경계하기 위해서라도 그들의 동향에 무관심할 수 없습니다. 일본을 미워하기 위해서라도 우리의 미움이 당당하고 그 미움을 일본이 겁낼 수 있도록 우리의 힘을 가꾸어야 하는 것이옵니다. 내가 맹목적으로 일본에 추종하자는 것이 아니란 사실을 선생께선 아시겠지요?"

옥균은 이어 자기의 포부와 그 포부에 따라 실천할 일들을 구체적으로 설명했다. 정사가 중신들의 회의를 거쳐 진행되는 제도의 설명부터 시작해서, 인재 등용의 방법, 산업 개발의 방법, 세제稅制의 개혁, 교육제도의 합리화, 국방의 철저화, 법치주의의 전개에까지 그 언변은 낭랑하고 정열적이었다.

최천중은 김옥균의 언변에 홀려 있으면서도, 그 청년 관리의 운명에 마음이 쏠리곤 했다. 포부도 좋고, 언변도 좋고, 기골 또한 탁월하다. 그런 만큼 뭔가가 왠지 마음 한구석에 걸렸다. 그 수발秀拔한 인물을 앞에 하고 어떤 비운悲運을 예감한다는 것은, 그로써 일

111

종의 모독을 범하는 것 같아, 굳이 그 예감을 피하려고 애썼기에 최천중의 관상술에 제동이 걸려 있었지만…, 왠지 안타까운 심정이 맑은 오월의 하늘에 끼는 구름 같았다.

"긴 얘기가 되었소이다."

김옥균이 잔을 권할 때, 그 잔을 받으며 최천중이

"한데, 고균이 내게 청할 일이 뭐지요?"

하고 물었다.

"선생님께서도 짐작하고 계시려니와, 지금 조정의 요직을 맡고 있는 자들을 저대로 두곤 어떠한 포부도 가질 수 없습니다. 그 완고한 수구파들을 무슨 수단을 써서라도 물린 연후라야만 새 나라를 만들기 위한 첫걸음을 디딜 수 있는 겁니다. 완고한 수구파라도 무슨 신념이나 애국의 지성은 있는데, 식견이 좁은 탓으로 그런 태도를 지니고 있는 것이라면 정성을 다해 설복하려 애써볼 필요가 있지만, 그들은 수구파라는 명칭조차도 과분한, 똑바로 말하면 수기파守己派*라고밖엔 볼 수 없는 자들입니다. 나라와 백성이야 어떻게 되건 자기들의 안일만 보장된다면 그만이란 이기자利己者들입니다. 벼슬을 이식利殖**의 수단으로 알고 끝끝내 벼슬에 고집하려는 치사하기 짝이 없는 자들이옵니다. 그런 때문에 그들이 하는 짓이란 군주의 명明을 흐리게 하는 농간뿐입니다. 무슨 과격한 수단을 쓰지 않고서는 제거가 불가능합니다. 그래서…"

---

* 자기를 지키는 파.
** 이자가 이자를 낳게 하여 재산을 점점 늘려감.

김옥균이 잔을 들어 목을 축이더니 소리를 낮추었다.

"일대 척결 사업을 해야겠소이다."

최천중은 아연 긴장했다.

김옥균이 낮은 소리로 계속했다.

"그러기 위해선 힘이 있어야 하겠소이다. 결정적인 힘, 예컨대 그들을 몰아내고 다신 권좌에 접근하지 못하게 하는 힘, 뿐만 아니라 간사한 패거리가 다신 국정에 용훼容喙하지 못하도록 막는 힘이 필요하옵지요."

하고 김옥균은 긴장된 얼굴로 최천중을 응시했다.

"그 방법은?"

"목하 그 방법을 연구하고 있는 중입니다. 첫째, 일본의 도움을 필요로 합니다. 그러나 가능하다면 우리의 힘만으로 했으면 합니다. 하지만 그것은 불가능한 일이고, 일단은 일본의 힘을 빌려야 하겠는데…"

하고 김옥균은 말끝을 흐렸다.

김옥균의 말을 요약하면 다음과 같았다. 일단 일본의 힘을 빌리기는 하나 전적으로 일본에만 의지할 순 없으니, 자기들 마음대로 될 수 있는 군대가 오천 명 내지 일만 명은 있어야 하겠다. 오천 내지 일만 명을 기르는 비용을 조정에서 짜내긴 지극히 힘들다. 일본으로부터 무기를 가지고 올 작정이지만, 송두리째 얻어 오는 것하고 돈을 내고 일부라도 사들이는 것하곤 일본 측이 받는 인상이 다르며, 앞으로 일을 진행하는 데 있어서 이편의 발언권에도 영향이 있다.

"그런 때문에 민간의 유지有志로부터 모을 수 있는 데까지 돈을 모아보자고 마음을 낸 겁니다."

이때, 최천중이 의문을 제기했다.

"당신들과 뜻이 통하는 군대의 양성을 조정의 수구파들이 용인하겠소?"

"그건 지금 일본 외교관을 주축으로 한 훈련대라는 것이 있으니, 일본의 재력으로 경영한다는 명분을 세워 아는 듯 모르는 듯 수를 불려나가면 수구파들도 별말 없을 것이오. 그리고 위장할 수 있는 교묘한 수단도 우리에겐 있소이다. 앞질러 발설하기는 곤란합니다만, 재력만 확보되면 얼마든지 해낼 수 있지요."

"거사의 시기는?"

"절대적인 승산勝算이 있고서야 거사가 될 것이니, 재력이 확보되었다고 보고도 일 년 아니면 이 년쯤 후가 되겠지요."

"그사이 정세의 변동이 있으면?"

"조정의 수구파들이 농단하고 있다고는 하나, 우리의 동지들이 요직에 없는 바도 아니고, 나 자신 군주의 신뢰를 받고 있지 않은 바도 아니니, 정세의 변동이 있더라도 결정적으로 우리에게 불리하게 방임하진 않을 것이오. 그 점은 걱정할 필요가 없소이다."

"자금은 어느 정도로 요량하고 모으려고 하오?"

"다다익선이겠지만, 일천만 냥은 대어야 할 것 같소이다."

최천중은 잠자코 속셈을 해보았다. 외고 펴고 모으면 모으지 못할 금액은 아니지만, 은밀히 진행시키려면 결코 쉬운 일이 아니었다.

그런 생각을 짐작한 모양으로 김옥균의 말이 있었다.

"동지 천 명이면 일인당 만 냥이 되고, 동지 백이면 십만 냥이면 가능하지 않겠소?"

최천중은 그 계산이 너무도 안이해서 웃었다. '포부가 투철하고 언변이 능하지만 김옥균은 세상을 모르는구나' 하는 짐작이 되었다. 그래 말했다.

"십만 냥을 내놓을 만한 재력을 가진 자, 백 명을 구할 수 있을 것 같소?"

"오만 냥을 이백 명이 내도록 하는 계산은 어떻겠습니까?"

"그것도 쉬운 일이 아니지요. 재력도 재력이거니와, 이해시킬 일이 난감하지 않소이까."

"옳은 일에 찬동할 사람이 그처럼 없다는 얘기입니까?"

김옥균은 의아하다는 표정이었다.

"옳은 일이 옳게 통하고 바른말이 바르게 통할 수 있는 세상이라면 고균의 포부가 왜 여태껏 그 보람을 갖지 않았겠소?"

최천중이 씁쓸하게 웃었다.

"군주의 총명은 어떠하오?"

최천중은 화제를 바꾸었다.

"총명한 재질은 있는데, 결단력이 부족한 게 탈입니다. 하기야 그 원인이 군 측側에 간물奸物이 많은 탓이기도 하지만…."

하고, 김옥균은 첫째 이조연李祖淵의 이름을 들었다.

"그자가 아첨을 잘하는 재주만 갖고 친군 좌영左營의 감독이 되어 있으니, 조정의 인사를 가히 알 수 있지 않겠소."

"민영목閔泳穆은 어떠한 사람이오?"

"지금 미국공사 푸트가 외교관으로선 가장 신중하며 우리에게 많은 도움을 주려고 하는데, 그런 사람을 팔삭둥이니 뭐니 하며 비방할 정도의 인물이라면 알 만하지 않소이까."

"푸트 공사를 팔삭둥이라구?"

최천중이 놀라서 낸 소리였다. 최천중은 자기 아들을 유학시키는 데 있어서 푸트 씨의 신세를 진 적이 있고, 통역을 통해서나마 상당한 시간 좌담한 일이 있고 해서 그에 관한 나소의 인식을 가지고 있는 동시, 그를 높게 평가하고 있던 터라 그 말을 듣고 적이 놀란 것이다.

"외무의 요충要衝에 앉아 외무엔 전무식全無識이니 가히 알 만한 일이 아닙니까? 무식한 대로 성의라도 있으면 또 몰라…."

하고, 김옥균은 언급조차 하기 싫다는 표정으로 말끝을 맺지 않았다.

"왕이 그런 것을 모릅니까?"

"대강은 알겠지요. 윤치호 군으로부터 들은 얘기론, 상上이 어느 날 이런 말씀을 하시더랍니다. '합력合力, 합력하는데, 그 합하는 것이 어렵다. 내가 너에게 말하거니와, 지금 민족閔族의 당내堂內도 합치되어 있지 않다. 독판(督辦. 민영목)에게 한 마음이 있으면 좌찬성(左贊成. 민태호)에겐 다른 마음이 있고, 병조판서 민영휘 또한 다른 마음을 가지고 있다. 일가가 이와 같은데, 하물며 일료一僚야 더 말해 무엇 하겠는가?'라고요."

"뭔가 알고는 있는 모양이로구면."

"알고 있으면 뭣 합니까? 결단하지 못하는데…. 저녁에 먹었던 마음을 아침에 바꾸고, 아침에 먹었던 마음을 저녁에 바꾸니, 조정의 기강이 문란할밖에 없는 겁니다."

이어, 김옥균은 이런 말도 했다.

"재정이 나라에 있어서 가장 중요한 것 아니리까? 그리하여 차금借金하는 것과 광산권鑛山權을 단일 부서에서 전담해야 하는 것이어늘, 아무리 그렇게 해야 한다고 건의해도 그 의견이 좋다고만 하고 방치하고 있으니, 재주 있는 놈들이 저마다 왕명이라고 하여 외국의 빚을 얻으려고 하고 광산권을 팔아먹고 있는 형편입니다. 이런 꼴이 계속되면 오래지 않아 국토가 촌단寸斷되어 남의 나라가 되지 않는다고 누가 장담하겠소이까?"

"왕비의 낭비가 심하다고 들었는데, 우선 그렇게라도 해서 돈을 조달해야 하겠으니 그런 꼴이 되는 것 아니겠습니까?"

"사정이 꼭 그대로입니다. 그러니 정책이 중요한 것이 아니라, 정책을 만들어내는 근본 제도가 중요하다는 것입니다. 왕의 총명만 기다리고 있을 수는 없다는 얘깁니다."

"목인덕穆麟德이란 자는 어떠하오?"

"그놈은…."

김옥균은 서슴없이 '놈'이라고 했다.

"그놈은 결정적으로 우리에게 해물害物입니다. 독일인이니 우리나라에 충성을 가질 리 만무하겠지만, 일편의 신의信義는 있어야 할 터인데, 간사한 농간만 부릴 뿐 추호도 성실함이 없는 놈이오."

이어 김옥균은, 목인덕의 흉심兇心을 당오전五錢, 당십전當十錢을 주조하고 나설 때부터 알았노라고 하고, 다음과 같은 얘기를 했다.

목인덕이 쓴 책에 '조선약기朝鮮略記'란 것이 있다는 것을 알고, 윤치호는 그것을 입수하여 읽어보았다. 그랬더니 그 책 한 구절에,

'조선 왕은 청제淸帝의 유명무실한 노복奴僕이다.'

라는 것이 있었다.

윤치호는 이와 같은 사실을 방치할 수 없다고 생각하고 왕에게 알렸다. 왕은 순간 노기를 띠었다. 그런데 왕비는 그런 일을 알리는 것이 못마땅하다는 듯 윤치호를 쩨려보곤,

"그 아래 구절은 어떻게 되어 있느냐?"

고 물었다. 윤치호는

"그 아래 구절에는 '그러나 청국인은 그 내정에 간섭하려 하지 않는다'라고 되어 있습니다."

하는 답을 했다.

그러자 왕비는

"그렇다면 윗구절은 아랫구절을 이끌어내려고 말한 것이 아니겠느냐."

며, 대수롭지 않다는 표정을 지었다.

"이 얘기를 내게 전하면서 윤치호는 흥분해서 말하는 것이었소. '다른 집 사람이 누구를 보고 저 사람은 아무개의 집 노예라 부른 다거나, 다른 나라 사람들이 아무 나라의 왕은 아무 나라 황제의 노예라 부르는 일은 혹시 있을지 모르지만, 속국왕屬國王의 신하가 되어 자기 나라의 잘못과 욕됨을 감추진 못할망정, 도리어 아무 왕 은 황제의 노복이라고 부른다는 것은 실로 언어도단한 일이다. 그

럼에도 불구하고 이런 사실을 덮어두려고 하는 저의가 무어란 말인가. 폐일언하고, 왕과 왕후가 간사한 놈들을 가까이하고 바른 사람을 멀리하여 소안小安*에 급급하고 있으니 이래서야 되겠느냐'고…."

"목인덕인가 하는 자에게 이중 삼중으로 사로잡힌 것이 아닐까요?"

최천중이 넌지시 물었다.

"그러니까 그러한 군君의 간물을 없애겠다는 겁니다. 왕과 왕후는 물론이고, 조정 수구파의 원로들이 모조리 목인덕의 농간에 놀아나고 있다는 것은, 이들이 목인덕에게 덜미를 잡힌 때문이오. 목인덕의 비위를 상하게 하면 망신을 당할까 봐 두려운 것이오. 목인덕이 죽일 놈이란 이유는 많지만, 그 가운데 두드러진 것은 각국과 조약을 맺을 때 뇌물을 받은 액수에 따라 상대방에게 유리하도록 장정章程을 꾸미고 있다는 사실이오. 민영목 같은 무식한 자를 외무독판으로 앉혀놓고, 파락호나 다름없는 목인덕 같은 놈에게 나라 전체가 휘둘리고 있으니, 이게 될 말이겠소이까? 최 선생께서도 의분심이 있다면 마땅히 우리의 거사에 동조하실 줄 믿습니다. 그렇게 믿었기에 오늘 밤 이렇게 통정을 하는 바이옵니다."

최천중에겐들 의분이 없을 수야 있었겠는가. 그런데도 직답을 피한 것은 김옥균의 계획이 황당하게 느껴졌기 때문이다. 일만 명, 아니, 오천 명의 양병養兵이 그렇게 쉬운 일은 아닌 것이다.

---

* 잠시의 편안함.

그래, 최천중은 다음과 같이 말해보기도 했다.

"새로 양병할 것이 아니라 지금 있는 군대를 설득시켜 이편으로 만들면 어떻겠소?"

이에 대한 김옥균의 답은,

"지금 , 좌·우영左右營, 즉 삼영三營의 병졸 사이는 한 나라의 군대가 아니라 서로 원수처럼 되어 있는 형편입니다. 전영前營의 병졸, 좌영의 병졸은 만나기만 하면 싸움을 하고, 우영과 좌영 역시 견원犬猿 사이에 있소이다. 그 원인은, 그들을 거느리는 사람들이 사리사욕에 사로잡혀 사병私兵 취급을 해왔기 때문이오. 그런 군사를 어디다 써먹겠습니까?"

"군대가 그렇다면 바로 그게 큰일이 아니오?"

"그렇소이다. 원세개가 조선 병대는 교일驕逸*해서 쓸모가 없다고 말했다는데, 사실이 꼭 그러하옵니다. 얼마 전 좌영左營 병대兵隊에 입대한 내 하인이 와서 이런 말을 하였어요. 폭동이 일어날지 모른다는 말이 있어 각 영의 병대가 무장을 한 채 밤을 새우게 되었는데, '아, 이제 부모처자와 헤어지게 되겠구나. 이런 일이 있을 줄 알았으면 병대에 들어오지 않았을 것을…' 하고 우는 놈이 열 놈 가운데 아홉 놈이나 되더란 얘기였소. 기가 막힐 노릇이 아니오이까."

"오합지졸이란 말이 있다더만…"

최천중이 수연한 얼굴이 되었다.

---

* 교만 방자함.

"그렇소이다. 그러나 병사를 나무랄 수는 없습죠. 병의 제일은 기강이고, 기강의 근본은 대의大義인데, 그들이 믿을 대의란 지금 찾아볼 길이 없지 않소이까. 그들의 우두머리로 있는 자들이 상上을 속여 사리사복만을 채우려고 광분하고 있는 것이 그들의 눈에 너무나 뻔하게 보이는 터이니, 어찌 위령威令이 불행不幸하지 않을 수 있겠소이까. 일일일승一日一升의 급여가 그들을 병으로 붙들어 두고 있는 유일한 근거이오. 하니, 병의 사정은 임오군란 때나 조금도 다를 바가 없소이다."

"그럼 공은 대의에 순殉할 수 있는 군을 만들 수 있다는 얘깁니까?"

"재물만 있으면 가능하다고 보지요."

"꼭 그럴 자신이 있으면 나도 응분의 성의를 다하리다."

"대강 얼마쯤을 기대할 수 있겠소?"

"그건 귀공의 구체적인 계획을 듣고 나서야 정하겠소. 재물은 만들기에 달린 것이나, 얼마의 재물이라도 내 일존一存**으로 되는 건아니니 내 주변의 사람들과 의논을 해봐야 되겠소."

"주변의 사람들과 의논을 해야 한다면 우리들의 계획이 누설될 위험이…."

"그런 걱정은 마슈. 기밀을 누설할 위험이 있는 자와 그런 중대사를 의논할 만큼 나는 경박하진 않소이다."

"가능하다면 십만 냥쯤의 각출은 있었으면 하오."

김옥균이 이렇게 말했으나 최천중은 대답하지 않았다.

** 혼자만의 생각.

남촌南村의 밀실에서 김옥균과의 밀담이 있은 이틀 후의 아침이었다. 느닷없이 소민이 최천중을 양생방으로 찾아왔다.

소민이 그를 찾을 때는 언제나 연치성과 동도同道*하는 것으로 되어 있었는데, 혼자 나타난 것도 의아했거니와, 오자마자 주위에 사람을 없게 해달라는 태도도 이상했다.

최천중은 소민을 내당의 밀실로 안내했다. 그 방엔, 박숙녀 이외의 사람은 드나들지 못하게 되어 있었다. 소민은 좌정하기가 바쁘게,

"선생님께서 김옥균에게 십만 냥을 주겠다고 약속하셨다는데, 그것이 사실입니까?"

하고 물었다.

너무나 당돌한 질문이라서 최천중은 아연했다.

"무슨 말을 그렇게 하는가? 나는 그런 약속을 한 적이 없네."

"그렇다면 이상한데요."

소민의 얼굴엔 의혹이 그냥 남아 있었다. 최천중이 성색成色하고 따졌다.

"도대체 그게 무슨 소린가? 어디서 나온 소린가?"

"어르신네께선 재작일 밤 김옥균을 만나신 적이 있으시죠?"

최천중은 당혹했다. 그는 김옥균과 만난 것을 어느 누구에게도 말하지 않았다. 연치성에게조차 아직 말하지 않았다.

최천중의 대답이 없자, 소민이 말했다.

"저를 믿어주셔야겠습니다. 연치성 형, 왕문 군, 민하 군과의 교

---

* 동행.

의를 보더라도, 저는 어른의 사람입니다. 제가 이렇게 찾아온 것도 어른을 위해서이지, 추호도 별심別心이 있어서가 아니옵니다. 그러하오니 솔직한 말씀이 계셔야 하겠사옵니다."

이런 말을 기다리지 않고서도, 최천중은 소민을 의심할 까닭이 없었다. 다만 당혹을 느끼고 있을 뿐이었다.

"알고 있다면 굳이 내게 캐어물을 필요가 없지 않는가?"

최천중이 덤덤히 말했다.

"남촌의 백화白花 집에서 만나신 거지요?"

"그 기생의 이름을 백화라고 했던가?"

"그러하옵니다. 김옥균의 애첩 중의 하나입니다."

"한데, 자네는 그 일을 어떻게 알았는가?"

"사실은, 그 사연을 말씀드리려고 오늘 찾아뵈온 것입니다."

박 부인이 차를 날라 왔다. 그사이, 잠깐 침묵이 흘렀다. 박 부인이 나간 뒤, 최천중이 소민에게 얘기를 계속하라고 일렀다.

"그 자리에서 김옥균이 오천 내지 일만 명의 양병을 하겠다며 군자금을 제공하라는 제의가 있었습죠?"

"그런 말이 있었던 것 같군."

"그때 어른께선 구체적인 계획이 서면 십만 냥을 제공하겠다고 하셨다는데 틀림이 없으시죠?"

"조금 다르네. 십만 냥을 들먹인 것은 고균인데, 나는 그 말엔 대답하지 않았다. 구체적인 계획이 서면 응분의 성의를 다하겠다고 했는데, 그것은 내 태도를 유보하기 위한 말이었다. 계획을 보고 성사가 가능하다고 짐작되면 응분의 금전을 내놓을 것이고, 계획이 탐탁지 않으면 불응할 것이고…."

"그러셨다면 제가 알고 있는 사실과 대동소이합니다."

하고, 소민은 심각한 표정이 되었다.

"도대체 그 사실을 자넨 어떻게 알게 되었는가?"

최천중이 초조한 것은 바로 그 사실에 대해서였다.

"차차 말씀드리겠습니다."

해놓고, 소민이 물었다.

"어른께선 김옥균의 거사를 성공할 수 있는 것으로 보십니까?"

"거사의 성공이라니, 양병 문제 말인가?"

"아니올시다. 김옥균은 조정에서 수구파, 아니, 이른바 친청파를 내쫓을 거사를 하려고 하고 있습니다. 그 일이 성공할 수 있다고 어른께서 믿고 계시느냐를 전 묻는 것입니다."

"성공할 수 있을지 없을지는 모르나, 높은 관직에 있으면서 경국제민할 줄은 모르고 탐학을 서슴지 않고 사리사욕만 채우려 하는 자들을 없애려는 것은 뜻있는 사람의 당연한 포부가 아니겠는가?"

"그렇다면 그 포부만을 믿고 그들과 동조하실 작정이십니까?"

"좀 더 두고 볼 작정이다."

"두고 보신다는 것은…?"

"포부엔 동조하지만, 그들의 구체적인 계획은 아직 알 수가 없으니 두고 볼밖엔…."

"어차피 곧 태도를 명백히 하셔야 할 것 아닙니까?"

"그렇게 급할 건 없지."

"아닙니다. 일이 급합니다."

"아냐. 고균의 말론 일 년, 또는 이 년 후로 잡고 있던데…."

"그렇겐 안 될 겁니다."

"이 사람아, 거사는 그자들이 하려고 하는데, 자네가 그렇게 되고 안 되고를 어떻게 판단하는가? 그리고 사실이 그렇지 않은가. 조정을 혁신하는 거사라면 병력도 병력이려니와, 민심을 돌리는 조작도 있어야 할 것이고, 요직에 있는 사람들을 규합하여 발판도 만들어야 할 것이니, 일 년, 아니, 이 년쯤의 준비 기간은 있어야 할 것 아닌가. 고균 자신도 그렇게 말하던데. 그래, 나는 그 일 년 내지 이 년 동안 그들의 동태를 지켜볼 참이여. 민심의 동향도 지켜보구. 그러니 내 태도는 일 년 후쯤에 결정해도 된다는 얘기다."

"단적으로 말해, 김옥균의 거사는 일본의 태도에 달려 있는 겁니다. 일본이 하라고 하면 내일이라도 해야 할 그런 정세에 몰려 있습니다."

"아무런 준비도 없이 일본이 하란다고 해? 고균은 그런 인간이 아니다. 자네 말대로 하면, 고균이 무슨 까닭으로 일만 명 양병을 해야겠는가? 고균은 신중하게 정세를 보고 있어."

"어르신께 이異를 말하는 것은 죄송하오나, 사태는 그렇게 되지 않을 것입니다. 고균은 일본만을 믿고 있고, 일본이 아니면 아무 일도 안 된다고 판단하고 있습니다. 그러하온즉, 고균의 거사는 고균의 의사에 있다기보다 일본 정부의 정책에 있는 것입니다. 고균은, 일본이 도와주기만 하면 자기가 마음먹은 대로 다 될 것으로 알고 있습니다. 이렇게 말씀드리는 것은 제게 상당한 근거가 있기 때문입니다."

"자네의 그 근거란 것을 말해보게나."

하고, 최천중이 엄한 표정을 지었다.

소민은 자세를 고쳐 앉아, 차근차근 얘기했다.

"김옥균이 일본에 가서 한 언동은 대소 빠짐없이 청국공사의 보고에 의해 북양대신 이홍장이 두루 파악하고 있습니다. 그 일단이 참조용參照用으로 원세개에게 회문回文된 것을 저는 읽었습니다. 그 회문에 의하면, 김옥균이 일화日貨 삼백만 원만 있으면 그것을 미끼로 하여 군왕의 대권을 전자專恣*하여 조정 내의 수구파와 친청파를 일소할 수 있겠다는 제안을 했는데, 일본의 외무경 이노우에[井上]는 한때 솔깃했다가 재정난 때문에 일단 보류하기로 했습니다. 그런데다가 공사 다케조에[竹添]가, 조선 조정에 친일파를 심는 데는 그다지 큰돈이 들지 않을 뿐 아니라, 민 왕후의 동향이 청국을 싫어하고 친일에 가까워져 있으니, 김옥균을 중간에 세우느니보다 직접 왕후와 거래하는 것이 훨씬 이익이라며, 금품과 무기 얼만가를 선사하고자 제의했습니다. 그래, 일본 정부는 다케조에의 제의를 받아들여 김옥균을 소외시켰는데, 다케조에가 얼만가의 돈을 갖다주고 왕후를 회유하려고 했으나 뜻대로 되지 않는다는 것을 깨달았습니다. 그런데 지금 일본은 어떻게 하든 조선을 자기들의 손아귀에 넣으려고 부심하고 있습니다. 그러자면 친청파를 몰아내고 김옥균 등이 정권을 잡게 하는 것이 상책이란 결론을 내렸다는 것입니다. 요약해서 말하면, 적은 돈과 병력으로 친일 정권을 세

---

* 거리낌 없이 제 마음 내키는 대로 함.

워보자는 것인데, 그 지령이 곧 김옥균에게 떨어질 것 같습니다. 이상 말씀드린 바는 의심할 여지가 없으니 믿어 지당할까 하옵니다."

"아직 준비도 안 되었는데 일본의 지령이라고 해서 고균이 맹목적으로 움직일까?"

최천중은 아무래도 믿어지지가 않아 이렇게 말했다. 소민이 최천중에게 설명을 계속했다.

"김옥균은 기왕 일본인에게 언질을 준 바가 있습니다. 일본의 태도만 명백하게 해준다면 하시라도 결행할 수 있다고 호언장담을 했습니다. 그리고 김옥균으로선 결코 맹목적으로 일어서는 건 아닙니다. 일본인이 끝끝내 자기들을 밀어주리라고 믿고 있으니까요. 그의 생각으론, 일본이 일을 시작하기만 하면 끝을 낼 것으로 알고 있는 거지요."

"혹시 그럴 수도 있을 것 아닌가?"

"만에 하나도 김옥균의 거사는 성공하지 못합니다."

"왜?"

"일본은 최소한의 재물, 최소한의 병력을 계산하고 있습니다. 조금만 도우면 김옥균 일파의 힘으로 성사될 줄 알고 있는 거지요. 김옥균은 거사하기만 하면 일본이 마무리 지어줄 것으로 믿고 있고, 일본은 일본대로 시작만 해놓으면 김옥균이 뒷일을 맡아 성사할 것으로 믿고 있고…. 피차 그렇게 되어 있는 것 같습니다. 한데, 그런 어림짐작으로 대사가 성취될 수 있겠습니까?"

최천중은, 소민의 입장으로선 응당 그렇게 말하리란 짐작은 했지만 의혹이 남았다.

"한데, 자네는 어떻게 해서 그런 내용을 속속들이 알고 있는가?"

최천중이 다시 물었다.

"북양대신이 보낸 회문을 읽은 때문도 있지만, 청淸 측에선 김옥균을 비롯한 친일파의 동정으로부터 시작해서 조정의 내막을 죄다 탐지하고 있습니다. 김옥균의 거사가 절대로 성공할 수 없다고 자신을 갖고 얘기하는 것은, 그들의 동태를 청 측이 다 알고 있다는 바로 그 사실에 근거를 두고 있습니다. 어르신께서 남촌의 기방에서 김옥균을 만났다는 것도 청군의 탐지망探知網에 걸려들었기 때문에 알 수 있었던 겁니다. 말하자면, 김옥균을 비롯한 친일파의 일거일동이 그대로 탐지되는 판인데 일을 그처럼 소홀히 해서 성취될 까닭이 있겠습니까?"

"흠."

하고, 최천중은 생각에 빠졌다. 사정이 소민의 말대로라면 김옥균의 거사는 부질없는 노릇이다. 김옥균이 무슨 거사를 어떻게 할지는 예상할 수 없지만, 필패必敗의 사실인 것만은 확실했다.

"어떠한 거사이건 단종端宗 복위 운동과 비슷하게 될 것입니다."

소민의 그 말에 최천중은 몸서리를 쳤다.

"청군이 알고 있는 일이라면 조정에서도 알고 있겠군."

"그건 그렇지가 않습니다. 원세개나 오조유는 결단코 발설하지 않을 것입니다. 조정에도, 누구에게도…. 그것이 그들의 굳은 방침입니다."

"해괴하군."

"해괴할 것도 없습지요. 그들은 자기 나라 청국과 자기 자신의

128

이익을 꾀하는 자들이지, 조선이나 조선의 조정을 위하는 마음은 털끝만큼도 없으니까요."

"적당한 정보는 조정에 통해주는 게 그들의 이익일 수도 있을 텐데 왜…?"

"그들의 이익이 되는 일이라면 통하기도 하겠지요. 그러나 이 일은 그런 성질의 것이 아니라고 생각하는 눈치입니다. 김옥균의 거사를 청국도 기다리고 있는 겁니다. 그 거사를 계기로 해서 조선 조정에서 친일파를 일소하고, 아울러 일본의 음모를 세계의 이목 앞에 노출시켜 망신을 주자는 겁니다. 일석이조의 효과를 노리는 것이라고 하겠지요."

"되놈은 음흉하다더니만…."

"음흉하다기보다, 그것이 정치라는 것의 일면이 아니겠습니까?"

"한데, 소공은 청군의 탐지망이 어떻게 되어 있는지 알고 있을 것 아닌가?"

"그 일부만을 알고 있을 뿐, 전체는 알고 있지 않습니다. 청군의 탐지망은 횡橫의 연결은 전혀 없고, 종縱의 연결이 있을 뿐입니다."

최천중은 아까부터 느껴오던 불안을 털어놓았다.

"그렇다면 내가 고균과 이런저런 소리를 했다는 사실을 원세개나 오조유는 알고 있겠군."

"그 점은 걱정하지 마십시오. 제가 중간에서 막았습니다."

"그럼 소공은?"

"아직까진 원세개의 신임을 얻고 있습니다. 그리고 조선에 유리하도록 나름대로 애쓰고 있습니다."

소민은 청국의 조선에 대한 태도를 일본의 태도와 대비해서 설명했다. 그의 말에 의하면, 청국은 어디까지나 종주국으로서의 위엄을 세우겠다는 범위를 넘어서진 않을 것이라고 했다. 그런 만큼 청국을 의지할 수도 없지만, 일본의 야망을 견제하기 위해선 청국의 힘을 빌릴 수밖에 없는데, 청국에도 현재 망조亡兆가 들어 기울어들고 있으니, 동양의 정세가 사뭇 어지럽다는 탄식을 섞었다.

"청국을 믿을 수가 없다면…."

최천중도 탄식이 저절로 나왔다.

"그러니까 어디까지나 자주 독립의 방향을 잡아야 하지요. 청국, 일본, 아라사, 미국, 영국, 프랑스 등 제국과 균등한 거리를 두고 외교를 하며, 그들 사이의 상호 견제로써 우리의 자주와 독립을 유지케 하고, 그동안 교육과 식산을 장려하여 민도民度를 높여 나라의 정사를 혁신하도록 힘써야 합니다. 그 과정에 있어서의 최대의 적이 일본이란 걸 알아야 합니다. 청국이나 아라사는 얼마간의 이권을 탐하고 있는 건 사실이지만, 영토에 대한 야심은 없는 것으로 압니다. 그들이 이미 지니고 있는 영토도 개발을 못 하고 있는 상황인데 그 이상 영토를 늘려 뭣 하겠습니까? 그런데 일본은 다릅니다. 좁은 섬나라에서 살다가 보니, 대륙의 영토가 탐나는 겁니다. 가장 경계해야 할 나라가 일본입니다. 저는 그런 일본을 견제하는 데 힘이 될까 하여 청국에 협력하고 있을 뿐입니다."

"소공의 생각은 잘 알고 있어. 그런데 어떨까. 김옥균이 하려는 일이 하나부터 열까지 청군에게 알려져 있고, 앞으로도 그럴 형편이라면 그런 사실을 김옥균에게 미리 알려주는 게 어떨까? 아까운 인물들이 희생되고 말 것이니 안타깝지 않은가."

"그건 안 됩니다."

소민이 겁을 먹은 표정이 되었다.

"왜 안 된다는 건가? 청국 놈에게 일석이조의 이익을 안겨주기 위해 가만있어야 하는가?"

최천중이 노여움을 띠고 나무라듯 했다.

"어른께서 김옥균의 거사를 만류하시려면, 제가 방금 말씀드린 청군의 내막을 알려야 할 것이 아니오니까. 그러한 구체적인 증거 없이 공중에 띄워놓고 말씀해보았자 믿을 그들이 아닙니다. 어른께서 군자금을 내기가 싫으니 괜히 신중론을 들고 나온다는 오해를 받기가 고작일 것입니다. 그러니까 김옥균을 설복하려면 구체적인 얘기를 하셔야 하는데, 그렇게 되면 어른의 생명이 위험하고, 그 전에 제 생명이 없어집니다. 청군의 탐지망이 얼마나 치밀하고 철저한가에 관한 증거는…."

하고, 소민은 몇 개의 사례를 설명했다. 무시무시하다고 할 수 있는 얘기였다.

"그러하오니 그들이 하는 짓을 지켜만 볼 뿐, 절대로 그들에게 접근해선 안 됩니다. 역모를 말리려면, 상대가 승복하지 않을 경우엔 자기 자신이 역모에 가담할 각오가 있어야 하는 겁니다."

소민의 그 말은 타당했다. 역모에 가담하지 않을 뿐더러, 배신자의 누명을 쓰지 않으려면 역모의 자리에서 멀어져 있어야 하는 것이다.

소민은 이런 말도 했다.

"김옥균 등의 거사는 나라의 장래를 위해 유익할지도 모릅니다.

그들의 실패를 후진들이 교훈으로 할 수도 있고, 친일세력을 일소 해보는 것도 나라를 위해 나쁠 것이 없지 않겠습니까?"

그 말이 최천중을 놀라게 했다.

"소공, 그렇다면 고균이 함정에 빠져 자멸하는 꼴을 내가 방관만 하고 있으란 말인가?"

"스스로 묘혈을 파는 것이니, 선생님은 잠자코 계셔야죠."

소민의 말이 싸늘했다.

"그렇겐 안 돼. 고균은 내가 아끼는 사람이다. 설혹 지금에 있어 서 의견이 서로 다르기는 할망정, 그의 우국충정은 알아줘야 한다. 꼭 실패할 것이란 사실을 알면서 내가 어떻게 좌시할 수 있겠는가 말이다."

"선생님이 그렇게 하시면 결국 양편으로부터 오해만 사고 말 것 입니다."

"양편이란?"

"친일파, 친청파, 양편을 말하는 겁니다."

소민의 말은 차갑고 단호했다.

최천중이 복잡한 심정을 가까스로 정리하여 말했다.

"소공은 자신의 태도가 청나라 쪽으로 너무 기울어 있다고 생각 하지 않는가?"

"현재 청진에 몸담고 있으니까 자연 그렇게 보이시겠지요. 그러나 전 근본에 있어선 우리나라를 위하는 마음으로 일하고 있습니다. 일본을 견제하기 위해선 청나라의 힘이 꼭 필요하다고 생각하는 까닭입니다. 일본은 견제되어야 합니다. 어떤 일이 있어도 일본은 견제되어야 합니다. 청국과 우리나라의 관계는 앞으로 개선은 될망정, 이 이상 나쁘게는 되지 않을 겁니다. 그러나 일본의 세력을, 즉 친일파의 세력을 좌시한다는 것은 이리의 아가리에 목을 들이대는 거나 다를 바가 없습니다. 저는 그런 믿음으로 청나라에 협조하고 있는 것이옵니다."

"꼭 그렇다면 소공."

하고 최천중은 소리를 낮추었다.

"고균 등이 하려는 일을 미연에 방지하고도 친일파를 꺾을 수 있는 그런 묘책이 없겠는가?"

"저로선 달리 방책이 있을 것 같지 않습니다."

"고균이나 그 측근의 사람들은 모두 아까운 사람들인데…."

최천중이 한탄을 섞어 중얼거렸다.

"김옥균의 거사는 꼭 있어야 합니다. 그리고 그 거사는 실패해야 합니다. 그런 연후에 또 다른 길이 열릴 것이옵니다."

이렇게 말하는 소민을 도저히 설득할 수 없다고 느낀 최천중은 다음과 같이 말했다.

"소공, 그러나 나는 응분의 노력은 해야 하겠네. 소공으로부터 그들의 거사가 스스로 묘혈을 파는 것과 같다는 말을 듣고, 그리고 그 말이 확실하다고 믿어지는데, 어떻게 친구의 도리로서 가만있을 수가 있겠는가?"

소민은 한동안 말이 없었다. 긴장된 얼굴로 앉았더니 침통하게 말했다.

"꼭 그러시다면 어르신께선 청군의 탐지망探知網 얘기만은 빼고 그들에게 말씀하소서. 만일 청군이 탐지망을 펴고 있다는 사실을 그들이 알게 되었다는 사실이 탄로 나면, 저는 물론이고 왕문 군과 민하 군의 생명도 위태롭게 될 것입니다."

난데없이 왕문과 민하의 이름이 튀어나오는 바람에 최천중은 대경실색했다.

소민은, 거번*의 소동에서 왕문과 그 친구들이 풀려나오게 된 가장 큰 원인은 민하의 시재詩才에 원세개와 오조유가 감복한 데에 있었고, 그때 왕문 등은 청군 탐지망의 존재를 알았는데, 그 사실을 발설하지 않겠다는 서약을 했다고 설명했다.

소민은 그들 가운데 5명이 청군의 첩자가 되었다는 사실을 이렇게 바꾸어 설명한 것이다.

"그럴 수도 있겠군."

최천중이 고개를 끄덕였다. 소민의 말은 하나부터 열까지 신용하는 최천중은, 아무리 김옥균과의 교의가 두터워도 왕문과 민하에게 위험이 닥칠 일은 할 수 없다는 마음으로 바뀌었다.

"그 점만을 유의하시면 우의상 김옥균에게 충고를 하셔도 무방하옵니다. 앞으로 또 중요한 탐문지사가 있으면 알리겠습니다."

하는 말을 남겨놓고 소민은 떠났다.

최천중은, 우선 왕문과 민하를 먼 곳으로 보내버려야겠다는 결심을 했다. 서울에 두었다간 앞으로 무슨 일에 말려들지 몰랐기 때문이다.

---

* 지난번.

이렇게 작정한 최천중은 구철룡을 불러 왕문과 민하를 양생방으로 데리고 오라고 이르고 회현동 황봉련의 집으로 갔다.

황봉련은 최천중이 털어놓은 말을 죄다 듣더니 김옥균의 생년월일시와 박영효의 생년월일시를 물었다.

"내 치부책에 기록되어 있을 것이오."

하고, 최천중은 벽 쪽에 놓여 있는 문갑을 턱으로 가리키곤 보료 위에 누웠다. 황봉련은 문갑 속의 치부책을 꺼내 가지고 별실로 들어갔다.

그사이, 최천중은 잠이 들었던 모양이었다. 깨우는 소리에 눈을 떴다.

"그 사람들을 꼭 돕고 싶수?"

황봉련의 말이었다.

"그 거사를 도우려는 게 아니라 생명을 돕고 싶어."

하며, 최천중은 자리에서 일어나 앉았다.

"김옥균과 박영효가 동사**하려는 거죠?"

"그렇지."

"그렇다면 참으로 이상하네요."

황봉련이 고개를 갸웃하며 말했다.

"뭣이 이상하단 말이오?"

"동사를 하려는 사람이면 괘卦가 비슷비슷하게 나와야 할 텐데 전연 다르니까요."

** 同事: 일을 같이함.

"어떻게?"

"생과 사만큼 달라요."

"좀 더 상세히 말해보우."

"박영효의 신수는 탄탄대로라고는 할 수 없으나, 산도 있고 들도 있고 강을 건너고 하는 굴곡은 있어도 그 수명이 길 뿐 아니라 고종명하게 되어 있는데…."

"김옥균은?"

"절벽絶壁이에요. 들도 없고 산도 없고 길도 없고 그저 절벽…."

"흐음."

최천중이 신음했다.

"그러니까 도무지 동사할 사람들이라곤 믿어지질 않아요."

"김옥균과 박영효가 거사 직전에 서로 헤어진단 말일까?"

"그럴지도 모르지요. 그렇지 않고서야 이럴 수가 있겠수?"

"그것 해괴한 일이로군."

최천중이 황봉련의 설명을 기다리는 표정이 되었다.

"아무튼 갑신년의 거사는 김옥균에게는 좋지 못해요."

"본인도 근년에 거사할 생각은 없는 모양이오. 한데, 거사를 한다면 언제쯤이…."

"그런 것까질 어떻게 알겠어요? 그러나 말할 수 있는 건 줄잡아 앞으로 삼 년 동안 불명불비不鳴不飛*하는 게 좋을 것 같다는 거

---

* '울지도 않고 날지도 않음', 즉 나중에 큰일을 하기 위해 조용하고 침착하게 때를 기다림.

136

예요."

"내, 임자의 이름을 들먹이고 그렇게 권해보지."

그러자 황봉련이 긴장된 얼굴을 했다.

"이런 상황엔 신중을 기해야 합니다. 앞날에 있을 일을 두고 심각하게 충언을 하면 동사한 처지가 아닐 경우 엄청난 오해를 받을 수 있으니까요."

"그것도 그렇군."

하며, 최천중은 소민도 그와 비슷한 말을 했다는 사실을 상기했다.

"그러나 꼭 김옥균을 구해주고 싶으면 김홍집 대감이나 김윤식 대감을 찾아가서서 은근히 그 둘레를 보세요. 그리고 그분들의 의사가 김옥균 씨를 두둔하는 빛이거든 아무 말 마시고, 만일 조금이라도 빗나가 있는 듯 보이거든 항설**을 이용해서 그분들의 노력으로 김옥균 씨를 견제하도록 마음을 쓰세요."

"임자 말이 옳은 것 같소."

하고, 최천중은 화제를 돌렸다.

"왕문의 일인데…."

"왕문이 어떻게 되었는데요?"

황봉련이 조심스럽게 얼굴을 들었다.

최천중이 최근에 있었던 일을 차근차근 얘기했다.

황봉련이 한참 동안을 생각하더니 불쑥 말했다.

"강원수, 민하와 더불어 왕문을 청국으로 보내는 것이 어떻겠습

** 巷說: 여러 사람의 입에서 입으로 옮겨지는 말.

니까?"

뜻밖의 말이라서 최천중은 말을 잃었다.

"앞으로 나라 안은 한참 동안 시끄럽게 될 거예요. 혈기 방장한 그들이 가만있지 못할 그런 일이 생길지도 몰라요. 그리고 그들이 무슨 일이건 끼어들어보았자 화는 입을망정 이득을 얻진 못할 거 예요. 그럴 바에야 이곳을 피해 살게 하는 편이 좋은데, 이왕이면 넓은 천지에 가서 세상을 넓게 보고 깊이 생각할 수 있도록 하는 게 좋을 것이 아니겠어요?"

"나도, 서울을 떠나 있으라고 권할 참이긴 하지만, 청국에 보낼 생각까진 못 해봤는데…"

하고, 최천중은 입맛을 다셨다.

"청국은 문명의 발전 속도가 빠르다는 얘기를 들었어요. 청국엔 많은 서양인이 들어와 있다고 하니, 청국의 학문 외에도 배울 것이 많지 않겠소이까. 게다가 왕문 혼자만 보낸다면 걱정되겠지만, 강원수 같은 총명한 학자와 민하 같은 재사이자 우정이 깊은 친구가 동행하면 든든한 배를 탄 거나 다름이 없을 것이에요."

솔깃한 말이긴 했으나, 최천중은 왕문을 만리타향으로 보내는 덴 마음이 내키지 않았다.

'군왕이 될 자가 나라를 떠나 있을 순 없다.'

는 생각도 솟았다. 그래서 이렇게 말했다.

"청국엘 간다는 건 대사요. 본인의 생각에 맡길 수밖에 없지 않 겠소."

최천중과 황봉련이 이런저런 얘기를 주고받으며 술을 마시고 있을 때, 한성의 어느 구석에선 김옥균과 다케조에[竹添]의 밀담이 진행되고 있었다. 다케조에는 김옥균의 싸늘한 감정을 완화시킬 목적으로 이렇게 말을 시작했다.

"바로 어제 김홍집 씨와 김윤식 씨를 만났소이다. 그 자리에서 김홍집 씨에게 '귀국의 외교아문外交衙門엔 스스로 청국의 종노릇을 하려는 자가 상당히 있는 모양인데, 나는 그런 자들과 외교의 대사를 의논하기는 싫소' 하고, 약간 가시가 돋친 말을 했소이다."

"그러니까?"

하고, 김옥균이 싸늘하게 되물었다.

"묵묵부답이었소."

이어 다케조에는,

"그리고 김윤식에겐, '그대는 원래가 한학자漢學者이니, 청나라에 신종臣從할 생각이 있을 것으로 아오. 과연 그렇다면 빨리 청나라로 가서 벼슬을 하는 것이 어떻겠소?' 하고 빈정댔었죠."

"그랬더니?"

"과연 김윤식은 기골이 있습디다. 그는 얼굴을 붉히고, '당신은 우리들을 모욕하려고 온 것이냐, 외교를 하러 온 것이냐?'고 반문합디다."

"그래서 귀하는 뭐라고 했소?"

"외교를 하는 데도 솔직해야 되지 않겠느냐, 그러니까 내가 느낀 대로 말해본 것이라고 했지요."

"나와 그 사람들 사이가 좋지 않다고 해서 내 기분 좋으라고 하는 소린지 모르겠소만, 난 듣기가 싫소. 일국의 사신으로선 그런 말은 삼가야 할 것으로 아오. 그리고 당신은 입을 백 개 가졌어도 내 앞에선 남의 말을 못 할 것이오. 그 이유는 아시겠죠? 우리 동지가 몇 해를 두고 염원하며 계획했던 일이 당신의 방해로 수포로 돌아갔소. 우리 동지들이 얼마나 분개하고 있는지 알기나 하시오?"

"그것은 내 잘못이라고 하기보다 우리 정부의 방침 때문이었소."

김옥균은 그 말을 귀담아듣지 않고 언성을 높였다.

"오죽하면 박영효 씨가 미국으로 떠날 작정을 했겠소? 오죽하면 내가 동대문 밖으로 나가 민민*한 가운데 한일월을 보냈겠소? 당신 때문에 민영목, 윤태준 따위가 '청·일淸日은 믿을 바가 못 되니 러시아에 의지하자'는 해괴망측한 건백서建白書를 내게까지 되었소. 그런 사정으로 어떻게 당신을 믿고 통정을 할 수 있겠소? 당신이 김홍집을 보고 우리 외교아문에 청나라의 노예 되길 바라는 자가 있다고 했다지만, 그건 당신도 책임져야 할 일이오. 민태호와 목인덕의 술책에 빠져 결국은 그들을 이롭게 하고 우리를 난처하게 만든 건 당신이 아니우?"

"그건 내 책임이라기보다 우리 정부의 방침이라고 하잖았소."

"당신 정부의 방침이라면 더욱 그렇소. 우리가 무엇을 믿겠소?"

"대체 한 나라의 정책이라는 것은 때에 따라 변할 수도 있는 것이며, 세勢에 따라 동動할 수도 있는 것이니, 지난 일을 갖고 왈가왈부하는 건 그만두고, 우리, 앞날 일이나 같이 의논합시다."

---

* 憫憫/悶悶: 매우 딱함.

140

다케조에는 비굴하리만큼 정중했다.

"앞날 의논을 어떻게 하잔 말이오?"

김옥균이 물었다.

"그것은 선생의 의중에 있지 않겠습니까?"

다케조에의 대답이었다.

"그럼 내 의도에 협력하겠다는 말이오?"

"물론이죠."

"다시 변경은 없겠죠?"

"나는 나 개인의 의사를 말하고 있는 것이 아니라, 우리의 국책을 말하고 있는 것이오."

"그 국책을 설명해보시오. 그것을 듣고 내 의중을 밝히겠소."

"솔직하게 말씀드리면…"

하고, 다케조에는 한참 사이를 두고 말했다.

"우리 정부는 진작부터 선생들의 개화사상에 동조하고, 그 독립의 의지를 높이 평가해왔소. 정부 내에선 당장 행동화하자는 사람도 있었소이다. 그러나 선생께서 아시는 바대로, 국제적인 이목이란 게 있는 겁니다. 우리가 순전한 호의에서 한 짓도 무슨 야심이 있기 때문일 것이란 오해를 받을 염려가 있거든요. 그 오해를 이용하여 청국이 덤벼들면, 현재와 같이 종속 관계에 있는 처지로선 그 결과가 뜻밖의 방향으로 악화될 염려가 있었던 것입니다. 그런 계산을 하느라고 신중론이 나타나기도 한 것이오. 그러나 지금은 정세가 다르오. 청국의 세력을 조정에서 구축驅逐하는 데 여러분이 힘쓴다면 적극적으로 돕기로 했소."

"지금은 열국列國의 오해가 겁나지 않는단 말이오?"

"약간의 오해쯤이야 물리칠 수 있다는 자신이 생겼소."

"그 근거는…?"

"지금 불·청 간에 전쟁이 발생하고 있습니다. 청국은 조선의 정세에 신경을 쓸 여유가 없죠."

"그 이유만으론….'

하고, 김옥균은 난색을 표했다. 그런 단순한 이유로선 언제 일본이 번의飜意*할지 모른다는 심정의 표현이었다.

다케조에는,

"다신 태도의 변경, 정책의 동요가 없을 것이오."

하고, 그 증거로서 그가 귀임歸任할 때 40만 원의 전보금을 비롯하여 적잖은 예물禮物을 가지고 온 사실을 들먹였다. 그리고 아래와 같은 네 가지 조건을 궐내에 들어가 아뢸 것이라고 말했다.

"1. 제물포조약에 약정한 임오군란의 배상금 잔액 40만 원을 일본 정부에서 귀국 양병비에 충당하라고 하고, 달리 쓰지 말도록 덧붙일 것이다.

2. 지금 청·불전쟁에 청국이 연전연패하고 있어, 청국은 머지않아 망할 것이니, 귀국은 패망할 운명에 있는 청국을 신뢰해선 안 된다.

3. 대원군을 납치해 간 일은 천만부당하니, 빨리 청국에 항의하여 그의 환국을 요구할 것.

---

* 먹었던 마음을 뒤집음.

142

4. 조선의 내정 개혁은 조선의 국법에 의하여 행할 것이요, 구미의

　공법公法에 따라 빨리 독립·자주의 대계를 정하는 것은 일본의

　열망하는 바이오."

　여기까지 말을 들었을 때, 김옥균은 비로소 얼굴에서 긴장의 빛
을 풀었다. 그러고는 감동에 떨리는 목소리로 말했다.

　"공사, 잘 부탁하오."

　그길로 김옥균은 박영효의 집을 찾아갔다. 박영효는 김옥균의
말을 듣더니 덥석 김옥균의 손을 잡고 힘차게 흔들었다.

　"우리 한번 죽음을 맹세코 해봅시다."

　"해봅시다. 정신일도精神一到에 금석가투金石可透란 말이 있더
니만, 천재일우의 이 호기를 놓쳐선 안 되오."

하고 김옥균도 힘차게 말했다. 감격의 일순이 지나자 박영효가,

　"과연 일본인들을 믿을 수 있을는지…."

하며 이맛살에 그늘을 지었다.

　"이번만은 일본도 정신을 차린 모양입니다. 남별궁에 원세개가
버티고 앉아 호령하는 꼴이 잔뜩 보기 싫을 것 아닙니까. 이대로
두면 그들이 발붙일 곳이란 없어질 테니까요."

　이 밖에도 김옥균은 자기의 희망적 관측을 섞어가며 박영효의
사기를 돋우었다.

　박영효가 말했다.

　"그럴 것으로 믿을 만하긴 합니다. 내가 미국으로 가려고 하니까
시마무라[島村久]가 모처럼 찾아와서 만류했는데, 그들에게 굳은

각오가 없고서야 시마무라를 내게 보내기까지 했겠소?"

"그렇소이다. 하나, 금릉위께서도 다케조에를 만나보시구려. 여러 가지로 도움이 될 테니까요."

"내일에라도 찾아가보지요. 한데, 우리가 거사를 했을 때 미국공사나 영국공사, 독일공사 등 제 외국 사절들의 동향은 어떠할까요?"

"윤치호의 말에서 판단컨대, 미국공사는 우리들에게 호의를 가지고 있었습니다. 그건 확실해요."

"애스턴도 괜찮을 것 같긴 한데…."

하고, 박영효는 언젠가 애스턴을 만났을 때 애스턴이 '조선의 갈 길은 개화하는 길밖엔 없다'고 한 말을 김옥균에게 전했다.

"수상한 건 독일과 러시아인데, 그들이라고 해서 청국 세력이 무너지는 걸 나쁘게 생각할 까닭이 있겠소? 요컨대, 조정에서 수구당을 몰아내버리기만 하면 그들이 뭐라고 하겠소? 프랑스와의 관계가 있으니 청국을 두둔하고 나서진 못할 테고. 문제는 청국인데 다케조에의 말에 의하면, 이편에서 선수를 치고 나서면 청국도 방관할 수밖에 없을 것이라고 합디다. 프랑스와의 전쟁이 상당히 심각한 모양이죠? 안남安南에서 프랑스와 사달을 벌이고 있으니, 조선에서 일본과 사달을 일으키진 못할 것이오. 적을 복배腹背*에 두고 싸운다는 건 패망의 조건이란 것을 손오병법을 익힌 놈들이 모를 까닭이 있겠소?"

"관건은 일본이 어느 정도로 밀어주느냐에 있군요."

---

*   배와 등, 즉 앞과 뒤.

"청국은 덤빈다고 해봐야 체면상 얼만가의 병을 내어 위협하는 정도로 끝날 것이오. 청국병이 삼천 명이라고는 하나, 일본병 삼백 명을 당하지 못하리다. 만滿을 지持하고 거사할 수 있을 것이오."

"고균의 두뇌 비상하니 전략을 잘 짜보시오."

"염려 마시오."

"내일에라도 다케조에를 만나 그 의견을 재차 타진하고 그들의 태도에 변함이 없도록 다짐도 하시구려."

"여부가 있소."

박영효의 집을 나선 김옥균은 발길을 홍영식의 집으로 돌렸다. 김옥균의 생애에 있어서 가장 바쁜 날이었다.

홍영식의 집엔 서광범徐光範이 와 있었다. 그들은 뜻밖인 김옥균의 내방에 반색했다.

"무슨 바람이 불었기에…?"

하고 서광범이 말하자, 홍영식도

"고균의 머리에 좋은 생각이 떠오른 모양이로군."

하며 기뻐했다.

"지금 다케조에를 만나고 오는 길이야."

김옥균이 좌정하고 입을 열었다.

"다케조에를?"

한 것은 서광범이었고,

"그래서?"

하고 무릎을 앞으로 밀어놓은 것은 홍영식이었다.

김옥균은 박영효에게 한 대로 다케조에와의 사이에 오갔던 얘기를 하고 덧붙였다.

"박영효와 나는 굳은 서약을 했네."

두 사람은 무릎을 쳤다.

"드디어 인제 우리가 죽을 만한 때가 왔구려."

서광범이 이렇게 말했고,

"우리들이 국세가 위급한 이때 귀한 생명을 던져 국정을 개혁하려는 것이니, 하늘도 알아줄 것이고, 시운 또한 맞으리라는 것은 물이 아래로 흐르는 이치와 같은 것이 아닌가. 빨리 거사 계획을 세우자."

"…."

이 같은 일이 있었던 것은, 이미 말한 대로 최천중과 황봉련이 한가하게 술을 마시던 날이고, 최천중이 그 얘기를 들은 것은 이틀 후인 9월 17일 밤이었다. 소민이 양생방으로 찾아와, 청진淸陣으로 들어온 정보라며 김옥균의 동정을 이처럼 소상하게 알려주었던 것이다.

최천중은 김옥균을 걱정하기에 앞서 겁이 덜컥 났다. 신출귀몰하는 첩자가 그림자처럼 그들을 따라다니지 않고서야, 어떻게 그처럼 소상하게 동정을 살필 수 있단 말인가. 그 얘기를 끝내고 소민이 덧붙인 말은 이러했다.

"아마 거사할 날이 박두한 모양입니다. 그들의 거사 계획이 짜여지면 또 알리겠습니다. 그런데 가소롭지 않습니까? 청군이 지금 어떠한 대비를 하고 있는 줄도 모르고 만사를 희망적으로만 해석하고 서둘고 있으니 어이가 없다는 얘깁니다. 원세개는, 김옥균이 청군 삼천 명을 일병 삼백 명으로 능히 감당할 수 있다고 하더란 얘기를 듣자 가가대소하더이다. 소침小針으로 거수巨獸를 잡을 수 없고, 소부小斧로써 대수大樹를 꺾으려다간 소부의 날이 먼저 망가지며, 소교小巧로썬 대하大河를 막지 못한다는 것을 모르는 소재小才가 감히 사직의 운명을 바꿔놓으려고 꾀하다니, 가소롭기 짝이 없다는 얘기였습니다."

최천중은 원세개의 말에 일리가 있다고 느끼면서도, 심한 반발을 심중에 느꼈다. 자기가 원하는 바와는 다소의 이동異同이 있을망정, '김옥균의 거사가 성공되어, 원세개로 하여금 아연실색케 했으면…' 하는 욕망이 무럭무럭 일었다.

그러나 그런 내색은 하지 않고 물었다.

"청군의 대비는 어떠한가?"

"적의 동향을 장상掌上에서 보고 있는데, 그 대비야 말할 것이 있습니까? 주도한 용의, 철통같은 준비를 착착 하고 있소이다."

어떤 방법을 써서라도 김옥균에게 청진의 동태를 알렸으면 하는 마음이 간절했지만, 최천중에겐 죽음을 무릅쓸 각오와 용기가 없었다.

굴심한 끝에, 미국공사관에서 통변通辯 일을 보며 대궐에도 드나들어 왕과 왕비와 미국공관의 연락책임을 맡고 있는 윤치호를 만나볼 작정을 했다. 아무리 청진의 탐지망이 철저하기로서니, 외인外人을 멀리한 밀실에서 윤치호와 담화하는 것쯤은 위험이 없으리라

147

고 믿었기 때문이다. 그런데 윤치호는 워낙 바쁜 모양이었다. 그래, 기회를 얻지 못하고 있는데, 하루는 미국공사관에서 전갈이 왔다. 미국에 있는 최천중의 아들형제가 보낸 편지가 공사관에 와 있으니, 하룻밤 정담을 나누기도 할 겸 내방이 있었으면 좋겠다는 푸트 공사의 초청이었다.

그날이 9월 26일이었다.

최천중이 공사관으로 들어서자, 푸트는 양팔을 활짝 열어 그를 안 듯이 하며 큰 소리로 무슨 말인가를 했다. 윤치호의 통변에 의하면,

"조선에 와서 아무런 마음의 부담을 느끼지 않고 만나 얘기할 수 있는 분은 오직 최공뿐…"

이라고 했다는 것이다.

"그 호의에 오직 감사할 뿐이오."

하고, 최천중은 푸트가 가리키는 의자에 앉았다. 푸트는 원석과 형석의 편지를 꺼내 최천중에게 건네주며,

"그 두 청년을 맡고 있는 목사로부터 내게 편지가 왔는데, 귀공의 아들들에 대한 칭찬이 대단합니다. 성실하고 영리하고 부지런하며 활달하여, 미국 청년들의 모범이 될 만하다고 하니, 대단하지 않습니까? 미국 사람들은 결코 공치사나 과장된 칭찬을 하는 법이 없습니다."

하고 시종 쾌활하게 웃었다.

목사란 말이 귀에 익지 않아, 최천중은 목사가 뭣 하는 사람이냐고 물었다.

푸트의 대답이 있었다.

"예수 그리스도의 복음을 전달하며 사람들을 신앙으로 이끄는 역할을 하는 사람입니다."

그래, 최천중이 말했다.

"그분이 내 아들들을 칭찬하는 것은 고마우나, 내 아들들을 자기의 신앙으로 끌어들일까 봐 두렵습니다."

푸트는 당장 그 말뜻을 알아차리고 크게 웃고 말했다.

"아닌 게 아니라, 그 목사는 그 가운데 하나쯤은 하나님의 사도로 만들고자 했던 모양인데 실패한 것 같습니다. 실패해도 기쁘다는 말도 씌어 있더군요."

"여러 가지로 마음을 써주셔서 감사할 따름입니다."

"천만에요. 조선의 청년들이 미국에 가서 훌륭하게 자라난다면, 그로써 나는 만족입니다."

하고 푸트는, 오늘 밤 최천중을 초대한 것은, 아직 날짜를 잡진 않았으나 불원 미국으로 돌아갈 작정이기 때문이라고 했다.

최천중은 크게 놀랐다.

"왜 그런 작정을 하셨습니까?"

"조선이 나 같은 사람을 필요로 하지 않는 것 같아서요. 그리고 우리 정부도 굳이 하나의 대사가 전임으로 이 나라에 머물러 있을 필요가 없지 않겠느냐면서 결정을 내게 맡겼습니다."

푸트의 음성이 정중하고, 말투에 비애의 빛이 있었다.

"우리나라가 공과 같은 분을 필요로 하지 않다니, 그게 무슨 말씀이오?"

최천중이 충격을 받아 핼쑥한 얼굴이 되어 물었다.

푸트는 이마에 손을 짚고 잠깐 생각하는 듯하더니 결심한 빛으로 조용히 말하기 시작했다. 그것을 윤치호가 토막토막 통역했는데, 여기선 그냥 이어 옮기기로 한다.

"최공은 관직에 있는 분도 아니고 어느 당파에 속해 있는 분도 아닌 자유인인 데다가, 아들을 둘까지 미국에 유학시킬 수 있는 진취적인 사상의 소유자이므로, 나는 모든 얘기를 털어놓을 수 있다고 생각하오. 어쩌면 내 얘기가, 후진을 사랑하고 가꾸는 데 성의가 있는 최공에게 큰 도움이 될지도 모르겠소. 원컨대, 내가 하는 말을 기억해두시기 바라오. 내가 작년 봄에 조선에 올 때 우리 정부에선 조약 비준 교환의 전권을 내게 주었소. 그리고 명하길, 내가 이곳에 머물러 있고 싶으면 머물러 있고, 머물러 있고 싶지 않으면 이곳에 주재할 것 없이 여러 이웃 나라를 순방하며 간혹 조선의 형세를 시찰하되 내 짐작대로 하라고 하였소. 그리고 우리 정부의 친구들은 굳이 귀국에 주재할 필요가 뭐 있겠느냐고 하며, 내가 이곳에 주류하는 것을 반대하였소. 그러나 나는, 객관적인 사태가 나의 주재를 불가능케 할 경우를 제외하곤 스스로 귀경貴京에 상주하여 두 나라의 우의를 공고히 하고 귀국의 진보를 도울 결심을 했었소. 그런 까닭에 갖가지 어려움이 있었음에도 불구하고 나는 가권家眷을 데리고 한성에서 살게 된 것입니다. 오직 성심성의로 우리 두 나라의 화목 증진을 염원하였고, 내 둥근 푸른 눈으로 귀국의 이익을 돌봐드리려고 했던 것이지요. 한성에 도착하자마자, 나는 곧 목씨穆氏를 만나 통상 등 갖가지 일을 의논하며 귀국의 문명과 정치를 도우려고 했소. 그 까닭은, 목씨가 독일인인 만큼 외국에 대해 연구하는 바가 있었고, 그때 조선의 외무고문으로 있었기 때문이오. 그런데 어떻게 이 사람의 심사가 공평하지 못하다는 것을 알 수 있었겠습니까. 이 사람은 일을 공평하게 처리하려는 것이 아니라, 나를 자기의 당黨 속에 끌어넣으려고 하는 것이었소. 그래서 나는 외무 관계의 일이 있을 땐 반드시 외무독판外務督辦과 의논했소. 그것은 목씨가 비록 고문이라고는 하지만, 일을 전담할 수 있는 책임자가 아니었기 때문이고, 나는 당당히 우리 대통령이 파견한 사신으로서 조선 정부와 직접 수호하고 통상을 의논할 수 있는 권한이 있기 때문이었소. 그런데 목씨는 내가 자기와 더불어 사사건건 의논하지 않는 데 대해 악감을 품고 여러 가지로 헐뜯고 훼방했소. 미국과 상관되는 일이면 기를 쓰고 방해할 작정을 세운 것이 명백한 듯했소. 그래, 어느 날 목씨를 보고 말했지요. '나는 우리 정부의 명을 받든 사절로서 조선에 온 것이지, 당신을 상대하기 위해 온 것이 아니다. 그런데 어째서 내가 매사를 당신에게 물어야 하는가?'고. 이 말 한마디가 또 그의 노여움을 더하게 한 모양이었소. 그러나 내가 그를 두려워해야 할 까닭이 어디에 있겠습니까?

…당당한 몸과 바른 마음을 가졌으니, 하늘을 쳐다보고 땅을 굽어보아도 두려울 것이란 없었소. 나는 그가 어떻게 생각하건 내버려두었소. 그렇게 해서 그와 교섭을 갖지 않은 지가 벌써 일 년이 되었소. 그런데도 목씨의 태도는 조금도 고쳐지지 않고, 귀국 정부의 사정도 조금도 개선된 데가 없소. 참으로 이상한 일입니다. 귀정부의 관리들은 서로 의견이 합쳐져 있지 않을 뿐 아니라, 서로

원수처럼 대하고 있다는 느낌마저 없지 않습니다. 내정의 선부善
否*, 외교의 흥쇠興衰, 인민의 생활, 국가의 안위에 대해서는 한 사
람도 관심을 가진 것 같지 않고, 오직 주야로 부지런히 힘쓰는 것
은 오히려 사욕을 채우려고 광분하고 있는 것이 아닌가 합니다. 그
러니 어느 겨를에 능히 여유가 있어 우리와 같은 자들로 하여금 품
고 있는 호의와 뜻을 펴서 귀국을 도울 수 있도록 하겠습니까? 더
구나 요즘에 와선 목씨가 주동이 되어 귀국의 관리들을 지휘하여
한통속이 되어 있으니, 이제 목씨와 미국인은 도무지 양립할 수 없
게 되어버렸소. 말하자면 목씨의 마음에 들지 않으면 내가 아무리
귀국을 돕자고 해도 전연 소용이 없게 되었다 이겁니다. 이와 같은
사정을 보고도 내가 마음을 낮추고 머리를 숙여 성의를 다한다고
해도, 필경엔 귀국을 위해서 이로울 것은 없고 한갓 번뇌만을 더하
게 될 것이니 피차 무슨 보람이 있겠습니까? 그래서 나는 돌아가
려고 하는 것입니다. 주거의 불편도 참아왔습니다. 음식에 대한 고
통도 견디어낼 수 있습니다. 쾌락이 있고 없고가 내 경우엔 문제될
것도 아닙니다. 요컨대 나의 포부, 나아가 우리 합중국의 귀국에 대
한 호의가 그대로 반영되지 못할 때 내가 여기 있어서 무엇 하겠습
니까? 지금이라도 좋습니다. 여기서 내가 귀국을 위해 할 수 있는
일이 있다고 자신할 수 있으면 그래도 머물러 있지 않겠다는 얘기
는 아닙니다."

푸트가 말하는 동안 최천중은 고개를 떨구고 있었다. 부끄러워

---

* 좋음과 좋지 못함.

서 차마 푸트의 얼굴을 볼 수 없었던 것이다.

푸트의 말이 끝났을 때, 최천중은 간신히 말했다.

"공이 이곳에 계시는 것만으로도 이 나라를 돕는 것이 되었소이다. 그리고 앞으로도 그러할 것입니다. 극히 소수의 사람이겠지만, 공으로부터 감화를 받은 사람을 통해서 공의 성의는 언젠가는 그 보람을 다할 것이올시다. 미국의 막중한 대임을 맡으신 공께서 그러한 소성小成으로써 만족하실 까닭이 없고, 알맞은 대업을 성취하셔야 하겠지만, 이 동양의 나라를 기사회생케 하는 일도 작진 않을 줄 아오니…."

최천중은 말끝을 채 맺지 못했다.

"최공이 말하고자 하는 뜻은 잘 알겠소. 그러나 일개 외교관이 할 수 있는 일엔 한계가 있소. 우리 미국은 일본처럼 뻔뻔스런 책모를 못 합니다. 청국처럼 오만하게 군림하는 것도 싫어합니다. 기사회생은 오직 당신들의 힘으로 해야죠. 우리 외교관이 할 수 있는 건 기껏 약의 처방을 가르쳐주는 데서 끝납니다. 그 약을 먹고 안 먹고는 당신들이 결정할 일입니다."

푸트와 최천중이 대좌하고 있을 때 사환이 문을 열고 들어섰다.

"박영효 씨와 홍영식 씨의 방문입니다."

사환이 아뢰는 말이었다.

푸트가 윤치호에게 무슨 말인가를 했다. 윤치호가 다음과 같이 통변을 했다.

"저 방에 가서 손님들을 만날 것이니, 최 선생께선 이 방에 그냥 계시라는 푸트 공사의 말씀입니다. 무슨 긴한 말씀이 남아 있는 것 같습니다."

최천중이 그렇게 하겠노라고 했다. 푸트는 미안하다는 뜻으로 크게 몸짓을 하고 이웃 방으로 갔다. 윤치호도 따라갔다.

이윽고, 옆방에서 하는 이야기가 바로 옆자리에서 하는 말처럼 들려왔다.

푸트 공사가 말하고 윤치호가 통역을 하자, 홍영식의 카랑카랑한 발언이 있었다.

"푸트 공사께서 하신 말은 일일이 옳소. 나도 한마디 하겠소. 대저, 나무는 스스로 썩은 뒤에 벌레가 생기고, 사람은 스스로가 스스로를 업신여길 때 남의 모욕을 받게 되는 것이오. 목인덕의 소행을 말하면 그의 잘못을 모르는 사람이 없소. 그 예를 들어보겠소. 우리와 미국이 조약을 맺을 때는 순리대로 처리했소. 한데, 영·한 조약을 체결할 때엔 우리의 권익을 많이 잃게 되었소. 미국은 우리나라가 상품 수입에 있어서 자유롭게 세칙稅則을 정하도록 했소. 그리고 미국은 늘 우리나라에 이익이 되도록 많은 양보를 했소. 그런데 목인덕은 영국과 조약을 체결하는 데 있어선 사사건건 영국이 유리하도록 공작했소. 또, 우리 정부와 공公은 제물포에 각국의 조계를 만들려고 했소. 그런데 목인덕은 가장 좋은 지역을 일본인과 청국인에게 주어버리고, 나쁜 지역을 서양인 거류지로 했소. 이 밖에 사소한 일들을 들먹일 필요가 없소. 요컨대, 우리 정부에 사리에 밝은 사람이 있어 그런 일을 처리했더라면, 어떻게 목인덕 같은 사람이 부정을 행할 수 있었겠소? 오직 우리 정부의 불명과 무식이 한스러울 뿐이오."

"목인덕의 비행을 그렇게 잘 알고 있다면, 무슨 까닭으로 그자를 방치해두는가?"

윤치호의 음성이었으나, 물론 푸트 공사의 말일 것이다.

"지금 설사 우리 정부에서 목인덕을 축출한다고 해도 다시 외국인을 고용하지 않을 수 없는 사정이니, 그럴 경우 그 외국인이 목씨보다 나으리란 보장이 어디에 있느냐 말이오. 근본을 살피건대, 정부 자체에 문제가 있다는 것이오. 우리나라는 군君과 민이 선량하여 얼마든지 나라를 부강하게 할 소지가 있소. 그런데 단지 몇몇 사람이 위로 군주의 총명을 가리어 선정을 못 하게 하고, 아래로 민정을 덮어 그 실정이 위에 전달되지 못하게 하니 백성은 임금의 은혜를 입지 못하고, 임금은 백성의 고생을 알지 못하게 되어 있소. 그리하여 국정은 날로 어지럽게 되고, 민고는 더욱 심해만 가니, 그저 통탄스러울 뿐이오."

여기서 홍영식은 일단 말을 끊었다.

무거운 침묵이 계속되었다. 홍영식의 말은 옳지만, 그 통탄스러운 사정을 타개할 수 없는 상황이 침묵으로 괸 것이다.

최천중의 가슴은 무거웠다. 이른바 정객들이 남의 나라의 공관에 와서 자기 나라의 정치에 대해 통탄하는 사정이 딱하기도 하고 부끄럽기도 했던 것이다.

홍영식이 다시 입을 연 모양이었다.

"푸트 공사, 지금 여기에 기름등이 있습니다. 불빛이 매우 밝습니다. 그런데 방해물이 에워싸고 있어, 그 불빛이 바깥을 밝히지 못하고 있소이다. 어떤 사람들이 그 방해물을 걷어 빛을 내보내려고 하나, 방해물이 너무나 두껍고 완고하여 쉽사리 움직일 수가 없소이다. 부득이 그 방해물을 깨뜨려서라도 빛을 사방으로 전하려 하는데, 옆에서 이를 보고 잘하는 일이라고 하겠습니까, 망령된 일이라고 하겠습니까?"

푸트의 나직하고 장중한 대꾸가 한참 계속되었다. 그리고 윤치호의 통역이 시작되었다. 애써 나직한 소리로 꾸미고 있었지만, 최천중은 그 한마디, 한마디를 선명하게 알아들을 수 있었다.

"귀공의 물음엔 큰 뜻이 있어 가볍게 대답하긴 어렵소. 다만, 나의 어리석은 견해를 말하면, 지금 그 등은 사면에서 바람이 불고 있는 곳에 놓여 있소. 그러니 그 방해물들은 바람을 맞는 곳에 있소. 세찬 바람이 불어 방해물이 깨어질 수도 있고, 불이 붙어 타버릴 수도 있고, 가리고 있는 등의 열기가 심하여 인화되어 깨어질 수도 있소. 말하자면 언제 깨어져도 깨어지고 말 것이오. 그런데 왜 무리하게 손을 써서 깨뜨리려고 하오? 요행히 손으로 깨뜨리는 일이 순조로운 결과를 이룬다면 그만이겠지만, 그렇게 되지 않을 경우엔 손을 델 수도 있고, 옷을 태울 수도 있는 것 아니겠소. 아무튼 그 위태로움은 측량할 수가 없소. 역적으로 몰릴 경우도 있고, 폭동자로 몰릴 경우도 있을 것이니, 비상한 수단은 삼가는 게 좋을 줄 믿소. 이런 까닭으로 나는, 조용히 기회를 보아 그 방해물이 스스로 깨어지도록 하는 것이 현명한 계략이라고 생각하는 바이오."

"신중한 말씀, 명심하겠소이다."

홍영식의 말이었다.

이어 박영효의 말이 있었다.

"귀국의 역사는 혁명의 역사가 아니오이까. 만일 귀국의 일에 있어서 사태를 스스로 바뀌질 때까지 방관만 하고 있었더라면 오늘의 미국이 있었겠소이까?"

이에 대한 푸트의 말은,

"사정이 각각 다르지 않소. 우리나라의 경우는 전 국민이 일어선 것이오. 지도자는 민중의 의사를 반영하고 민중을 조직하여 대사를 치렀을 뿐이오. 다시 말하면, 팽배한 민중의 압력에 의해 혁명이 성사된 것이외다. 그리고 그 혁명은 긴 시간을 끌었소. 지도자와 민중의 일치단결이 미국의 역사를 만든 거요. 그런데 조선의 사정은 다르지 않소. 그러니 지금의 단계로선 국민의 계몽이 필요하지, 거사가 필요한 것이 아니오."

이 말을 계기로 열띤 토론이 있었다.

그런데 푸트의 신중론이 토론의 결론이 된 것 같았다.

"오래 기다리게 해서 미안하다고 합니다."

하고 최천중에게 전하며 윤치호는, 푸트 공사가 저녁 식사를 같이 하자는데 의향이 어떠냐고 물었다.

"폐가 되지 않는다면…."

최천중이 그 초대를 승낙했다.

푸트는,

"승낙해주셔서 고맙습니다."

라며 다음과 같이 물었다.

"아까 저 방에서 한 얘기는 들으셨지요?"

"예."

"최공이 들으라고 부러 저 방에 손님을 모신 겁니다. 최공은 무관無官의 인물이라 모든 사태를 공평하게 판단하실 줄 믿고 귀하의 의견을 듣고자 한 겁니다."

"내 의견이 무슨 소용이 있겠습니까? 저는 정저와井底蛙*에 불과한 걸요."

푸트는 '정저와'에 관해서 묻더니,

"우리 서양의 속담에도 그와 똑같은 것이 있다."

면서 흥겨워하곤,

"아까 그분들은 이른바 개화파라고 해서 정치의 혁신에 대단한 열의를 가지고 있는 사람들입니다. 한데, 시중에선 개화파 인사들을 어떻게 생각하고 있습니까?"

하고 물었다.

"시중의 사람이야 어디 말을 합니까? 혀끝에 생명이 오락가락하는 판국이니 모두들 삼불三不의 태도를 지니고 있을밖에요."

"삼불이란 게 뭡니까?"

"불견不見, 즉 보지 않겠다, 불문不聞, 즉 듣지 않겠다, 불언不言, 즉 말하지 않겠다를 삼불이라고 하옵죠."

"허어."

푸트는 고개를 끄덕이며,

"그럼, 최공의 의견은 어떻습니까?"

---

* '우물 안의 개구리', 즉 세상 물정을 모름.

하고 물었다.

"개화를 하자는 데 나쁠 것이 있습니까? 다만, 일본에 지나치게 의존하는 태도가 불미스럽다는 거지요."

윤치호는 이 말을 통역하지 않고 최천중에게 말했다.

"최 선생님, 말씀을 그렇게 해선 안 됩니다. 친청파들이 수구를 고집하니 불가불 일본의 힘을 빌리자는 건데, 그걸 의존이라고 말함은 불가합니다."

이에 최천중이 정색을 했다.

"개화파의 힘이 칠쯤이나 되고 삼을 일본에 기대한다면 힘을 빌린다는 말이 되겠지. 그러나 내가 보기론, 개화파의 힘은 일도 채 못 되고 전부를 일본에서 얻으려고 하니 그걸 의존이라고 한 거요."

최천중은 소민이 전한 정보를 상기했던 것이다.

푸트가 말에 끼었다. 무슨 말을 하고 있는지 통역하라는 뜻인 것 같았다. 윤치호의 설명을 듣자, 푸트는 크게 머리를 끄덕였다.

"최공의 말이 옳습니다. 개화파의 결점이 그것입니다. 자기들의 힘은 돌보지 않고 일본의 힘만 기대하는 것 같아서 나도 불만입니다. 그래서 나는 그들을 보고 일을 너무 서두르지 말라고 한 것입니다. 민중의 계몽이 앞서야 한다고 주장한 것입니다."

"부족함이 있을지 모르겠습니다만, 서양 요리를 먹어보는 것도 경험이 될 것이오. 귀하의 아들들이 지금 먹고 있는 음식이기도 하니까요."

최천중을 식탁으로 인도해놓고 푸트가 한 말이었다.

먼저, 희멀건 국에 계란이 떠 있는 것이 나왔다. 그걸 '계란 수프' 라고 했다. 다음에 튀긴 닭고기가 나왔다. 그건 '프라이드치킨'이라 고 했다. 그다음엔 양념을 섞어 찐 듯한 생선이 나왔다. 포도주를 곁들여 먹는데, 그 음식이 최천중의 구미에 썩 맞았다.

푸트는 요리마다에 설명을 붙이곤, 최천중이 맛있게 먹는 것을 흡족히 생각하는 눈치였다.

식사 동안엔 음식 얘기, 미국과 조선의 풍속의 다른 점 등이 화 제에 올랐다. 푸트의 말을 듣고 보니 신기롭기만 했다.

서양 책은 횡서로 되어 있고, 그걸 읽을 적엔 왼손으로 책 상편 으로 책장을 넘기는데, 동양 책은 종서로 되어 있고 오른손으로 책 하편으로 책장을 넘긴다는 것, 사람을 오라고 손짓을 할 때 서양인 은 손등을 아래로 하고 손바닥을 위로 하는데, 동양인은 그와 반대 로 한다는 것….

"어떻게 해서 그처럼 되었을까요?"

하고 최천중이 물었다.

"글쎄요. 위도와 경도가 다른 만큼, 여러 가지가 달라진다고 할 수 있는데, 왜 동양인은 머리가 검고 서양인은 노란지를 설명할 수 없듯이, 그것도 설명하기가 불가능할 것이오."

하는 푸트의 대답이었다. 그는 덧붙이길,

"마음은 같아요. 그러니 이상도 같겠죠. 세계는 하나여야 합니다. 그렇게 나라를 이끌어가야죠."

식사가 끝나자, 소파로 자리를 옮겨 앉았다. 술이 달라졌다. 식사 동안엔 포도주를 마셨는데, 위스키란 술로 바뀐 것이다. 최천중은,

호박 빛깔의 위스키를 황봉련의 집에서 가끔 마셔본 적이 없진 않았지만, 그보다도 술맛이 독한 것 같아,

"이런 독한 술은 몸에 해롭지 않은가?"

고 물었다.

"그러니까 배불리 고기나 생선을 먹은 다음 위스키를 마셔야 합니다."

하고 푸트가 웃었다.

위스키를 마시면서 화제는 국사의 문제로 돌아갔다.

"요컨대 최공께선 개화파 인사들의 주장을 지지하십니까, 지지하지 않으십니까?"

푸트의 질문이었다.

"그들의 주장에 동조는 하지만…"

하고 최천중은 말꼬리를 흐렸다. 윤치호를 의식했기 때문이다. 윤치호는 열렬한 개화파인 것이다.

"동조는 하지만 어떻습니까?"

"정직하게 말하면 전적으로 찬성하는 것은 아닙니다."

"수구파들에 대해선 어떻게 생각합니까?"

"그들은 너무나 사리사욕을 좇는 것 같아서 싫어합니다."

"말하자면 중립입니까?"

"중립도 아니지요. 일본에 의존만 하는 것이 아니면 개화파들의 노력이 보람을 가졌으면 하고 원하고 있으니까요."

푸트는 깊은 생각에 잠긴 모양으로, 위스키 잔을 만지작거리면서 창밖을 보고 있었다. 창밖엔 이미 어둠이 닥쳐와 있었고, 바람 소

리에 창틀의 삐걱거리는 소리가 섞였다.

푸트가 무겁게 한마디 했다. 그걸 윤치호가 통역했다.

"일본은 대단한 나라입니다."

최천중은 다음 말을 기다렸다.

"무서운 나라입니다. 조선이 발전하려면 일본을 배우는 것이 가장 쉬울 텐데, 그리고 일본의 힘을 빌려야 하는데…."

하고, 푸트는 일단 말을 끊었다가 다음과 같이 이었다.

"발전을 하기 전에 일본에게 먹혀버릴지 모릅니다. 인도가 영국에게 먹히듯이 말입니다. 이것은 결코 외교관이 할 말은 아닙니다만, 공인이 아닌 최공이 상대이니까 내 개인적인 의견을 말해보는 겁니다."

"국제적인 이목이 있는데두요?"

하고 최천중이 물었다.

"일본의 야심에 그 원인이 있다기보다, 조선 국민의 민도가 낮아서 그렇게 될 위험이 있다는 겁니다. 민도가 낮다는 말은 적합하지 않을지도 모릅니다. 이렇게 바꾸어 말하겠습니다. 조선의 국민들은 정부에 애착을 느끼지 않기 때문에, 그런 사실이 일본의 야심을 유발할 염려가 있다는 겁니다. 영국이 인도를 먹은 것은 당초 영국이 그런 야심을 가졌던 것은 아닙니다. 처음엔 '유리하게 무역을 하겠다. 즉, 영국의 상품을 인도에 많이 팔아먹고, 인도에서 생산되는 원자재를 싼값으로 사 오도록 하겠다'는 장삿속이 있을 뿐이었습니다. 그랬는데 인도의 정치 사정이 워낙 혼란되어 있고, 인도 민중의 정부에 대한 애착이나 신뢰가 전연 없다는 것을 알게 되자, 영국 정치가들 몇몇이 인도를 먹어버릴 계획을 세우게 된 겁니다. 비록 약하고 작은 나라라도, 국민이 정부에 애착을 가지고 정부를 중심으로 하여 단합되기만 하면 이웃 나라가 야심을 품고 덤비지 못합니다. 그런데 조선의 사정을 보니 남의 일 같지 않습니다."

이때, 윤치호가 푸트에게 뭐라고 했다. 푸트의 다음 말은,

"지금 윤군이, '그러니까 개화파의 의도가 성공되어 좋은 정부를 만들어야 한다'고 했는데, 최공, 어떻습니까. 개화파가 거사하면 국민의 지지를 받을 수 있겠습니까?"

"그 거사가 성공할지 못 할지 모르는데, 국민의 지지를 어떻게 예상할 수 있겠습니까?"

"그들의 의도만은 지지를 받을 수 있지 않을까요?"

"국민들은 모릅니다. 설사 그들이 거사를 했다고 해도 참뜻을 알지는 못할 겁니다. '궁정에서 무슨 소동이 있는 모양인데, 그게 뭘까?' 하는 정도의 반응밖엔 없을 줄 압니다."

"내 짐작도 대강 그렇소."

"한데, 그들이 거사를 꼭 한다는 겁니까?"

최천중이 이렇게 물어보았다.

"나도 확실히 알 수야 없죠. 아까 홍영식 씨가 한 말로 짐작건대, 그들이 무슨 일을 꾸미고 있는 건 확실한 것 같소. 그러나 민중의 지지가 없다면 어떻게 성사될 수가 있겠소?"

"푸트 공사께선 그들이 퍽이나 걱정되시는 모양이네요."

최천중의 이 말에 푸트는 빙그레 웃었다.

"그들은 모두 훌륭한 인재들이오. 나는, 조정에서 요직을 맡고

있는 사람들과도 빈번히 상종하는데, 종족이 다르다고 할 만큼 개화파에 속하는 인물들은 출중하오. 우선, 내 옆에 있는 윤군을 보시오. 총명하고, 부지런하고, 나라 사랑하는 마음으로 가득 차 있고…. 그러니 어찌 내가 그들에게 무관심할 수 있겠소. 어찌 그들의 일을 걱정하지 않을 수 있겠소."

"그러시다면 좀 더 강하게 그들에게 충고하실 것을…."

"그 이상 어떻게 강한 충고를 합니까? 더욱이 성부成否의 가능이 반반쯤 될지도 모르는데…."

최천중은 '이때다' 하는 마음을 먹었다. 김옥균과 홍영식의 거사에 제동을 걸어, 그들로 하여금 천추의 한을 남기지 않게 해야겠다는 마음이 솟았다. 그래서 용기를 내어 다음과 같이 말했다.

"푸트 공사, 만일 그들의 거사가 가까운 장래에 있다면 백 중 백 실패할 것입니다. 그 예측 위에서, 공사께서 그들의 거사를 말리도록 하십시오."

"최 선생님, 무슨 그런 말씀을…!"

하고 윤치호가 흥분했다. 최천중이 윤치호에게 타이르듯 했다.

"윤군, 자네가 말리게. 아까도 말했지만, 가까운 장래에 거사를 할 양이면 철저하게 말리게."

"최 선생님은 무슨 근거로 그런 말씀을 하십니까?"

윤치호의 말투는 노기를 띠고 있었다.

"이 년 후나 삼 년 후에 한다면 또 몰라. 가까운 장래엔 절대로 안 되네. 나는 알고 있는 게 있어."

"그 알고 있다는 걸 말씀해보시오."

"그건 안 돼. 그리고 알 필요도 없구. 결론만 알았으면 그만 아닌가. 아무튼 그들을 말리도록 하게. 천추의 한을 남기지 말도록 하게."

얼굴을 벌겋게 하고 윤치호가 말을 하려고 하자, 푸트가 손을 들어 제지했다. 윤치호가 짤막하게 푸트에게 통역했다. 아마 윤치호는 최천중과의 사이에 오간 말을 푸트에게 전하기 싫은 것으로 보였다.

푸트의 말이 있었다.

"그들이 거사를 한다고 해도 가까운 시일에 하진 않을 것입니다. 지금의 사태가 그렇게 되어 있지 못하거든요. 나는 외교상의 문제로 청국 사절들과의 접촉도 있는데, 이른바 수구파들의 세력은 바로 청국을 업고 있는 세력이기도 하니, 지금 거사하면 최공 말대로 백에 하나도 성공할 여지가 없습니다. 영리한 김옥균 씨나 홍영식 씨가 그쯤 사태를 볼 줄 모르겠습니까? 그러니까 나는 이 년 후나 삼 년 후에 있을지도 모르는 그들의 거사를 짐작하고 걱정을 하는 겁니다."

"아닙니다, 공사. 그들은 지금 당장에라도 거사할지 모릅니다."

최천중이 심각한 표정으로 말했다.

"그럴 리가 있겠소? 확실히 그들은 거사할 준비는 하고 있을 거요. 그러나 오늘내일의 일은 아닐 것이오. 그들은 바보가 아니니까요. 가까운 장래에 거사를 한다면 무슨 준비가 있어야 할 것 아니겠소? 그런데 내가 보기엔 지금 그들이 무슨 준비를 하고 있는 것 같진 않소. 마음만 끓이고 있는 거지."

최천중이 말을 하려고 하자 윤치호가 나섰다.

"최 선생, 푸트 공사에게 더 이상 그 일 갖곤 말하지 마시오. 생명을 던지고 의거를 꾀하고 있는 사람들에게 찬물을 끼얹는 말씀은 안 하시는 게 좋을 겁니다."

그 말뜻을 알았다는 듯 윤치호에게 고개를 끄덕여 보이고, 최천중은 다음과 같은 말을 푸트에게 전해달라고 일렀다.

"푸트 공사께서 이 나라에서 태어난 국민이라면 이러한 정세 속에서 어떻게 처신하시겠소?"

윤치호가 그대로 통역한 모양이었다.

푸트는 빙그레 웃곤 한참을 생각한 끝에 입을 열었다.

"나 같으면 계몽을 위주로 하여 노력하겠소. 그 계몽 사업을 통해 한 사람 한 사람 동지를 규합하겠소. 목적에 이르기엔 아주 더딘 동작 같지만, 가장 확실한 길이라고 생각하오. 나라의 운명은, 개개인의 포부만으로 결정되는 게 아니오. 의견이 옳은가 그른가 따지기 전에, 얽히고설킨 이해관계를 먼저 정돈해야 하오. 귀족들의 이해와 서민들의 이해는 다르오. 양반의 이해와 상민들의 이해도 다르오. 관에 있는 사람과 야에 있는 사람의 이해도 다르오. 정치는 의義로써 움직이기 전에 이利로써 움직이는 것이오. 그러니 이해관계를 정돈하여 어느 길을 택하면 보다 많은 사람에게 이익이 되는지, 그 길을 먼저 국민에게 납득시켜야 하는 겁니다. 그래 갖고, 그 길을 걷지 않고는 나라나 개인이 살 수 없다는 각오로 뭉쳐, 그 뭉친 조직이 많은 사람의 지지를 받게 될 때 비로소 보람을 갖게 되는 것이오. 설혹 지금은 보람을 갖지 못해도 후대에까지 이어갈 수가 있어, 언젠가는 성공되는 그런 길을 찾아 계몽 사업을 하겠소. 내가 이 나라 국민으로 태어났다면 꼭 그렇게 하겠소."

최천중은 푸트의 그 말을, 성급한 거사를 말리는 의견을 부연한 것으로 들었다.

최천중은 미국의 독립선언서를 읽고 거기서 받은 감상을 말하고,

"우리 동양에선 통치권을 천의天意라고 생각하고 있는데, 공화정은 그것을 부정하는 것이 아닙니까?"

하고 물었다.

푸트는 최천중이 독립선언서를 읽었다는 말에 적이 놀란 모양으로,

"왕정과 공화정은 각각 장단점이 있지만, 우리 미국처럼 다종다양한 인종을 거느린 나라에선 공화정 이외의 정체政體를 채용할 수 없다."

고 전제하고, 미국 정치의 규모와 기능을 소상하게 설명했다.

그리고 덧붙이길,

"왕정이나 공화정이나 그 정상의 권력을 차지하는 덴 천의의 작용이 있어야 합니다. 미국 대통령의 취임 선서엔 반드시 하느님의 뜻을 받들겠다고 되어 있습니다."

하고, 정권에 있어서의 합법성에 관해 설명했다.

푸트와 최천중은 이렇게 밤이 늦도록까지 담소하고 헤어졌는데, 푸트는 자기가 떠나기 직전 한 번 더 최천중을 만나겠다는 약속을 잊지 않았다.

― 정치는 의義로써 움직이기에 앞서 이利로써 움직인다.

— 국민 사이엔 갖가지로 다른 이해관계가 있다.

— 나라를 다스리려면 먼저 이해관계를 정돈해야 한다.

— 보다 많은 사람이 이로울 수 있는 길을 택하고, 그 길을 같이 걷는 동지를 모아야 한다.

— 그 조직이 많은 사람의 지지를 받을 때, 대사가 이루어진다.

푸트 공사의 말은 대강 이와 같이 간추릴 수 있었는데, 최천중은 그 내용을 반복하여 음미했다. 푸트 공사의 말은 일일이 타당했다.

'그러나 청·일·노 삼국의 각축장이 될 판인데, 푸트의 말대로 한다면 과연 그런 의견이 보람을 가질 수 있을까?'

백년하청을 기다리는 셈이다. 그럴 바에야 김옥균의 방식이 남아 있을 뿐이다. 수구파를 청소해버리고 일단 대권을 쥐고 볼 일인 것이다. 모사재인謀事在人이고 성사재천成事在天이라, 장부라면 한번 해볼 만한 일이 아닌가.

하나, 소민의 말에 의하면 김옥균 등의 거사는 필패할 것이라고 하니, 그런데도 그걸 미연에 알려주어 천추에 한을 남기지 않도록 할 수도 없으니 최천중은 가슴이 답답했다.

가냘픈 희망이 있긴 했다.

바로 어제 푸트의 심부름으로 선물을 가지고 온 미국공사관 직원의 말에 의하면, 최천중이 다녀온 그 이튿날 밤 방문한 김옥균에게 푸트가,

"뜻있는 사람들을 널리 모아 조용히 시기를 기다려야 한다. 섣불리 서둘다간 도리어 개화하는 길에 방해가 될 뿐이며, 유위有爲한

인재들의 전정前程을 망치게 될 것이니, 절대로 경거망동하지 말라."

고 간곡히 타이르더라는 것인데, 김옥균은 그 말에 승복하는 빛이

있었다고 하니 말이다.

최천중은 자기 나름대로의 방략을 다듬어보았다.

'삼전도의 계꾼들에게 격을 돌려 거사 준비를 시킨다. 동학당과

연락하여 동사동모하기로 한다. 김옥균 등이 조정에서 거사하면,

바깥에서 일제히 이에 호응한다. 전후영의 병정들이 있다고는 하나

모두 오합지졸이어서 아무 짝에도 쓸모가 없다고 하니, 기골 있는

민병들로써 이들을 대치시켜 김옥균 중심으로 된 조정을 수호한다.

한편, 푸트 공사를 통해 제 외국이 엄정 중립을 지키도록 교섭한다.

이렇게만 되면 일본의 세에 의존하지 않고 대사를 성취할 수 있을

것이 아닌가. 나아가 역성혁명까지 가능하지 않을까?'

한데, 이런 일을 꾸미려면 누구보다도 박종태가 있어야 했다. 그런

데 이자가 도대체 어디에 파묻혀 있단 말인가.

그러나 최천중은 이러한 생각을 부질없는 망상으로 치고 일소에

부치기로 했다. 고래로 화중지율火中之栗*은 이를 주우려고 해선

안 되는 것이다.

망상을 쫓는 덴 시문이 제일이다. 최천중은 베개를 높이 베고 누

워, 최근 청나라에서 들어온 이의산李義山 시집詩集을 손에 들었다.

중랑 쪽으로부터 와자지껄한 웃음소리가 들려왔다.

젊고 발랄한 웃음소리였다.

---

* 불 속에 있는 밤.

그 웃음소리엔 왕문, 민하, 강원수의 소리도 끼여 있을 것이다.

수일 전, 최천중은 그들을 양생방으로 불러 당분간 여기서 머물도록 하고, 일절 외출을 금지시켜놓은 터였다.

담소 소리는 그냥 계속되었다. 물론, 그 내용을 알아들을 수는 없었다. 아무튼 무슨 유쾌한 일이 있는 것만은 틀림이 없었다.

최천중은 사환을 불렀다.

"중랑에 무슨 좋은 일이라도 있나?"

하고 물었다.

"소민 선생이 와서 모두 즐겁게 놀고 있는 중입니다."

하는 사환의 대답이었다.

"소민이 왔어? 그럼 이리로 좀 들라고 해라."

이내 소민이 들어왔다.

"왔으면 먼저 나를 찾아보지 않구…"

최천중이 가볍게 핀잔을 주자,

"오늘은 선생님을 뵈러 온 것이 아니라, 왕문 군이 이곳에 와 있다기에 한번 들러본 것입니다."

하고 소민이 대답했다.

"한데, 좋은 소문이라도 있었나? 웃음소리가 꽤나 명랑하던데."

"좋은 소식이 있을 까닭이 있습니까. 어느 대감 집에서 있었던 얘기를 했더니 모두들 웃음을 터뜨린 것입니다."

"그 얘기를 나에게도 한번 해보구려."

소민이 웃음을 머금고 한 얘기는,

서양 사람이 어느 대감 집에 사본(비누)을 한 통 선사했다. 진기

170

한 물건이긴 한데, 아무도 그것이 무엇에 어떻게 사용되는 것인지 알 수가 없었다. 결국 대감이 결론을 냈다.

— 향기로 보나 부드러운 살갗을 보나 빛깔을 보나, 이건 분명 서양인이 먹는 떡이다. 습관과 제도가 다른 만큼, 그 맛도 물론 다를 텐데, 한번 시식을 해보자. 이걸 배불리 먹을 필요는 없을 것이고, 맛만 보면 될 것이니, 대소가의 어른들과 아이들을 다 불러라.

이렇게 대소가의 어른, 아이들을 불러모아놓고 사본을 작은 토막으로 잘랐다. 그러고는 한 조각씩 모인 사람들에게 나누어주었다. 이윽고 모두들 그것을 입에 넣고 씹었는데, 모두의 입에서 거품이 일기 시작했다.

"비누를 먹었으니 거품이 날밖에…"

했지만, 최천중도 웃음을 참지 못했다. 대소가의 어른, 아이들이 대청에 빙 둘러앉아 거품을 내뿜고 있는 장면이 눈에 선하게 나타났기 때문이다.

"그런데 그것뿐이 아닙니다."

하고 소민이 덧붙였다.

"그 이상한 맛에 견딜 수 없었던지, 한 아이가 마루 끝으로 나가 푸우 하고 뱉었는데, 그 집 대감 왈, '별미는 별미대로 먹을 줄 알아야 하느니라. 그래야 개명을 하지' 하고 대감은 그걸 꿀꺽 삼켜버렸다는 겁니다. 그러자 옆에 있던 대감의 부인이 '나는 죽었으면 죽었지, 개명을 못 하겠다'며 토해버렸다는 겁니다."

그 말에 최천중은 또 한 번 크게 웃었다.

웃음을 거두어 정색을 하고 최천중이 소민에게 물었다.

"작금의 동태는 어떠한가?"

"금명간 무슨 변고가 날 것 같습니다. 틀림없습니다."

소민이 자신 있게 말했다.

"딱한 일이야."

최천중은 자기도 모르게 한숨을 쉬었다.

소민이 의아한 표정으로 변하며 물었다.

"선생님, 요즘 심기가 매우 편하지 않으신 모양인데, 무슨 딱한 일이라도 있사옵니까?"

최천중이 소민을 응시하며 말했다.

"공들은 세상을 아주 단순하게 생각하고 있는 것 같아. 동지가 아니면 적, 적은 어떻게 처리해도 무방하다는 마음…. 적만 없애면 세상이 제대로 돌아갈 것이라고 믿고 있는 것도 같고…. 옳고 그르고의 판단이 뚜렷한 건 좋은데, 세상일은 두부 자르듯 되는 것이 아녀. 공들은 김옥균 일파를 무조건 적이라고 보고 있는 모양인데, 내 마음은 그렇지가 않아. 그렇다고 해서 그들의 생각이나 행동이 전부 옳다고 생각하진 않지만…."

"그래서 우리가 어떻게 하면 좋겠단 말씀입니까?"

소민이 정색을 했다.

"우리가 김옥균 일파에게, '청군이 당신들의 책모를 죄다 알면서도, 당신들이 함정에 빠져들길 기다리고 있으니 그만두라'고 통고해서 불상사를 미연에 방지하면 어떨까?"

최천중의 간곡한 의견이었다.

"그건 절대로 불가합니다."

소민은 일언지하에 거절하고, 다음과 같이 그 까닭을 설명했다.

"청군이 알고 있다는 것을 통고하면, 지금은 거사를 중지할는 지 모르지요. 그러나 그 근본의 생각을 바꾸지 않는 한, 보다 철저한 준비를 하고 서둘 것이 뻔합니다. 지금 한성에 일본병 삼백여 명이 있는데, 그것을 배경으로 거사하려는 그들이, 우리가 사전에 청군의 대비를 알리면 일본병 삼만 명을 청해 와서 덤비려고 할 것은 명약관화한 일입니다. 그러니 지금 정도로 거사하면 수월하게 진화될 화재를, 감당 못 할 대화재로 번지게 할 염려가 있는 것입니다. 선생님께서 인재를 아끼시는 마음은 잘 알겠습니다만, 그 때문에 대사를 그르친다고 해서야 되겠습니까?"

"방치하면 결국 수구파들을 이롭게 할 뿐이 아닌가?"

"그렇게 되지 않을 겁니다. 수구파의 두령들이 꺾일 테니까요."

"조정은 청군의 손으로 넘어가구?"

"조정이 청군의 손아귀에 쥐인다고 해도, 지금의 상황 이상이 되지는 않을 겁니다. 청국의 입장이 그다지 순탄하진 않은 형편이니까요. 보다도, 그 거사를 계기로 하여 새로운 방향이 트일 것이올시다. 새로운 국면을 맞이하기 위해 홍역을 치르는 셈이지요."

"한데, 공의 짐작으론 그들의 거사가 언제쯤 있을 것 같은가?"

"금명간 알게 되겠지요. 아무튼 임박한 것 같습니다. 바로 며칠 전, 김옥균 일당이 일본공사에서 다케조에 공사와 술을 마시며 담론풍발談論風發했다니, 그것이 곧 그들의 계책에 매듭을 지은 징조라고 봅니다."

하다가, 문득 생각이 난 모양으로 소민이,

"그 자리에 윤치호가 있었는데, 술에 취해 쟁반을 던지며 기염을 토하더랍니다."

하고 최천중의 눈치를 살폈다.

"무슨 기염을 토했다던가?"

최천중이 물었다.

"이때까지의 일본의 태도를 심하게 힐난하고, 앞으론 배신행위가 없어야 한다고 제법 당당하게 다케조에 공사에게 항의하더란 겁니다."

"윤치호 군이 김옥균 일당과 기맥을 통하고 있다는 것은 나도 모르는 바 아니지만, 그가 그 모사에 직접 참여하고 있는 것 같진 않던데…."

"아닙니다. 그는 이번의 모사에 깊숙이 관여하고 있습니다. 미국 공사관에서 일을 보고 있는 만큼, 태도를 표면화시키지 않았을 뿐입니다."

"김옥균 씨, 홍영식 씨, 박영효 씨가 미국공사관에 자주 드나드는 것 같던데, 그런 사실도 물론 알겠지?"

"알고 있습니다. 일전에 선생님께서도 미국공사관엘 가셨지요?"

"그런 일까지도 알고 있나?"

"알고 있다마다요."

"그럼 그곳에서 나와 푸트 공사가 무슨 얘길 주고받았는가도 알고 있는가?"

"그것까진 모릅니다."

"그건 또 왜?"

"조정에서 있었던 일, 고관들에 관한 일, 특히 친일파 두목들에 관한 일, 일본공사관에서 있었던 일 등은 면경을 들여다보는 것처럼 알고 있습니다만, 미국공사관에서의 일은 잘 모릅니다. 다만, 짐작을 할 뿐이지요."

"거기까진 첩자가 들어가 있지 않다는 얘기군."

"첩자를 들여보낼 필요가 없는 겁니다. 푸트 공사는 원만한 인격의 소유자로서, 요청이 있으면 그때그때 충고를 할 뿐으로, 청파淸派이고 일파日派이고 간에 가담하여 일을 꾸밀 그런 분이 아닙니다. 게다가, 미 본국의 방침이 남의 나라의 내정에 간섭하지 않기로 되어 있어서, 청국은 미국에 대해선 그다지 신경을 쓰고 있지 않사옵니다."

"과연 푸트 공사는 훌륭한 분이다."

"훌륭한 만큼, 결정적인 힘이 될 수도 있는 분이죠."

"지금 당장엔 도움이 되지 않아도 두고두고 우리에게 큰 힘이 될 분이다. 미국이란 나라가 그러할 것이구…."

"그건 잘 보셨습니다. 청국, 일본, 아라사가 야료를 부릴 때 미국이 우리 편에 서서 도와준다면 크게 유리하겠지요. 프랑스와 영국도 미국에 동조할 테니까요."

"그런데 푸트 공사는 곧 미국으로 돌아가겠다고 하더라."

"그건 또 왜요?"

소민이 놀란 투로 말했다.

"조정이 하는 일이 일일이 비위에 거슬리는 모양이더라. 지금과 같은 상황이면 자기가 있으나마나 하다는 거야. 더욱이 목인덕의

175

처사가 불쾌한 모양이더라."

"푸트 공사의 심중을 알 것 같습니다."

한참 생각한 끝에 소민이 이렇게 말했다.

"푸트 공사는, 수구파들이 쥐고 있는 조정이 개혁을 필요로 한다는 사실을 알고 있습니다. 그러나 그것을 개혁하려고 서둘고 있는 파들의 자중을 바라고 있습니다. 한데, 친일파가 무슨 일을 내고야 말 것이란 예감을 갖게 된 것입니다. 말하자면, 일이 터지고 나면 자기의 입장이 괴롭게 되는 거죠. 친일파가 역적으로 몰렸을 때 그들을 구할 수도 없고, 구하지 않을 수도 없고 해서 말입니다."

기막힌 통찰이었다.

소민의 말을 듣고서야, 지난번 만났을 때의 푸트 공사의 언동을 비로소 환하게 이해할 수 있을 것 같았다.

푸트 공사가 개화파 정객들의 개화를 주장하는 태도는 지지하지만, 그들의 친일적 경향엔 동조하지 않는다는 사실도 최천중은 짐작할 수 있었다.

"소공이 사태를 나보다 잘 보고 있는 것 같으이. 그러나 내가 말하고자 하는 것은, 김옥균 등과 자네들이 뜻을 같이하여 한 덩어리가 되었으면 하는 마음이 간절하다는 것뿐이다."

최천중이 조용하게 이렇게 말하자, 소민의 다음과 같은 답이 있었다.

"그들은 일본에 너무 집착하고 있고, 우리들은 청국과 너무나 깊숙이 맺어져 있는 탓이지요. 그런데 제가 보기엔, 일본에 대한 집착이 더욱 위험합니다. 그런 데서 오는 화를 막으려면 부득이 청나라의 힘을 빌릴 수밖에 없는데, 거듭 말하거니와 어느 시기에 이르면 우리도 청나라와 손을 끊을 작정입니다."

그 의견에 최천중은 뭐라고 말할 수가 없었다. 그러나 다음과 같이 중얼거렸다.

"남의 나라 눈치 살펴가며 살아야 하는 꼴이니 말이나 돼?"

"외람된 말씀입니다만, 선생님께선 잠자코 계십시오. 어디에 함정이 있는지 모르는 세상이옵니다. 그럼…."

하고 소민이 일어서서 나갔다. 그 등을 향해 최천중이 말을 던졌다.

"무슨 돌발사가 있으면 빨리 알려주게."

최천중은 다시 자리에 누워 의산 시집을 읽기 시작했다. 의산은 호이고, 이름은 이상은李商隱. 당唐 왕조의 세위가 기울기 시작하여 각처에서 붕괴의 징조가 보이게 된 시대에 태어나 46년을 살다 죽은 시인이다.

헤아려보면, 아득히 천 년 전에 이 지상에 살았던 시인, 그 시인의 시가 요즘 최천중의 가슴을 사로잡고 있는 터였다.

최천중은 이하李賀 다음으로 이 시인을 좋아했는데, 이상은이나 이하나 모두 퇴폐 속에서 아름다움을 찾아낸 시인들이다. 이러한 퇴폐적인 경향이 있는 시인을 좋아한다는 데에서 최천중 자신의 퇴폐적인 성향을 지적할 수 있을지 모른다. 그는, 새 왕조를 세워보겠다는 야망이 가슴속에서 불타고 있는데도 가끔, '모든 것을 팽개치고 각지의 명승을 두루 찾으며 시흥詩興 속에서 살았으면…' 하는 유혹을 문득문득 느꼈다.

그러면서도 최천중은, 이하와 이상은을 닮은 시재詩才를 가진 민

하를 걱정하는 마음을 지워버릴 수가 없었다. 만당晚唐*의 시인 육
구상陸龜象의 '시인이 궁액窮厄을 만나는 것은, 그들이 천물天物
을 폭暴하여 조화造化의 비秘를 들추어낸 것에 대한 보복이 아닌
가. 이하李賀 요夭하고, 맹교孟郊 궁窮하고, 이상은이 벼슬 한 번
못 하고 죽은 까닭을 우리는 이로써 짐작할 수 있다'라는 글을 읽
곤, '민하도 결국 그런 숙명을 가지지 않을까?' 하는 두려움을 느끼
게 된 것이다. 바꿔 말하면, 민하가 궁액을 만난다면 왕문의 성공
이 가망 없게 되는 것이다….

이런 생각에 잠시 머물렀다가, 최천중은 다시 의산의 시를 읽기
시작했다.

10월 16일 밤, 소민이 최천중을 찾아가 가만히 아뢰었다.

"아마, 내일 밤 무슨 일이 있을 것 같습니다."

"내일 밤?"

최천중은 괜히 가슴이 두근거렸다.

"어디서 어떻게 시작할진 모릅니다. 그러나 내일 밤에 거사할 것
은 확실합니다."

하고 소민이 말을 보탰다.

"청진에선 어떻게 할 참인가?"

"거사를 방해하는 일이 없게 하기 위해 거리에 청군이 나가지
못하게 금족령을 내렸습니다."

---

* 한시(漢詩)의 역사로 보아, 당대를 넷으로 나눈 그 마지막 시기. 즉 836~907년에
이르는 시기.

"청군이 금족령을 내렸으면 거사파들이 대강 눈치를 챌 것이 아닌가?"

"일본병이 도와주겠다는 바람에 그들은 들떠 있어, 전후좌우를 모르는 형편입니다."

"쯧쯧."

최천중은 혀를 찼다. 무심코 나온 탄식이었다.

"선생님께선 그들을 끝내 아쉬워하시는 것 같소이다."

"어찌 아쉽지 않은가. 섶을 지고 불 속으로 뛰어들려는 그들을 보고도 수수방관해야만 하니, 내 생각 같아선 당장에라도 뛰어가서 말리고 싶으이."

"지금 가서 말리셔도 소용없을 것입니다. 그들은, 이번 기회를 놓치면 영영 가망이 없을 것으로 알고 서두르고 있으니까요."

"청군이 대비하고 있다는 사실을 알려도…?"

"어떻게 된 계산인지, 그들은 일본병 삼백 명이 청군 삼천 명을 당할 수 있다고 생각하고 있는 모양입니다. 애당초 청군이 덤벼들지 못할 것이라고 생각하고 있는지도 모릅니다. '청 본국의 사정이 일본과 정면충돌할 수 없게 되어 있다'고, 청국이 판단하고 있다고 보고 있으니까요."

"그런데 청군은 가만있지 않을 것이다, 이거지?"

"그렇습니다."

최천중이 '후유' 하고 한숨을 쉬었다. 작금 며칠 동안 최천중은 일이 급박하다는 사실을 알기만 하면 미국공사관으로 달려가 푸트 공사에게 알리고, 윤치호를 시켜 그들을 만류할 각오를 다지고 있었던 터였다. 소민이 무슨 소릴 해도 듣지 않고 그렇게 할 결심이었던 것이다.

그런데 소민의 말을 듣고 보니, 괜히 겉도는 꼴로만 될 것이 확실했다.

소민의 말이 다시 있었다.

"그러하오니 지금부터 며칠 동안은 문밖 출입을 하셔선 안 됩니다. 선생님뿐만 아니라, 모든 권속이 그렇게 해야 합니다. 유탄이 날아올지도 모르고, 오해를 받을지도, 모략을 당할지도 모르니 그렇게 아시기 바랍니다. 이런 사정은 왕문 군, 민하 군에게도 알리지 않았으니, 그들의 단속도 선생님께서 하셔야 합니다."

소민의 그 말은 뜻밖이었다.

"왕문에게도 통정을 안 했다구?"

"그렇습니다. 왕문 군과 민하 군은, 대강에 있어선 저와 뜻을 같이하고 있습니다만, 완전히 일치하지 못하는 부분도 있습니다. 그들이 친일파가 아닌 것은 물론입니다만, 친청파가 아닌 것도 사실입니다. 그런 까닭에 대사건이 터졌다고 하면 어떻게 행동할지, 저 자신이 가늠할 수가 없습니다…"

소민이 돌아간 뒤, 최천중은 모든 권속을 불러모았다. 연치성, 구철룡, 그 밖에 다른 사업을 하고 있는 사람까지 모조리 불러들여 엄하게 일렀다.

"앞으로 당분간, 여하한 일이 있어도 집밖으로 나가선 안 된다. 필요한 식량과 물건은 오늘 밤 안으로 챙겨두어라."

모두들 영문을 몰라 어리둥절한 눈치였지만, 그 이상의 설명은

안 했다. 그리고 왕문, 민하, 강원수에겐,

"얼마간 이 방에서 같이 거처하자."

고 했다.

이미 외출 금지령을 내려놓았다고는 하나, 혈기 방장하며 의義에 민감한 그들이 사태의 진전에 따라 어떤 돌발적인 행동을 할지 알 수 없었기 때문이다.

최천중의 영이 내리자 왕문은 노골적으로 불만을 표시했다. 사리를 분간 못 할 처지가 아니니 그렇게까지 할 필요가 어디에 있느냐는 반발이었다. 그러한 반발이 있을수록, 최천중은 왕문에게서 불안을 느꼈다. 왕문이 의에 민감한 직정경행直情徑行의 청년으로 자라고 있었던 것이다. 왕문이 그러한 청년으로 자란 것은 천성 탓도 있었겠지만, 최천중이 의도적으로 행한 가르침에 큰 원인이 있었다.

최천중은 왕문의 반발을 정면으로 받아들여 이를 무마하길 피하고 편법을 고안했다.

"자네들이 사리를 분간할 수 없다고 해서 나와 같이 거처하자는 것은 아니다. 나는 지금 의산의 시를 읽고 있는데 소문대로 그 가운덴 어려운 시가 많이 있구나. 더러 내 힘으론 전연 해득할 수 없는 것도 있다. 그래서 이 기회에 자네들 세 사람과 같이 의산의 시를 읽어보고자 하는 것이다. 아마 이 며칠 동안에 무슨 변고가 생길 것 같기도 하니, 거기 마음이 쏠리지 않도록 한 방에서 거처하며 의산의 시를 읽어보자는 것이지, 타의他意*는 없다."

---

* 다른 뜻.

181

라고 최천중은 너그러이 설명했다.

아닌 게 아니라, 의산 이상은은 난해한 시인으로서 알려져 있었다. 그리고 난해한 서書나 시를 풀려고 할 땐, 사제가 일당에 모여 철야도 불사하는 것이 당시의 학문의 태도였기 때문에 최천중의 말엔 무리가 없었다.

덤덤히 앉아 있는 강원수에게 물었다.

"강공, 해볼 만한 공부가 아닌가."

강원수가 비로소 입을 열었다.

"달제獺祭*의 박학博學을 다한 탓인지 일편一篇의 '금슬錦瑟'**을 해독하기가 어렵다고 왕어양王漁洋이 말했을 정도이니, 의산의 시가 난해한 것은 사실입니다. 그러니까 공부해볼 만합니다."

"민하는 어떤가?"

"전 의산이 하두 어려워, 언젠가 강 선생님의 교시를 받을 참으로 있었는데 마침 좋은 기회라고 생각합니다."

하는 민하의 답이 있었다.

"문, 자네는 어떤가?"

"저도 의산의 시는 공부해보고 싶습니다."

하고, 왕문도 평온한 표정으로 답했다.

"그럼 시작해볼까? 왕어양이 일편의 '금슬'을 해독하기 어렵다고 했는데, '금슬'부터 시작해보자."

---

* 수달이 물고기를 잡아다가 제사를 지내듯 늘어놓는다는 데서, 글을 짓는 사람이 시문을 지을 때에 많은 참고문헌을 벌여놓음을 풍자하거나 비유하여 이르는 말.
** 이상은의 시 제목.

최천중이 책을 민하에게 넘겼다.

"저는 자신이 없습니다."

"우선 읽어보기나 하게."

최천중의 말에 따라, 민하가 낭랑한 소리로 시를 읽었다.

금슬무단오십현錦瑟無端五十絃

일현일주사화년一絃一柱思華年

장생효몽미호접莊生曉夢迷蝴蝶

망제춘심탁두견望帝春心托杜鵑

창해월명주유루滄海月明珠有淚

남전일난옥생연藍田日暖玉生烟

차정가대성추억此情可待成追憶

지시당시이망연只是當時已茫然

최천중은 다시 한 번 읽어보라고 하고, 읽기가 끝나자 물었다.

"이 시의 어느 부분이 어렵다는 건가?"

"전체가 모두 몽롱한 기분입니다만, 전사구前四句, 후이구後二句
는 그런대로 감을 잡을 수 있습니다. 그런데 '창해월명주유루, 남전
일난옥생연'이라는 구절을 도무지 알 수가 없으니, 이 시를 해득했
다고 할 수 없는 것 아니겠습니까?"

"아닌 게 아니라, 나도 그 부분을 알 수가 없어. 강공이 강講을
해주게."

최천중이 정중하게 청했다. 강원수가,

"저도 해득했다고 할 수는 없습니다만…."

하고, '창해월명주유루'부터 설명하려고 했다. 그러자 최천중이 재차 청했다.

"이왕이면 처음부터 풀이를 하게."

"그럼, 자구字句 설명부터 하겠습니다."

하고, 강원수는 찬찬히 말을 이었다.

"금슬은 아시는 바대로, 오동나무의 동통에 비단의 그림 무늬가 새겨진 대금大琴을 말합니다. 오십현五十絃이라고 하는 것은, 옛날 복희씨伏羲氏가 천신지기天神地祇에게 제사를 드리기 위한 신악神樂으로, 궁녀인 소녀素女에게 탄주시킨 금금琴이 오십현이었다고 합니다. 한데, 그 음색이 너무나 슬퍼 금의 탄주를 금했는데, 그 금령禁令이 지켜지지 않았으매 이십오현으로 줄였다는 것입니다. 송나라 섭숭의聶崇義의 삼례도三禮圖엔 '아슬雅瑟은 이십삼현, 송슬頌瑟도 이십삼현'이라고 나와 있습니다. 장생莊生은 장주莊周를 가리킨 말. 미호접迷蝴蝶은 장자의 제물론齊物論에 나와 있는 얘기. '망제춘심탁두견'은, 신화 속의 나라인 촉蜀의 망제望帝가 부하인 별령에게 치수治水를 명령하고, 그사이 별령의 아내와 간통을 하고 그 부덕을 스스로 뉘우쳐 은둔했는데, 그가 떠난 이월에 두견새가 슬피 울었기 때문에 비롯된 얘깁니다. '월명주유루'는 문선文選 이선주李善注의 글에 '월만즉주전月滿則珠全, 월흠즉주궐月欠則珠闕'이라고 있는데, 월月과 진주는 연어緣語입니다. 진주를 인어人魚의 눈물의 결정結晶이라고 합니다. 남전藍田은 푸른 산. 산해경山海經에 나오는 선녀 서왕모西王母가 산다는 옥산玉山을 뜻한다고 볼

184

수 있습니다. 옥생연玉生烟은 녹이전록異傳에 있는 얘기로서, 오왕 부차夫差의 딸 자옥紫玉의 비련을 암시한 것입니다. 자옥은 시복侍僕 한중韓重을 사랑하여 결혼할 의향을 비쳤으나, 부차가 용서하지 않았기 때문에, 아버지를 원망하며 죽었다는 것입니다…"

강원수의 설명은 좌중의 사람들을 매혹시켰다. 그는 설명을 계속했다.

"…그런데 어느 날 아침, 오왕이 머리를 빗고 있을 때, 뜰에 자줏빛 구슬이 빛나고 있는 것이 보였습니다. 부인이 그 말을 듣고 뜰로 뛰어내려 그 구슬을 안았더니 구슬이 연기를 내며 사라졌다는데, 그 고사를 암시한 것이라고 합니다. 또, 중당中唐의 시인 대숙륜戴叔倫의 글에 '시가詩家의 경경은 남전일난양옥여생연藍田日暖良玉如生烟'이란 것이 있는데, 그것과 연관이 있지 않을까 하는 설도 있습니다."

"과연 달제지박람獺祭之博覽이로군."

최천중이 무릎을 치고 감탄했다. 그리고 처음부터 끝까지 쉬운 말로 고쳐보라고 일렀다.

강원수의 해석은 다음과 같았다.

"여기 비단 무늬를 등에 새긴 대금이 있다. 그 현은 오십현. 옛날 복희씨는 그 음색이 너무나 처량하기로, 오십현의 슬瑟을 부쉈다고 하는데, 그 까닭인지 이 슬의 현은 오십현이다. 그 하나하나의 현, 하나하나의 받침대[柱]를 보고 있으면, 내 화려했던 시절이 마음속에 떠오른다. 옛날, 장자는 나비가 된 꿈을 꾸고는 새벽꿈에서 깨어난 뒤에도 자기가 꿈인지 나비가 꿈인지를 분간 못 했다고 한다.

꿈과도 같았던 사랑이, 사랑을 잃은 나 자신을 꿈처럼 여기게 하는 것이다. 또, 옛날 망제는 죽은 뒤에도 정원情怨이 서린 마음을 두견 새에 비했다는 것이니, 사랑의 애착이 애절한 두견새의 울음소리로 남아 있다는 얘기도 되는 것이다. 돌이켜보면, 기왕의 나날 그대가 이 금슬을 탄주할 때 나는 그대의 마음이 달빛 교교한 창해*로 향해 있음을 알았고, 그 음색이 남전 옥산에 따스하게 비치는 일광과 같다고 느끼기도 했었다. 그런데 지금 회상컨대, 달 밝은 창해의 인어의 누주淚珠처럼 눈물을 흘리고 있는 그대의 모습이 떠오르고, 그 자옥紫玉처럼 안기도 전에 연기로 화하니 허망하기 짝이 없다. 그러나 이 허망하고도 애절한 마음을 추억하고 있는 이 시간을 기다려 그렇게 된 것이 아니고, 그 당시 이미 나의 마음은 망연한 상황이었던 것이다."

해석을 끝낸 강원수는,

"부족하지만, 대강 이렇게 되지 않을까 합니다."

하고 겸손해했다.

"선생님의 해석, 가히 천의무봉이라고 하겠습니다."

민하의 감격한 말이 있었다.

"금상첨화란 말이 있더니, 강공의 해석은 금슬첨화라고 할 수 있 겠다."

며 최천중이 흡족해했다.

"선생님, 몇 구만 더 풀이해주실 수 없겠습니까?"

---

* 滄海: 넓고 큰 바다.

하는 왕문의 얼굴에도 감격의 빛이 있었다.

"몇 구만이 아니라, 의산의 시를 이 기회에 통독하라는 게 아니냐?"

최천중이 웃으며, 방금 일기 시작한 바람 소리에 귀를 기울이곤,

"시대의 바람 소리를 외면하고 의산의 시화詩華를 감상할 수 있으니 역불열호亦不說乎**가 아닌가."

하고 하인을 불렀다. 밤참을 시킬 요량이었다.

술을 곁들여 밤참을 즐기며 최천중이 물었다.

"강공의 조예는 익히 알고 있는 터이지만, 의산에 대한 공부를 언제 그처럼 했는가? 준재俊才 왕어양을 능가하는 견식이 아닌가?"

"저의 소견을 어떻게 견식이라고까지 할 수 있겠습니까?"

말만이 아니라, 강원수의 태도도 겸손하기 짝이 없었다.

"내, 시문을 익히기 십여 세부터였으니까, 벌써 사십 년을 겪은 셈 아닌가. 그런데도 거익태산去益泰山***이라 더러는 주마간산走馬看山 격으로 지나야 할 시화가 많은데, 강공은 그 진미를 통효通曉하고 있으니, 그서 부럽기만 하구려."

하고, 최천중은 의산 시집을 펴놓고 한 군데를 가리켰다.

"이 시도 난중지란難中之難이여. 화정학려華亭鶴唳이니, 왕실읍 동타王室泣銅駝니 하는 구절의 해석이 되어야 우선 시정詩情을 알 터인데, 아무래도 내겐 사식史識****이 부족한 모양이야."

최천중이 가리킨 건 곡강曲江이란 제하의 시였다.

** 不亦說乎를 바꿔 씀. '이 또한 즐겁다.'
*** '갈수록 태산'.
**** 역사 지식.

최천중이 민하로 하여금 읽게 했다.

민하의 낭랑한 목소리가 자야子夜*의 고요 속에서 구슬방울
처럼 울렸다.

> 망단평시취련과望斷平時翠輦過
>
> 공문자야귀비가空聞子夜鬼悲歌
>
> 금여불반경성색金輿不返傾城色
>
> 옥전유분하원파玉殿猶分下苑派
>
> 사억화정문학려死憶華亭聞鶴唳
>
> 노우왕실읍동타老憂王室泣銅駝
>
> 천황지변심수절天荒地變心雖折
>
> 약비상춘의미다若比傷春意未多

최천중이 민하에게 한 번 더 읽으라고 하더니 강원수에게 말했다.

"한번 풀이를 해주게."

"우선 자구 풀이부터 하겠습니다."

하고 강원수가 시작했다.

"먼저, 시제인 곡강은 장안의 남쪽 교외에 있는 명승지를 뜻하는
가 하오이다. 당 현종 이융기李隆基 때 보수하였다 하옵니다. 거긴
누각이 있고, 정원이 있고, 사사寺社가 있어 선비와 미녀가 연유宴
遊를 하는데, 매년 삼월 삼일의 가절엔 이곳에서 원유회가 있었다

---

* 자시(子時). 오후 11시부터 오전 1시 사이인 한밤중.

188

고 하옵니다. 당 문종도 총희 양현비揚賢妃를 데리고 간혹 이곳에서 놀았다고 합니다. 그런데 그것이 감로지변甘露之變** 이후론 보수공사도 중지되고, 황제도 나들이를 그쳤다는 겁니다. 이 시는, 문종 황제가 죽은 뒤 양현비가 후계 다툼에 말려 살육되어 그 시체가 곡강에 던져졌다고 하는데, 그 사연을 감개***한 것이라고 합니다. 이것은 풍호馮浩의 소설所說****이옵니다."

"시 한 수를 감상하기 위해 그런 지식이 소요된다면, 미상불 범상인과 시는 거리가 먼 것이로군."

하면서도, 최천중은 강원수의 설명을 기다리는 표정이 흡연했다.

"경성색傾城色이란 건 이미 알고 계시겠지만, 한漢의 협률랑協律郎 이연년李延年이 미모인 자기의 누이동생을 무제武帝에게 바치며 부른 시의 일절인 '일원경인성一願傾人城하고 재원경인국再願傾人國'*****에서 비롯된 것입니다. 하원下苑은 즉, 경성 동남부에 있는 곡강曲江을 말한다는 안사고顔師古의 주註가 있습니다…."

강원수는 침착한 목소리로 자구 풀이를 해나갔다.

"화정華亭은 강소성 송강현松江縣 서쪽에 있는 계곡의 이름입니다. 오吳가 멸망한 후 육기陸機가 그곳에 숨어 살았다고 합니다. 그는 오나라 귀족이었습니다. 동생 육운陸雲과 함께, 조국이 멸망한

**   당 문종 때인 835년에 재상 이훈(李訓) 등이 환관들을 죽이려고 황제의 감로가 내렸다고 속여 그들을 꾀어내려 했으나, 사전에 계획이 노출되는 바람에 도리어 이훈을 비롯한 추종자 수천 명이 피살된 사변.

***   感慨: 어떤 것에서 감동의 느낌을 받음.

****   설명.

*****   '한 번 보면 성이 기울어지고, 두 번 보면 나라가 기울어진다.'

189

후 진조晉朝에 사관仕官했는데, 난세 탓으로 빈번히 주인을 바꾸지 않으면 안 되었던 모양입니다. 이른바 팔왕지란八王之亂*이 있었을 때, 그는 성도왕成都王 사마영司馬穎의 장군으로서 장사왕長沙王 사마예司馬睿와 싸워 대패하자, 환자宦者 맹구孟玖의 비방을 받고 진중에서 처형되었습니다. 그 처형의 마당에서 육기가 '화정의 학 소리를 다신 듣지 못하겠구나' 하고 탄식했다는 것입니다. 이것이 화정학려華亭鶴唳의 사연입니다. 왕실읍동타王室泣銅駝는 서진西晉의 오행학자五行學者 색정索靖의 고사입니다. 동타는, 낙양洛陽 왕궁의 남쪽에 있는 동서로 트인 대로와 왕궁에서 남쪽으로 트인 대로의 교차점에 청동으로 만든 낙타의 상이 대립해서 서 있었던 데서 비롯된 이름입니다. 색정은 천하의 혼란을 예견하고 그 동타를 가리키며, '지금 궁문에 서 있는 너를 얼마 가지 않아 가시덤불이 무성한 폐허에서 보게 될 것이다'라고 했다는 것입니다. 색정의 예견대로, 오호五胡의 진도晉都 침입으로 낙양은 회진에 귀하게** 된 것입니다. 상춘傷春은, 문종이 양현비의 죽음을 슬퍼하는 형언形言으로 쓰인 겁니다."

"실로 어렵다고 할 만하구려."

하고, 최천중이 강원수를 재촉했다.

강원수는 그 시를 다음과 같이 우리말로 고쳤다.

"그 언젠가는 이 곡강에, 천자의 수레와 양현비의 비취로써 장식

---

* 서진(西晉)의 제위 계승 문제를 둘러싸고 황족들 간에 벌어진 내란.
** 灰塵으로 歸함: 재와 먼지로 돌아감.

된 가마가 빈번히 드나들었는데, 지금은 볼 수가 없다. 밤중이 되면, 모습을 볼 수 없는 귀신들의 슬픈 노랫소리가 들려올 뿐이다. 황제의 수레가 돌아올 까닭이 없고, 경성지색이라고 하던 양현비의 미모도 영원히 돌아오지 않는다. 지금도 궁전은 솟아 하원의 파도에 모습을 비추고는 있지만, 기왕 진나라의 육기는 억울한 죄를 쓰고, 그 화정의 학 소리를 다시 들을 수 없다고 슬퍼하며 세상을 떠났다. 같은 무렵, 늙은 색정은 불길한 예감에 눈물지으며, 낙양문의 동타를 가리키며 머잖아 너를 가시덤불 무성한 폐허에서 보게 될 것이라고 개탄했다. 지금 이 난세에 얼마나 많은 사람들이 육기처럼 없는 죄를 뒤집어쓰고 슬프게 죽어갔을까. 또 얼마나 많은 사람들이 역부족을 탓하면서 색정처럼 우국憂國의 마음을 서러워했을까. 그런데 하늘이 황荒하고 땅이 변하는 혁명이 계속되고 사람의 마음이 산산조각이 날망정, 양현비의 참사를 전해 듣고 봄에 비유할 수 있는, 그 임의 죽음을 상심하는 마음에 비하면 계속되는 동란 때문에 받는 충격쯤은 아무것도 아니지 않을까.”

“좋았어!”

하고, 최천중이 무릎을 쳤다.

“약비상춘의미다若比傷春意未多***지! 야심 있는 자 죽어 마땅하지만, 춘심春心을 닮은 미녀가 처참하게 죽어서야 되겠는가?”

의산의 시와 더불어 하룻밤을 늦도록 놀다가 새벽녘에야 잠이

*** ‘봄을 여읜 슬픔에 비하면 내 마음 아무것도 아니다.’

들었는데, 깨어보니 점심때를 넘기고 있었다. 천 년 전의 시에 취해 이렇게 되었다고 생각했을 때, 인생은 허무하고 시문은 영생永生이란 감회가 새삼스러웠다.

그러나 문득, 오늘 무슨 변이 있을 거라는 소민의 말이 의식의 표면에 떠오르자, 최천중은 안절부절못하는 기분이 되었다. 멸망을 알면서도 수수방관해야 하는 스스로의 처지가 너무나 안타까웠던 것이다.

'차라리 알지를 말았더라면…'

하는 후회가 솟았다.

'김옥균이 육기陸機의 운명이라면, 나는 색정索靖을 닮은 꼴인가?' 하고, 최천중은 쓰디쓴 웃음을 웃곤,

"자, 계속 의산을 읽어보자."

며 젊은이들을 가까이로 오라고 일렀다. 심중에 일고 있는 파도를 그렇게라도 해서 진정시켜야 했다.

그렇게 해서 하루해를 지내고, 해가 기울자 최천중은 주연을 시작했다. 술이라도 마시며 긴박감이 감도는 시간을 견디어야겠다는 생각에서였다.

"삼일에 대연大宴이고 매일에 소연小宴이면 괜찮은 팔자가 아닌가. 난세의 바람이 바깥에서 불고 있지만, 뜨락의 국화는 서리를 맞고도 저렇게 아름다우니, 우리는 오늘 밤 노소동락老少同樂을 하자꾸나."

하며, 최천중은 대배를 먼저 곽선우에게로 돌렸다.

자리엔 연치성을 비롯하여 구철룡, 강직순 등 한성에 있는 배하

들이 모두 모여 있었다. 특히 서순정이 그 자리에 와 있는 것이 금
상첨화라고 할 수 있었다. 서순정은 나주에서 태어난 탄금의 명수
였다. 최천중을 따라와 한때 삼전도에서 살다가, 삼전도가 해산된
후로 동소문 밖에 가우假寓*를 정해놓고 제자들을 가르치며 한일
월을 보내고 있었다.

최천중의 청으로 적벽곡이 시작되려는 참이었는데, 황급히 소민
이 뛰어 들어왔다. 등화 아래에서도 소민의 얼굴이 창백하다는 것
을 곧 알 수 있었다. 소민은 최천중에게 절을 하고, 민하가 비집어
틔워준 자리에 앉아 한숨 돌리더니 나직이 말했다.

"사달이 드디어 터졌습니다."

최천중이 물끄러미 소민을 바라보며 다음 말을 기다렸다.

"우정국 낙성식 피로연 자리에서 일은 시작되었습니다."

하고, 소민은 소상하게 그 뒤의 경과를 알렸다.

김옥균, 홍영식 등이 대궐로 들어갔다는 사실, 일본군이 움직였
다는 사실, 삼전三殿, 즉 왕과 왕비, 왕세자는 경우궁으로 난을 피
했다는 사실….

"몇몇 대관들이 죽었다고 들었습니다만, 그들이 누구누구인지
아직 알지를 못합니다. 우정국 연회 자리에서 민영익이 자객의 칼
을 받아 중상을 입었다는데 생명엔 지장이 없는 것 같습니다."

"그래, 청군의 동향은 어떠한가?"

"아직은 침묵하고 있습니다. 밤이 새길 기다려 무슨 거동이 있을

---

* 임시 거처.

것으로 압니다. 청군은 철통같은 경비태세를 펴는 한편, 출동 준비에 만전을 다하고 있습니다. 그럼 이만 돌아가겠습니다."

밤이 새길 기다려 최천중은 미국공사관으로 갔다. 문을 지키고 있는 병정들이 통과시켜주질 않아 옥신각신하고 있을 때, 공사관의 서기 스커더가 최천중을 알아보고 안으로 들어오라고 했다. 공사 푸트는 밤잠을 자지 못한 듯 피로의 빛이 있었는데 최천중을 보자 반갑게 맞이했다. 최천중이,

"귀하가 안전함을 보고 적이 안심했다."

는 인사와 함께,

"하두 궁금해서 찾아왔소이다."

라고 했더니, 푸트는,

"이런 일을 당하면 궁금하게 여기지 않을 사람이 없다."

며 윤치호를 돌아보고 어젯밤부터 지금까지 있었던 일을 최천중에게 설명해드리라고 일렀다.

윤치호는 지금 그럴 경황이 어디 있느냐는 표정이었지만, 공사의 명령이니 어쩔 수가 없다는 듯 다음과 같이 설명했다.

"어제 10월 17일이 바로 새로 지은 우정국의 낙성식 날이었소. 그 연회가 어젯밤 일곱 시부터 있었는데, 거기 모인 사람으로 말하면 모두가 내외의 명사들이었소. 우리 조선에선 홍영식 씨, 박영효 씨, 민병석 씨, 신낙균 씨, 서광범 씨, 이국연 씨, 한규직 씨, 민영익 씨, 그리고 내가 참석했고, 외국인으로선 푸트 씨를 비롯해서 영국 영사 애스턴 씨, 일본의 대리공사 시마무라[島村], 그리고 통역

가와카미[川上], 청국영사 진수당, 청국영사관 서기 탄광요, 게다가 세관고문稅關顧問 목인덕 씨, …."

이렇게 모인 연회가 거의 끝날 무렵에, 어떤 사람이 이웃에서 불이 났다고 알렸다. 모두들 우르르 일어섰다. 이때 푸트 씨가, 자기 나라에 어떤 사람이 있었는데, 손님과 같이 자고 있을 때 불이 났다는 말을 듣고 손님이 당황하자 벽을 만져보곤, '벽이 아직 차니, 우리 집에 불이 난 것이 아니오. 안심하시오' 했다면서, 모두들 소동하지 말고 침착하게 행동하자고 했다.

그러자 바깥으로 나갔던 민영익이 자객의 습격을 받아 부상하여 피를 흘리며 들어왔다. 모두들 뿔뿔이 도망을 쳐버렸는데, 푸트 공사와 목인덕과 윤치호만이 남아 민영익의 부상을 응급치료했다. 민영익은 그 뒤 목인덕의 집으로 옮겼다.

공사관으로 돌아와 사방에 사람을 보내어 경과를 알리고 했지만 잘 알 수가 없었는데, 새벽녘에야 상上께서 경우궁으로 파천하셨다는 것을 알았다. 새벽 네 시경에 상께서 박한응을 보내어 미국공사를 위문하시기에, 그 답례로서 윤치호가 버나드와 함께 상이 계시는 행궁行宮으로 갔다. 행궁은 병정들이 에워싸고 있었다. 가까스로 허락을 받고 어재소御在所엘 갔더니 김옥균, 박영효, 서광범 등이 거기 있었다.

이재원, 심상훈, 서재필과 그 밖의 여러 사람들이 칼을 뽑아 들고 있었고, 유재현, 김규복 등 여러 내시들이 상을 호위하고 있었다. 편실便室엔 다케조에와 시마무라가 대기하고 있었다.

상께서 윤치호더러 들어오라는 분부가 있었다. 상께선 근심이 가득한 얼굴이시었다. 곤전坤殿*께선 옷을 바꾸어 입고 시녀들 사이에 끼여 앉아 계셨다. 동궁께선 탕건과 두루마기 차림으로 왔다갔다하고 있었다.

"근심스러운 공기가 방안에 가득 차 있었소. 나는 눈물을 참을 수가 없었소…."

윤치호의 설명이 대강 끝났을 무렵, 푸트가

"나는 지금 왕을 방문하러 가야겠소. 수일 후에 또 만나 소상한 이야길 합시다."

하고 일어섰다.

최천중이 푸트를 하직하고 집으로 돌아오는데, 골목 어귀마다에 사람들이 모여 서서 조심스러운 얼굴로 소곤대고 있었다.

'정녕 큰일이 나고야 말았는데, 과연 그 거사가 어떻게 될 것인지….'

하면서 주위를 세심하게 살폈다. 우리 병정과 일본 병정들의 모습은 보이는데, 청병은 한 사람도 보이지 않았다. 바로 그 사실이 최천중의 신경을 곤두서게 했다.

하늘은 끝없이 맑았다. 햇빛은 찬란하기조차 했다. 그런데 공기엔 늠렬**을 느끼게 하는 차가움이 있었다. 금시 터져버릴 것 같은 긴장이 대기를 팽팽하게 하고 있는 느낌이었다.

'아아, 이 나라가 앞으로 어떻게 될 것인가!'

---

*　왕비.
**　凜烈/凜冽: 추위가 살을 엘 듯이 심함.

최천중의 걸음은 회현동으로 향하고 있었다. 황봉련과 더불어 시국을 의논해보고자 했던 것이다.

"오실 줄 알았어요."

황봉련은, 최천중이 대문을 들어서기가 바쁘게 축담으로 내려서서 손을 끌어 방으로 모셔 들였다.

"어떻게 알았소?"

하고, 최천중은 도포를 벗었다.

이 말엔 대답을 않고,

"시장하지 않으세요?"

하며, 황봉련은 도포를 받아 걸었다.

"세상이 발칵 뒤집힌 판인데 시장할 여지가 있겠수?"

"세상이 어떻게 되건 말건, 우리 나으리가 시장해선 안 되죠."

황봉련은 언제 준비해놓았는지 밥상을 들이게 했다. 밥상을 보자 갑자기 시장기를 느낀 최천중이,

"당신도 소동을 들었을 텐데 태평하게 이런 준비를 하고 있었수?"

하고 웃었다.

"먼저 술이나 드세요."

황봉련이 장난스럽게 최천중의 얼굴을 들여다보며 한다는 소리는,

"감투 풍년이 났다는데 나으리께서도 한두 개 줍지 못하셨수?"

"그것 무슨 소리유?"

"지금 대궐에선 감투를 나누느라고 법석이 났답니다. 나으리께서 항상 두둔을 하시던 어른들이 권세를 잡았으니, 그 흔한 감투 하나쯤 얻어 하시는 것이나 아닌가 해서요."

참으로 놀랄 일이었다. 황봉련이, 이제 막 조정에서 새 정부의 역직役職 발표가 있었다며 다음과 같이 들먹였다.

"홍영식이 좌우영사左右營使에다 우포도대장에다 우의정이 되었구요, 박영효는 전후영사前後營使에다 좌포도대장, 김옥균은 호조참판 서리에다 혜상공국惠商公局 당상堂上, 서광범은 협판교섭통상사무독판協辦交涉通商事務督辦 서리, 변수와 윤치호는 참의교섭통상 사무, 서재필은 전영정령관前營正領官, 이재원은 좌의정, 윤치호의 아버지 윤웅렬은 형조판서, 이재완은 병조판서, 김홍집은 한성판윤, 김윤식은 예조판서…."

"어떻게 당신은 그런 것을 알았수?"

"글쎄 말예요. 한데, 나라가 어디 어린애들 소꿉장난처럼 되겠어요?" 하고 황봉련은 화사하게 웃었다. 최천중은 그저 탄복할 뿐이었다.

이른바 갑신정변甲申政變.

이제 와선 모르는 사람이 없다. 그러나 그 내력과 경과를 다 알고 있는 사람이 있을까? 그런 까닭에 나름대로 기록해볼 여지는 언제나 있는 것이다. 역사는 항상 다시 씌어져야 한다.

개화파가 폭력적 수단으로 조정을 뒤엎으려는 계획은 십 년 전부터 있었다. 그러나 그 힘을 업으려고 한 일본의 태도가 우유부단해서 결행을 못 하고 있었다. 그런데 어떻게 된 일인지, 갑신년도 저물어갈 무렵에 일본공사 다케조에가 개화파의 행동을 전적으로 돕겠다고 약속함과 동시에, 일본과 손을 잡는 것이 유리하다고 국왕이 짐작할 수 있도록 사전의 공작까지 했다. 예컨대, 제물포조약에 의해서 약정된 임오군란 때의 배상금 50만 원을 돌려준 행위, 임금과 왕비를 흡족하게 하기 위해 갖가지 선물을 준비해왔다는 사실 등….

이러한 사태에 용기를 얻은 개화파들은, 이른바 사대당事大黨을 제거할 계획을 세우고, 우선 세 가지 실행안을 만들었다.

제1안은 곧 있을 우정국 낙성연을 계기로 거사한다는 것이고, 제2안은 자객을 청인淸人으로 변장시켜 한꺼번에 민영목, 한규직, 이조연 등을 죽이고 그 죄를 민태호 부자에게 뒤집어씌워 처벌하도록 하자는 것이고, 제3안은 경기감사 심상훈을 속여, 백록동白鹿洞에 사대당의 거물들을 초대케 하여, 그 자리에서 일망타진하자는 것이었다. 그런데 갖가지 이유로 제1안을 채택하기로 했다.

그러는 동안 개화파는, 청장 원세개가 수일 전부터 부하들에게 야간에도 군복과 군화를 벗지 말고 만반의 태세를 취하고 있다가 명령이 떨어지기만 하면 신속히 움직이도록 영을 내렸다는 사실을 알았다. 그리고 민영익 또한 동별궁東別宮에서 유숙하며 원세개처럼 부하를 단속하고 있다는 것, 이조연도 그와 같은 조치를 취하고 있다는 것을 알았다.

10월 12일 밤, 김옥균의 집에 모여 거사할 날을 우정국 낙성식 연회가 있는 날로 정하고, 그날 저녁 안동 별궁에 불을 지르기로 했다. 그렇게 날짜를 서둔 까닭은 3, 4일 후에 일본으로부터 지도세마루[千歲丸]라는 배가 인천에 도착하게 되어 있는데, 그 배가 도착하면 모처럼 협력을 약속한 다케조에 공사의 태도를 변경케 할 소식이 전해질까 해서였다.

10월 13일엔 박영효의 집에 모여 모의했다. 이때 모인 사람들의 면면은 박영효, 김옥균, 서광범, 서재필, 홍영식을 비롯하여 이인종, 이규정, 황용택, 이규완, 신중모, 임은명, 김봉균, 이은종, 윤경순 등이었다. 이 모임에서 거사 일자가 음력 10월 17일(양력 12월 4일)로 확정되었다.

거사했을 적의 담당 임무의 결정도 이 모임에서 있었다. 안동 별궁에 방화할 사람은 연장자인 이인종 지휘하에 이규완, 임은명, 윤경순, 최은룡 등이었다. 방화하는 방법에 관한 세밀한 지시도 있었다. 별궁에 화재가 나면 조정의 책임 있는 자들이 모여들 것이니, 그 자리에서 일망타진하자는 속셈이었다.

살해 대상자 한 사람에게 두 사람씩 배당했다. 하나는 단검을, 다른 하나는 단총을 소지하기로 했다. 실패할 경우를 예상하여 한복韓服 차림을 한 일본인 4인으로써 한 사람씩 맡기로 했다.

담당표는 다음과 같았다.

민영익은 윤경순, 이은중이 맡고, 윤태준은 박삼룡, 황용택이 맡고, 이조연은 최은룡, 신중모가 맡고, 한규직은 이규완, 임은명이 맡고, 이인종, 이회정은 연장자이니 지휘 호령하는 책임을 맡았다. 정찰과 연락은 유혁로와 고영석이 맡기로 했다.

창덕궁 서쪽의 통용문인 금호문金虎門 바깥에서 신복모가 장사 43인을 거느리고 대기하다가 민태호, 민영목, 조영하 등 세 사람이 입궐할 때 죽이기로 했다.

전영소대장前營小隊長 윤경완은 침전 수비를 엄밀히 하고 있다가 동지 이외의 사람이 침전에 가까이 가려고 하면 임의 처분하도록 하고, 민 중전의 총애를 받고 있는 여관 고대수顧大嫂는 폭탄을 소지하고 있다가 불이 났다는 신호가 있으면 그 폭탄을 통명전通明殿에 던져 소란을 일으키게 했다.

김봉균과 김석이는 아침 일찍 화약을 창덕궁 인정전 행랑 수 개소에 감추어두었다가 동지들이 들어가면 뒤따라 폭파하도록 하고, 실패할 경우엔 일본인 네 사람이 조력하기로 작정하고, 별궁에 불이 나면 일본병 30명이 금호문과 경우궁 사이를 지켜 외인이 드나들지 못하게 했다. 암호는 '천天'이었다. '천'은 '만사 잘되어간다' 또는 '그대로 하면 된다'는 뜻의 암호였다.

드디어 음력 10월 17일 밤. 우정국의 연회가 진행되었다.

김옥균이 옆에 앉아 있는 시마무라에게 물었다.

"군은 '천'을 아는가?"

"좋소."

하고 시마무라는 답했다.

이것이 암호라는 것은 좌중의 아무도 몰랐다. 김옥균이 연습 삼아 암호를 들먹여본 것이다.

그런데 김옥균은 초조했다. 몇 번 바깥을 들락날락했다. 안동 별궁에 불이 나지 않아서였다.

밤 아홉 시 가까워서였다. 우정국 부근에서 불이 났다.

자리는 아연 긴장했다. 상황을 보러 바깥으로 나갔던 민영익이 칼을 맞아 선혈이 낭자한 몰골로 돌아왔다.

김옥균, 박영효, 서광범은 우정국의 북창北窓으로 뛰어내려 달리기 시작했다. 그들은 달려가면서도 중얼거렸다.

"천, 천, 천."

교동에 있는 일본공사관으로 달려가는 도중에 이인종, 서재필을
만났다.

김옥균이 그들에게 명령했다.

"동지들에게 경우궁 문전으로 가서 기다리라고 일러라."

일본공사관 앞뜰엔 완전무장한 군대가 정렬해 있었다. 김옥균이
다케조에를 찾았다. 다케조에 대신 시마무라가 나와서 핀잔하는
투로 말했다.

"공들은 빨리 궐내로 가시오."

"당신들의 뜻이 변하지 않았으니 다행이오."

하고, 김옥균 등은 그길로 창덕궁으로 향했다. 금호문은 이미 닫혀
있었다. 김옥균이 호통을 쳤다.

"빨리 문을 열어라! 큰일이 났다!"

김옥균의 서슬에 수문장이 굴屈했다. 금호문이 육중한 소리와 더
불어 열렸다.

역사라는 불사不死의 눈을 빌려 그 광경을 적으면,

갑신년 음력 10월 17일의 교교한 달빛이 궁금宮禁*에 가득한데,
그 달빛이 금호문 안과 밖으로 달랐다. 궁문 안의 달빛이 궁문 밖
의 달빛보다 처절할 정도로 창백했던 것은 무슨 까닭일까. 빛과 그
늘의 경계가 선명하게 조용한데, 웅장한 궁궐의 차림새는 비극을

---

* 궁궐.

기다리는 시간의 모습으로 숙연했다.

순라하는 군졸들이 이상한 예감에 주춤 서버린 사이로 김옥균과 서광범, 박영효는 달빛을 밟고 걸어갔다. 운명의 주사위는 이미 던져지고, 그들은 이제 그들의 뜻으로서가 아니라 운명의 실 끝에 조종당하고 있었다.

숙장문肅章門의 수위들은 어디론가 몸을 감추어버렸다. 협양문協陽門의 무감武監이 그들을 가로막았다.

"야심에 지밀至密**로 가려는 것은 안 되오."

"갈 만한 까닭이 있으니까 가는 것이다."

김옥균은 무감의 만류를 뿌리치고 드디어 합문閤門에 도착했다.

합문엔 윤경완이 병정 50명을 거느리고 대기하고 있었다. 윤경완은 김옥균의 동지이다. 미리 내통이 되어 있었다.

"명령이 있을 때까지 군졸들을 단속하고 기다려라."

짤막하게 한마디 남겨놓고 김옥균이 선두에 서서 전내殿內에 들어섰다.

"상께선 이미 매수寐睡***에 드셨소. 모두들 어인 일이오?"

내시 하나가 당황해하며 물었다.

그 말엔 대답하지 않고, 김옥균이 환관 유재현柳在賢을 불렀다. 황망히 나타난 유재현이 까닭을 물었다. 김옥균이 말했다.

"잔말 말고 상감께 기침을 청하시오."

** 임금이나 왕비가 거처하는 곳.
*** 취침.

"아니 되옵니다."

유재현이 거절하고 거듭 까닭을 물었다. 김옥균이 버럭 소리를 높였다.

"지금 사직이 위난을 당하고 있는 판국인데, 환관배가 어찌 말이 많은고?"

이때, 침전에서 말이 있었다.

"거기 있는 건 옥균이 아닌가. 빨리 이리로 들라."

김옥균, 박영효, 서광범이 침전으로 들어갔다.

"우정국에서 사변이 있사옵니다."

김옥균이 일련의 사변을 꾸며 말하고,

"사태가 위급하온 듯하오니, 정전正殿으로 피하시는 게 좋을까 하나이다."

하고 주청했다.

그 순간, 동북간에서 포성이 났다. 김옥균 등이 이미 짜놓은 계교였다.

"빨리 행차하셔야 하옵니다."

김옥균이 강권했다.

왕과 왕비는 세자를 깨우자고 하고, 일동은 황급히 거동을 개시했다. 편전 후문으로 나섰다. 윤경완이 이를 호위했다. 도중에 김옥균이 아뢰었다.

"아무래도 일본병을 청해야겠소이다."

"그렇게 하라."

는 왕의 말이 있자, 왕비가 말했다.

"일병을 청한다면 청병은…?"

말이 끝나기 전에 김옥균이 얼른 대답했다.

"청병도 청하겠소이다."

김옥균이 연필과 백지를 올리니, 왕이 '일본공사내호아日本公使來護我'*라고 썼다.

박영효는 왕의 수칙手勅을 들고 다케조에 공사에게로 달려갔다. 임금의 일행이 경우궁에 도착했을 때, 뒤미처 이 사실을 안 윤태준, 심상훈, 한규직이 달려왔다. 한규직은 우정국의 변란에 겁을 먹고 군졸의 복장으로 변장하고 있었다.

그사이 일본공사관으로 청병請兵하러 갔던 모양으로, 환관 유재현이 헐레벌떡 뛰어 들어오더니,

"공사관의 문을 열어주지 않아 들어갈 수 없어 허행하였는데, 바깥에 무슨 변란이 있는 것 같지는 않았습니다."

하고 왕에게 고했다.

그러자 왕비가 물었다.

"도대체 어떻게 된 일이오? 무슨 일이 일어났다는 거요?"

김옥균이 적이 당황했다.

그런데 마침 그때, 인정전 부근에서 천지가 진동할 만한 굉음이 났다. 김옥균이 한규직을 노려보며 고함쳤다.

"당신은 영사營使의 직책으로서 빨리 병졸을 인솔하여 상감을 호위할 생각은 않고, 해괴 불경한 복색으로 얼쩡거리고만 있으니

---

* '일본공사는 와서 나를 호위하라.'

무슨 까닭이오? 당신은 이 사변의 원인과 곡절을 알 것이 아니오!"

그러고는 유재현을 향하여,

"너 같은 쥐새끼가 세상 돌아가는 줄도 모르고 함부로 주둥아리를 놀리니, 삼가지 않으면 입참立斬*하겠다."

하고, 윤경완을 불러 한규직과 유재현을 끌어내도록 일렀다.

일행이 경우궁 정전에 좌정했을 때, 박영효가 다케조에와 일본 군대를 데리고 들어왔다. 왕은 비로소 안도의 숨을 쉬었다.

정전에 좌정한 왕과 비빈을 김옥균, 박영효, 서광범 그리고 다케조에가 에워싸듯 시위侍衛했다. 한편, 일본병은 대문 내외를 경계하고, 윤경완은 전정殿庭 안팎을 초계哨戒했다. 서재필이 이끄는 사관생도 정난교, 박응학, 정행징, 임은명, 신중모, 윤영관, 이규완, 하응선, 이동호, 신응희, 이건영, 정종진, 백낙운 등은 전상殿上에 시립하고, 이인종, 이창규, 이규정, 이은중, 황용택, 김봉균, 윤경순, 최은룡, 고영석, 차홍식 등은 전문殿門 밖에 시립했다. 가히 물샐틈 없는 경계였다.

이래 놓고 김옥균은 심복 무감 십여 명을 대문에 파송하여, 사변의 소식을 듣고 입궐하는 대감이 있으면 먼저 이름을 알려 이편의 승낙을 받은 뒤에 들어오게 하라고 일렀다.

이윽고 홍영식과 이조연이 들어왔다. 홍은 곧 전상으로 올라갔는데, 이조연은 한규직, 유재현, 윤태준과 청병淸兵을 청해 와야 할 것이 아닌가고 의논했다. 이 말을 듣고 박영효가 꾸짖었다.

---

* 그 자리에서 바로 베어 죽임.

"지금 변란이 나 있는데, 삼영사三營使께선 속히 나가 군총軍總**을 풀지 않고 무슨 말들만 하고 있는 거요?"

이때 윤태준은 바깥으로 나가고, 이조연은 '주상을 뵙고자 한다'고 말했으나 서재필이 이를 막았다. 하는 수 없이 이조연과 한규직은 군졸이 모여 있는 경우궁 후문으로 나갔다. 그런데 참변이 그들을 기다리고 있었다. 윤태준은 소중문 밖에서 칼을 맞아 죽었고, 이조연, 한규직은 중문 밖에서 칼을 맞아 죽었다.

뒤에 변을 듣고 달려온 사람 가운데 민영목, 조영하, 민태호는 대문을 들어서자마자 차례로 칼을 맞아 죽었다. 이로써, 이른바 수구파의 수령들은 다 죽은 셈이 되었다.

소란의 밤이 새고 18일 아침이 밝았다. 김옥균 등이 첫째 해야 할 일은 각국의 외국 사절들이 동요하지 않고 신정부를 신뢰하도록 하는 것이었다. 재빨리 중사中使를 각국의 공사관에 보내, 미리 준비해놓은 대로 어젯밤에 있었던 일과 앞으로의 방침에 곁들여 위무慰撫의 뜻을 전했다. 그리고 시급히 시행할 정령을 왕에게 품주하여 시행하려고 하는데, 민 왕비와 왕세자가 '바깥에 아무 일도 없는데 여기 나앉아 있을 필요가 있느냐? 빨리 대궐로 돌아가자'고 짜증을 냈다. 그러자 환관과 궁녀들도 '무슨 까닭으로 이런 짓을 하느냐?', '해괴망측한 일이다!', '하늘이 두렵지 않은가?', '빨리 대

** 군대의 정원 규정에 의한 군사의 총수. 번차(番次)에 따라 동원되어 상근하는 인원. 군액이나 군보(軍保) 따위의 군적에 있는 모든 인원과는 구분하여 썼다.

궐로 돌아가 결판을 내야 한다!'는 둥 저마다 떠들기 시작했다.

김옥균이 먼저 왕비와 왕세자에게,

"이미 대사는 시작되었소이다. 동으로 흐른 물이 다시 서로 돌아갈 수는 없소이다. 진정하시고 우리들이 하는 일을 지켜보아주사이다."

하고, 대답을 기다리지 않고 장사들을 불러 명령했다.

"환관 유재현을 결박하여 정청 위에 꿇어앉혀라!"

이윽고 끌려나온 유재현 앞에 버티고 서서 김옥균이 대갈했다.

"네 이놈 유재현이 듣거라! 지금 대사를 거행하려는 마당에 네놈이 궁중을 선동하여 대사를 망치려는구나! 우선 궁중의 확청부터 착수해야 하겠다! 이놈의 목을 쳐라!"

명령은 지체 없이 이행되었다. 왕비는 새파랗게 질린 표정으로 한마디 하려 하였으나, 주변에 모인 사람 모두가 친일파뿐이라, 고립무원하다는 것을 느끼고 입을 다물어버렸다. 왕세자는 공포에 부들부들 떨었다. 왕은 멍청히 눈을 뜨고만 있었다. 내시와 궁녀들도 겁을 먹고 잠잠해져버렸다.

이때를 틈타, 준비해놓은 조각組閣 명단을 왕에게 올렸다.

"국난을 배제하고 내외정을 개혁하는 데 필요한 인재들이옵니다."

하는 말에, 왕은 두말 않고 그 조각 명단을 재가했다.

김옥균이 이어 새 정략을 발표했다.

1. 대원군을 며칠 내로 배환陪還하게 하고, 청나라에 조공하는 허례를 폐지할 것.

1. 문벌을 타파, 인민평등으로 하여 인재등용의 길을 열 것.

1. 전국의 지조법地租法을 개혁하여 이간吏奸을 막고 민곤民困을 구하고 국용國用을 유족케 할 것.

1. 내시부를 혁파하고, 그중의 우재優才만을 등용케 할 것.

1. 전후 간탐奸貪 중 심한 자는 전죄할 것.

1. 각도 환상還上은 영구히 와환臥還으로 할 것.

1. 규장각을 혁파할 것.

1. 사영四營을 합하여 일영一營으로 하고, 영 중에서 초출抄出하여 빨리 근위대를 설치할 것.

1. 모든 내정은 호조에서 관찰하되, 그 밖의 일체 재부아문財簿衙門을 혁파할 것.

1. 정부, 육조 이외의 공관空官은 전부 혁파하되, 대신大臣 참찬參贊으로 하여금 의정, 품계하게 할 것.

등, 실로 대담한 혁신책이었다.

김옥균 일파의 조각 명단과 이른바 신정략新政略이란 것이 알려지자, 일반의 반응은 냉랭했다.

"제가 무슨 조조라구."

뱉듯이 이렇게 말하는 사람이 있었는데, 김옥균이 협천자호령천하挾天子號令天下*한 조조의 본을 받아 그런 짓을 했지만 잘 될 까닭이 있겠느냐고 빈정댄 것이다.

"구세대 몰아내고 즈그들이 한판 해먹겠다는 심보인 것 같은데,

---

* 천자를 끼고 천하를 호령함.

어디 그렇게 잘 되려구."

하는 사람도 있었다.

　그들이 모처럼 펴낸 신정략에 관해서도,

　"처음엔 모두 그럴듯한 거여. 두고 보렴. 그놈이 그놈일 테니까. 도둑놈들도 양지쪽에 나서면 공자왈, 맹자왈 하는 거니까." 하는 따위의 냉랭한 반응을 보이는 것이 대부분이었다.

　하여간 어찌된 까닭인지 모두들, 즉 그 파에 동조하지 않는 사람들은 김옥균의 거사가 성사되지 못할 것이라고 판단하고 있었다. 그 일례로서 신정부의 조각 명단에 형조판서로 이름이 나 있는 윤웅렬尹雄烈은 19일, 아들 윤치호에게 다음과 같은 말을 했다.

　"고균(김옥균) 등 여러 사람이 한 이번 일은 반드시 실패하고야 만다. 그 이유의 하나는, 임금을 위협한 일은 순順이 아니고 역逆이란 점이다. 둘째, 외세를 믿고 의지하였으니 반드시 오래가지 못할 것이다. 셋째, 인심이 불복하여 변이 안으로부터 일어날 것이니 실패한다. 넷째, 청군이 곁에 앉아 있는데 처음에는 비록 연유를 알지 못하여 가만히 있으나, 한번 그 근본 연유를 알게 되면 반드시 병대를 몰아 들어갈 것이다. 적은 것으로 많은 것을 대적할 수는 없으니, 사소한 일본병이 어찌 많은 청병을 대적할 수 있겠는가. 다섯째, 가령 김옥균, 박영효 등 여러 사람이 순조롭게 그 뜻을 이룬다 하더라도 이미 민씨와 상上께서 친애하는 여러 신하들을 죽였으니, 이는 곤전坤殿의 뜻에 어긋나는 짓이다. 군부모君父母의 뜻을 거스르고 어찌 그 위세를 지킬 수 있겠는가. 여섯째, 만일 김과 박의 당인黨人이 많아서 조정을 채울 수 있으면 또 모르되, 그럴 형편이 아니다. 게다가 수로도 얼마 안 되는 그들이, 위로는 임금의 사랑을 잃고, 아래로는 민심을 잃고 있으니 어떻게 되겠는가. 뿐만 아니다. 바로 옆에 청인淸人이 있고, 안으론 군부모의 미움을 받으며, 밖으론 당붕黨朋의 도움이 없으니 어찌 그 일이 순성順成할 수 있겠는가. 급기야 일은 실패하고 말 터인데, 스스로 깨닫지 못하고 있으니 한스럽구나."

그리고 그는, 김옥균 일파가 자기를 형조판서로, 아들을 외무아문外務衙門 참의로 임명한 것을 다음과 같이 통탄했다.

"우리 부자를 끌어들여 같은 무리로 삼으려 하니 두렵다. 그런데 이에 좇으면 역적이 되고, 역적이 되면 망하게 되니 진퇴유곡이로구나. 건곤전乾坤殿께서 우리의 청백한 마음을 알지 못하여, 반드시 그들과 동당同黨으로 생각할 것이니 원통하지 않은가."

김옥균 일당의 신경은 오로지 청병의 동향에 있었다. 청병의 방해만 없으면 만사는 순조롭게 될 것 같았다. 낮에 푸트 공사가 와서 왕에게,

"세계 모든 나라엔 다소의 변동이 있고, 그렇게 해서 조금씩 진보하고 다시 평정을 되찾고 합니다. 지금 귀국에 놀라운 변이 있다고는 하나, 크게 근심할 것은 없습니다. 대군주의 성명聖明이 있으니, 일이 잘 되어갈 것입니다."

했고, 영국영사 애스턴도 비슷한 말을 했는데, 그것이 왕의 기분을 대폭 완화했다는 사실을 김옥균은 알고 있었다. 그러니 청병의 간섭만 없으면 되는 것이다.

그리하여 이미 발표한 신정략과 더불어 곧 시행할 정령政令 80
여 조목을 나열 발표했다. 그 가운덴 앞으로 일제히 단발령을 시행
하라는 것과, 청소년 중에서 준수한 자를 선발하여 외국에 유학생
으로 파견할 것 등도 포함되어 있었다.

그런데 겨울의 짧은 해가 저물어갈 무렵 관례에 따라 각 궁문을
닫으려고 할 때, 돌연 청병의 일대가 나타나 선인문宣仁門의 폐쇄
를 반대했다. 오조유 막하의 청병들이었다.

"올 것이 왔군."

하고, 박영효는 즉시 실력으로 그들을 물리치자고 했다.

"여기서 따끔한 꼴을 보여놓으면, 놈들이 앞으로 허튼수작을 못
할 것 아닌가."

하는 것이 그의 의견이었다.

김옥균은,

"아니오. 조금 기다려봅시다. 청병들에게도 사대당事大黨에 대해
서 약간의 체면이 있을 것이 아니오? 그들의 체면을 수습하느라고
저런 술책을 쓰는지 모르오. 그러니 긁어 부스럼을 만들 수도 있지
않겠소? 선인문 하나쯤, 놈들에게 맡겨두기로 합시다."

하고, 그 밖의 문은 엄중히 닫아 붙이라고 일렀다. 그 대신 선인문
안쪽에 심복 병정들을 배치하여 유사시에 대비하기로 했다.

김옥균의 짐작이 옳은 듯싶었다. 청병은 선인문 하나를 확보했을
뿐, 안으로 들어올 생각은 전혀 없는 듯 보였다. 그렇게 하여 10월
18일의 밤이 아무 일 없이 지나갔다. 하룻밤을 무사히 지내자, 이
튼날 아침 김옥균이 원세개에게 강경한 통첩을 보내야겠다고 했다.

"내버려두는 게 어떻겠소?"

서광범이 타일렀으나,

"안 되오. 쇠뿔은 단김에 빼버려야지."

하고, 김옥균은 다음과 같은 통첩을 원세개에게 보냈다.

'…어젯밤 귀군貴軍이 선인문의 폐문을 방해한 것은 우리 국민을 무시한 행동이었소. 앞으로 다시 이런 일이 있으면 우리도 쓸 수단이 있으니 맹성猛省 있기를 바라오.'

김옥균은 이러한 시위 문서가 얼마간 원세개를 견제할 수 있을 것으로 믿었던 모양이지만, 원세개에겐 이미 세워놓은 계략이 있었다. 김옥균의 허를 찔러 일거에 그들을 축출할 계획이었다. 그러자면 명분이 있어야만 했다. 일본공사 다케조에도 왕의 수칙手勅을 명분으로 하여 거동했으니, 자기도 그와 유사한 명분이 있어야 했다. 그 명분을 만들기 위해 오조유를 시켜 선인문을 확보하게 한 것이다.

감시를 받고 있는 왕과 왕비는 같은 방에 있으면서도 서로 의견을 주고받을 수가 없었다. 과격한 김옥균 일당이 무슨 짓을 할지 알 수가 없었던 것이다.

'김옥균이 하는 짓이 너무 과하다.'

는 의견에 왕과 왕비가 일치되어 있었지만, 생각의 세부細部는 달랐다.

왕은, 청국을 배제하고 독립해야겠다는 목적만은 마음으로 승인하고 있었고, 거만한 원세개보다 표면상으로나마 굽실거리는 다케조에가 마음에 들지 않는 바도 아닌 데다가, 미국과 영국의 사절들이 은근히 김옥균 등의 행동을 비호하고 있는 것 같기도 해서, 울분을 참고 김옥균 등의 행동을 지켜볼 마음이 없는 바도 아니었다.

그런데 왕비는, 자신의 심복이며 일족인 민씨의 대관들이 처참하게 살육당한 데 대한 분격을 억누를 수가 없었다. 어떻게 하건 김옥균 일당을 파멸시켜야겠다고 마음속으로 이를 갈았다.

왕비 민씨는, 자기의 소망을 달성시켜줄 사람은 원세개밖에 없다고 생각하고, '청군내원淸軍來援'이란 넉 자를 쓴 쪽지를 밥그릇 밑에 깔아 바깥으로 내보냈다.

왕비의 측근이 이 밀서를 원세개에게 전했다. 그것은 바로 원세개가 기다리고 있던 명분이었다. 아무리 속방이라고 해도, 왕이나 왕비의 청탁 없이 대궐에 군을 투입할 순 없었다. 원세개는 장차 국제간에 문제가 있을 것으로 보고 그런 배려를 했던 것이다.

10월 19일 아침.

김옥균이 원세개에게 통첩을 보낸 즉시, 박영효와 서광범은 각 영소營所의 병기를 조사해보았다. 총검은 전부 습기에 침식당하여 녹이 슬어 있었다. 대부분은 탄환 장전조차 못 할 형편이었다. 실로 어처구니가 없었다. 김옥균이 원세개에게 큰소리를 쳤지만, 만일 그들이 쳐들어오면 병기도 없이 속수무책으로 싸워야 할 형편이었던 것이다. 결국 일본병만을 믿고 있는 셈이었다. 박영효는 부하인 신복모申福模를 시켜 군기고에 있는 총기 전부를 꺼내어 청소, 수리하도록 했다.

한편, 김옥균과 다케조에는 창덕궁 관물헌에 앉아서 앞으로의 방침을 의논하고 있었다. 이때, 위병초소에서 전령이 왔다.

"전 경기감사 심상훈이 입궐하여 성상께 문안 여쭙겠다고 하옵니다."

그 전갈을 듣자 박영효는,

"안 돼. 그놈은 간신이다. 이런 위급한 때에 그런 놈을 입궐시키면 무슨 화가 있을지 모른다. 안 된다고 돌려보내라."

하고 강경했다. 그러나 김옥균이,

"심상훈과 나는 절친한 친구요. 심히 걱정할 건 없을 것이오. 들어오라고 합시다."

라고 했다.

심상훈은 왕을 만났다. 대단히 짧은 동안이었다. 감시하는 자가 조금 떨어져 있었기 때문에 주고받은 내용을 알 수가 없었다. 그런데 그동안에 심상훈은 원세개의 밀서를 왕에게 전달하고, 왕으로부턴 청군이 와서 왕궁을 수호해달라는 말이 있었다.

심상훈은 만족한 빛으로 돌아갔다.

원세개는 이로써 행동하기에 필요한 만반의 준비를 완료한 셈이었다.

심상훈이 입궐해 있던 무렵, 일본공사관의 서기가 들어와 다케조에 공사에게 무슨 말인가를 귀뜸하고 돌아갔다. 그리고 얼마 후, 다케조에의 말이 있었다.

"일본 군대를 무한정 궁궐에 머물러 있게 할 순 없으니, 나는 군대를 이끌고 공사관으로 돌아가야겠소."

이 말을 옆에서 들은 사람은 이재완과 홍영식이었다.

"지금 때가 어떤 땐데…?"

하고, 홍영식이 힐난하는 투로 말했다.

"독립파의 개혁 작업은 이미 시작되지 않았소. 보아하니, 왕궁 내엔 큰일이 있을 것 같지 않소. 그런데다 나는 피로에 지쳤소. 귀관하여 좀 쉬어야겠소."

다케조에는 거듭 일본 군대를 철수하여 돌아갈 의향을 밝혔다.

이때, 잠시 자리에서 떴다가 돌아온 김옥균이 창백한 얼굴로 다케조에에게 쏘아붙였다.

"그것이 무슨 소리요? 지금 우리 당의 자립자위自立自衛가 무망하다는 것은 당신이 잘 아는 형편 아니오? 뿐만 아니라, 각 영의 병사들이 가지고 있는 무기를 보시오. 거의 전부가 녹슬어 있지 않소. 탄환의 장전이 불가능한 상태가 아뇨? 이제 간신히 그 수리에 착수한 형편이오. 이런 사정인데, 당신은 우리를 두고 떠나겠단 말요?"

다케조에는 묵묵할 뿐 말을 안 했다. 김옥균이 말을 계속했다.

"지금의 형세가 2, 3일만 더 계속되면, 우리 각 영은 귀국의 사관을 수십 명 초빙하여 우선 금위禁衛를 지키게 하는 한편, 정예 병사를 양성하여 자립책을 강구할 터인즉, 좀 더 우리와 함께 사태를 관망하도록 하시오."

"알았소."

다케조에는 짤막하게 대답했다. 이어, 김옥균과 다케조에 사이에 재정 문제에 관한 얘기가 오가게 되었는데, 전령이 황급히 들어왔다.

"청군 사관이 와서 성상을 뵙겠다고 합니다."

김옥균이 즉석에서,

"안 된다고 말해라. 오조유나 원세개나 장광전이 와서 성상을 뵙겠다고 하면 혹시 면알面謁*을 허락할 수 있을지 모르되, 미미한 사관이 와서 그런 청탁을 하다니, 불측하기 짝이 없다."

라고 했다.

그러자 청군 사관은 가지고 온 서장만 남겨놓고 돌아갔다. 그 서장엔 다음과 같이 적혀 있었다.

통령주방각영기명統領駐防各營記名 제독과용파도노提督果勇巴圖魯 오조유吳兆有 상진대왕전하上陣大王殿下 작만문수허경昨晚聞受虛驚 금행대왕홍복今幸大王洪福 경성내외평정여상京城內外平靜如常 무포무포務包 대왕방심大王放心 폐군삼영역탁비무사합병성명 軍三營亦托庇無事合倂聲明 숙차공고균안肅此恭叩鈞安

제독提督 조유兆有 근상謹上

대왕안후大王安候

그 대강의 뜻을 우리말로 풀이하면,

"통령 오조유가 아뢰옵니다. 대왕 전하께선 지난밤엔 얼마나 놀라셨습니까. 지금은 다행히, 대왕 전하의 홍복이 영특하사, 경성 내외가 평시처럼 조용하옵니다. 대왕께선 방심**하소서. 우리 삼영은 두루 무사하며, 뜻을 합쳐 대왕 전하의 안부를 묻사옵니다. 제독 조유 삼가 올립니다."

---

* 높은 사람을 찾아가 뵘.

** 마음을 놓음.

'이것이 무슨 수작인가?'

김옥균은 가슴이 뜨끔했다.

오조유의 서장이 온 것이 10월 19일 오후 한 시.

그로부터 얼마 후 청진淸陣으로부터 통사通詞 한 사람이 나타났다.

"원세개 장군이 부하 6백 명을 거느리고 와서 임금님을 배알코자 합니다."

"뭐라구?"

김옥균이 버럭 고함을 질렀다.

"원 사마司馬의 배알은 허락하겠다. 그러나 병사를 거느리고 참내하는 행동은 절대로 용허할 수가 없다. 만일 억지로 들어오겠다면 우리 병정으로 하여 막을 것이니, 이 말을 원 사마에게 즉시 전하라."

통사가 돌아간 뒤, 관물헌에 있던 사람들은 곧 청군에 대한 대책을 논의했다.

"녹슨 무기를 가지고 어떻게 싸운단 말이오? 일본군에게 의지할 밖에 없소."

하고, 김옥균은 다케조에를 돌아보았다.

"야단났군."

다케조에가 중얼거린 말이었다. 그는 청군이 덤벼들면 일본군에게 승산이 없다는 것을 알고 있었다. 그래서 아까 청군의 동향을 대강 짐작하고 군대를 철수시키려다 김옥균의 제지로 우물쭈물 남아 있었던 터였다.

서재필은 자기가 이끄는 사관생도들을 정렬시키고, 나라를 위해 일사一死로써 봉공할 것을 역설하고, 그 자신도 비장한 각오를 세웠다.

오후 두 시!

오조유, 원세개, 장광전 세 사람의 연명連名으로 된 서장이 일본 공사 다케조에 앞으로 송달되었다. 문면을 읽으려고 할 즈음에 대포 소리가 크게 한 방 울리더니 탄환이 공중으로 지나갔다. 일촉즉발의 긴장이 감돌았다.

문면은 다음과 같았다.

'난동자들이 궐내에 침입하여 행패가 극심하자, 귀대인貴大人이 인방隣邦의 우의友誼로 솔병 입궐하여 국왕을 보호하고 있다고 들었소. 제등弟等도 폐국 황제의 명을 받들어 즉시 입궐하여 난동자를 소탕, 탄압하는 데 귀국과 힘을 합쳐 일로一勞를 다할까 하오. 원세개, 장광전, 오조유 돈수頓首.'

다케조에는 겁에 질려 얼굴색이 변하더니, 황망히 임금 옆으로 달려갔다.

이윽고 총성이 동북쪽에서 일어났다. 탄환이 관물헌 일대에 비 오듯 했다.

대왕대비, 왕비, 왕세자빈, 궁녀들은 무감들의 호위를 받고 북묘北廟로 피란해 갔다.

임금의 거둥을 억제시키고, 다케조에와 김옥균이 그 곁에 남았다.

드디어 약 8백 명으로 헤아려지는 청병이 아우성을 치며 선인문으로 쏟아져 들어왔다. 우익의 일대는 관물헌 정면의 솔밭으로 들어오고, 좌익의 일대는 낙선재 남쪽을 돌았다. 좌우로 관물헌을 협공하려는 태세였다.

서재필이 지휘하는 사관생도들과 박영효의 부하 신복모가 지휘하는 영병營兵들은 용감하게 방어했다. 탄환을 아끼기 위해 기왓장을 던지기도 하는 분전奮戰이었다.

그러나 이쪽의 병력은 수적으로 너무나 적었다. 전후영의 병사를 합하여 1백50명, 일본병이 2백 명, 이에 사관생도들을 보태보았자 5백 명 미달의 병력으로써, 1천5백 명이 넘는 청군에 대항한다는 것은 그 결과가 명약관화했다.

이즈음, 청진으로부터 고함소리가 있었다.

"우리는 우리 황제의 어명을 받들어 너희들 대군주를 무사히 모시려 한다. 그러니 너희들이 우리에게 항거함은 역적을 도우려는 것이 된다. 역적을 돕는 자는 역적이다. 그래도 감히 우리에게 항거하겠느냐?"

이어, 또 다른 소리가 있었다.

"너희들이 살기를 바라거든 우리 편에 서서 역적 놈들을 쳐라!"

이것이 갈피를 잡을 수 없었던 전후영 병사들의 사기를 꺾어놓았다.

"우리가 그쪽으로 갈 터이니 총질을 멈춰라."

하는 소리가 있고, 청진 쪽으로 달려가는 병정들이 있기도 했다.

서재필은 황망히 김옥균에게로 달려가서 아뢰었다.

"우리 군사 가운데 등을 돌리는 놈들이 있소. 나는 사관생도를 데리고 만사萬死를 기하고* 청병과 결전하리다."

---

* 만사를 기하고: 죽기를 각오하고.

김옥균은 시時 불리함을 알았다.

"서공, 우리 후일을 기합시다. 오늘 죽는 것은 개죽음이오."

하고, 사관생도들을 빼돌리라고 명령했다. 그리고 임금 옆으로 돌아갔는데, 임금은 있던 곳에 없었다.

"상감, 어디로 가셨느냐?"

김옥균이 물었다.

"아마 북산으로 향한 것 같소이다."

하는 누군가의 말이 있었다.

김옥균과 서광범이 달려가서 어가御駕를 붙들었다. 그리고 다시 연경당延慶堂으로 왕을 모시고 돌아와 다케조에 공사에게 말했다.

"인천으로 어가를 모십시다. 그곳에서 권토중래하는 계책을 세웁시다."

김옥균의 이 말에 다케조에는 답이 없었다. 그들의 말을 얼핏 들은 왕이 단호하게 말했다.

"나는 인천으로 가지 않겠다! 대왕대비 계신 곳으로 가겠다! 나는 결단코 인천으로 가지 않겠다!"

김옥균이 박영효, 서광범과 서재필에게 조용히 귀띔을 했다.

"어떤 일이 있어도 왕을 인천으로 모셔야 한다. 그것만이 후일을 기할 수 있는 유일한 방책이다. 그러니 공들은 그렇게 알고 행동하길 바란다."

그러고는 다케조에를 저편으로 끌고 가서 타일렀다.

"공사, 왕을 인천으로 모셔 갑시다. 세가 불리하면 일본으로 데리고 갑시다. 후일을 기하려면 그 길밖에 없소."

다케조에가 고개를 저으며 말했다.

"김공, 무슨 소릴 하는 거요? 지금 당신네 병정들도 청군에 합류하고 있소. 이건 결국 일본군을 공격 목표로 하는 것이오. 왕을 인천으로 모시는 것은 불가능하오."

"해보지도 않고 불가능하다는 건 어인 소리요?"

"자칫 잘못하면 왕의 생명이 위험할 지경이오. 왕을 보호하겠다는 명분으로 움직이고 있는 내가 왕의 생명을 위태롭게 하는 짓을 한다면 어떻게 되겠소?"

"그러니까 당신이 책임지고 왕을 인천으로 모시자는 것이 아니오?"

두 사람의 격론이 벌어지고 있는 동안, 임금은 북묘 쪽으로 도망칠 생각만 하고 있었다. 그러나 박영효, 서광범, 서재필의 서슬에 눌려 눈치만 보고 있었다.

드디어 김옥균이 다케조에에게 욕설을 퍼붓기 시작했다.

"당신이 이곳까지 온 목적이 뭐요? 첫째는 성상을 보호한다는 것이고, 둘째는 우리 개혁파의 일을 돕겠다는 것이 아니오? 그런데 우리의 말을 듣지 않고 당신만 돌아가겠다는 것은 등루거제登樓去梯*하는 악랄한 짓이 아니고 뭐요? 우리는 청군의 칼에 맞아 죽을 것이오. 개혁의 꿈은 분쇄되고 말 것이 아니오? 귀하에게 일편의 신의라도 있다면 그렇겐 못 할 것이오."

"그러나 방도가 없는 것을 어떻게 하겠소. 왕을 모시고 인천으로 간다고 하는데, 소수의 병력으로써 어떻게 많은 청군의 추격을 막

---

* 누상에 오르게 해놓고, 오른 뒤 사다리를 치워버림.

아낼 수 있단 말이오? 일은 끝났소."

이때, 일본군의 무라카미[村上] 중위가 나서서 말했다.

"공사 각하, 우리가 반드시 불리한 것만은 아니오. 우리가 힘을 합쳐 싸운다면, 하나가 열은 넉넉히 당할 수 있소. 따지고 보면 청병은 오합지졸이오. 이편이 만만치 않다고 보면 쉽사리 공격을 못할 것이오. 그들이 흩어진 틈을 타서 각개격파하면, 전세를 돌이킨다는 것도 무망한 것이 아니오. 우리의 수는 비록 적으나, 제가 맹세코 쳐부숴볼 터이니, 여러분은 성상을 모시고 잠깐 이곳에 머물러 계십시오."

하고, 무라카미가 거동하려고 하자 다케조에가 그의 팔을 붙들고 언성을 높였다.

"무라카미 중위, 당신은 내 명령에 따라야 한다! 경거망동하지 말라!"

"알았습니다."

하고 무라카미는 물러섰다.

그러자 탄환이 가까운 곳에서 떨어지기 시작했다. 보니, 그것은 조선의 별초군이 산 위에서 쏴대는 탄환이었다. 그런데다 숨을 헐떡거리며 달려온 전령이 전했다.

"청병들이 전각을 거의 모두 점거했습니다."

만사휴의萬事休矣!**

왕의 뜻대로 하라고 할 수밖에 없었다.

———

** 만 가지 일이 끝장남.

왕은 북가北駕하겠다고 했다.

거긴 청군이 주재하고 있는 곳이다.

누가 왕을 따라갈 것인가 하는 것이 문제가 되었다. 개혁파 가운데 누가 왕을 따라가도 죽을 운명에 있었다. 김옥균, 박영효, 서광범, 서재필, 홍영식 모두 같은 처지인 것이다.

"내가 배종*하겠소."

모두들 묵묵한 가운데 홍영식이 나섰다.

홍영식은 자신의 충후한 심정을 행동으로써 표시하려는 것이었다.

홍영식은 이번 사건에 친구인 민영익의 신변을 걱정하여 몰래 군사를 보내어 보호해준 관인대도寬仁大度의 인물이기도 해서, 모두들 '홍공은 안전하리라'고 그의 배종을 결정했지만, 누구도 자신이 없었다.

그러자 항상 임금의 측근에 있던 박영교朴泳敎도 스스로 호종**하겠다고 나섰다.

일본 도야마[戶山] 학교 출신의 장교 7명도 자원해서 왕가王駕를 따르기로 했다.

이른바 '연경당의 이별'이다.

김옥균은 홍영식의 소매를 잡고 소리 없는 눈물을 흘렸다.

"모두들, 나는 죽음의 길을 가지만, 공들은 자중자애 목숨을 보전하여 권토중래하는 날이 있기를 바라오."

---

* 陪從: 임금이나 높은 사람을 모시고 따라가는 일.
** 扈從: 임금이 탄 수레를 호위하여 따르는 일.

홍영식의 목소리가 떨렸다.

짧은 겨울 해가 어느덧 지고, 황혼의 한기가 등골에 스며들었다. 왕은 청진으로 옮겼다.

홍영식, 박영교, 사관생도 7명은 청병들의 손에 처참하게 죽었다.

그 후 김옥균 등의 거취를, 같이 행동한 서재필의 회상을 통해 기록해보기로 한다. (다음 글 가운데 '나'라고 하는 사람은 서재필이다.)

…국왕을 보낸 후, 다케조에는 자기 나라 군사를 거느리고 공사관으로 돌아갔는데, 일본군의 전적을 조사해본즉 사자死者 1명, 부상자 4명, 청군의 사망자 53명이었다.

중대장이 퇴거의 대형을 편성하여 1개 소대를 전위로 다케조에, 김옥균, 박영효, 서광범, 나, 이규완, 유혁로, 정난교, 신응희, 변수, 일본공사관의 서기관을 중간에 세워 행진을 시작했다. 음력으로 19일, 달이 아직 올라오지 않은 캄캄한 밤이었다. 지척을 분별치 못하여 돌에도 걸리면서 허둥지둥 궁궐의 북문을 나와 차츰차츰 취운정翠雲亭으로 나왔다. 취운정을 지나 교동 일본공사관을 향하여 내려올 때, 재동 거리 좌우 소로에서 우리 일행에게 돌을 던지는 자뿐 아니라 심지어는 총까지 쏘는 자도 있었다.

그리고 '왜놈 죽여라. 역적 놈 잡아라' 하는 소리가 사방에서 들렸다. 전위를 지휘하던 일본 중위는 총에 맞아 혼도***하기까지 했다.

*** 昏倒: 정신을 잃고 쓰러짐.

혼도한 사람을 부하 병사가 붙들고 공사관 앞에 거의 다다랐을 때에 별안간 공사관에서 난사격亂射擊을 가해 왔다.

그동안 일본공사관을 지키고 있던 부대는 다케조에 공사가 대궐에 들어간 후론 자세한 소식을 알지 못하고 있었는데, 그날 오후 왕궁에 나가 있던 일본 병사가 전멸되었고, 조선병과 청병이 합동하여 내습한다는 소문이 들렸을 뿐 아니라, 때때로 조선 사람들이 총검을 휘두르며 문내門內로 진입하기도 하여 그들을 막느라고 신경이 예민해진 때라, 공사 일행이 행진해 오는 것을 어두운 탓으로 청병이 침입하는 것으로 오인하여 사격을 가해 왔던 것이다.

관내館內엔 소나무 장작을 높이 쌓아 임시 방새防塞를 만들어놓고, 밖에서 들어오는 일행에 대해서 맹렬한 사격을 가하였다. 이편에서 공사 일행이란 것을 알려주려고 했으나 통신이 용이하지 않았다. 공사 일행은 신변이 위태하여 교동 거리 개천 돌다리 아래로 피할 수밖에 없었는데, 일행 중 우에노[上野] 어학생語學生, 하사 1명, 병사 3명, 그리고 우리 일행이 처음 일본 갈 때의 통역이었던 가네코[金子]란 대마도인 등이 희생을 당하였다. 이때, 가네코가 죽는 바람에 탄환 한 개가 나의 모자를 뚫었다. 간신히 나팔을 불어 자기편이라는 신호를 하여 사격을 중지케 하고, 공사 일행은 비로소 귀관할 수 있었다. 때는 오후 여섯 시가 지났다.

김옥균, 박영효, 서광범, 나, 그 밖에 다섯 사람, 모두 9명이 다케조에의 뒤를 따라 일본공사관으로 들어갔으나, 그네들 가운데 한 사람도 친절하게 대하는 자가 없고, 도리어 우리들이 따라온 것을 귀찮게 여기는 모양이었다. 그 가운데 어떤 자는, 이제 조선 정부에서 김옥균 등 죄인을 인도하라고 하면 어떻게 할 것인가 근심하였다. 또 어떤 자는 이 관내에 있는 낡은 우물에 마침 물이 없으니, 그 속으로 들어가 숨어버리는 게 좋을 것이라고 하였다. 이 말을 들은 김옥균은 너무나 그네들이 냉정한 데 분개했다.

김옥균이 버럭 소리를 질렀다.

"나는 이 우물 속에 들어가느니, 서대문 형장으로 가겠다."

그러자 일본인들은 잠잠해져버렸다.

하지만 모두들 장차 어떻게 하면 좋을지 갈피를 잡을 수가 없었다. 혹은 원산으로 갈까, 혹은 금강산으로 들어갈까, 혹은 일본으로 갈까 하고 막연한 공상만을 하였으나, 하나같이 실행할 가망이 없는 것이었다.

그런데 일본 공사관원들은, 임오군란 때의 경험으로 보아, 이곳에 남아 있다간 청군, 조선군, 난민亂民의 연합파가 몰려올 터이니, 인천으로 피난키로 작정한 모양이나 우리에겐 그런 눈치를 보이지 않았다. 여하간 몇 날 밤을 잠도 변변히 이루지 못하고 여러 가지 난처한 일을 당하고 보니, 자연히 피곤하여 잠이 들었다.

밤중에 공사 일행이 인천으로 갔다는 소식을 우리 일파가 알게 되어 우리도 인천까지 따라가기로 했다. 일본 사람들은, 우리가 따라가는 것을 그리 달갑게 여기지 않는 모양이나 막다른 골목이라 달리 어찌할 수가 없었다.

일행이 서소문을 향하여 갈 때, 아닌 밤중에도 가끔 기왓장을 던지는 자들이 있었다.

서소문에 다다르니, 문은 굳게 닫히고 수졸들은 어디로 갔는지 아무리 불러도 나타나지 아니하여, 하는 수 없이 도끼로 자물쇠를 부수고 우리 일행은 무사히 나갔다. 마포까지 걸어가는 동안에도 뒤에서 추격하는 사람이 끊이지 아니하여, 차전차퇴且戰且退하던 그 곤경이야말로 실로 참담하였다. 마포에서 배를 타고 강을 건너는 중에도, 다른 작은 배에서 소총으로 사격하므로 그들을 쫓아버리고 강을 건너갔다. 그 후에는 밤도 어둡고 누구 하나 따라오는 자가 없어 무사히 걸어가게 되었다.

날은 춥고 배는 고파, 길가에 있는 집들을 모조리 뒤져도 먹을 것은 없었다. 한 집에서 쇠가죽을 가늘게 오려서 말리므로, 그것을 한 조각씩 씹으면서 걸어갔다. 그 이튿날 오전 일곱 시쯤 하여 간신히 제물포에 도착하였다. 그중에서도 박영효는 다리에 부상을 당했을 뿐 아니라, 귀공자로 지내온 몸이라서 한성에서 인천까지 도보로 가기엔 매우 어려운 일이었다. 중도에서 몇 번이나 쓰러진 것을 동반들이 업다시피 하여 간신히 제물포까지 간 것이다.

다케조에 공사 일행은 인천 일본영사관으로 들어가고, 그 나머지는 각각 아는 사람의 집을 찾아갔다. 그때 일본 배로는 일본 군함 닛신 호[日進號]와 우편회사 기선 지도세마루[千歲丸]가 인천항에 들어와 있었는데, 닛신 호에선 벌써 육전대陸戰隊를 편성하여 거류지를 경위*하였다.

우리 일행은, 인천 일본영사 고바야시[小林]의 주선으로, 제일은행 지점장 기노시다[木下]의 집에 거류하게 되었다. 여기서 며칠을 머

---

* 警衛: 경계하여 호위함.

무르는 동안엔 기노시다의 호의로 위험을 피할 수가 있었는데, 정부에서 파견한 묄렌도르프(목인덕)가 외무협판 서상우徐相雨를 데리고 와서 조선 병사를 일본 거류지 주위에 숨겨놓고 우리들을 붙들려고 하는 한편, 다케조에 공사에게 범인 인도를 요청해왔으므로, 우리 일행이 지도세마루를 타는 데 여간 곤란하지 않았다….

그런 중, 다케조에의 태도가 분명치 아니하여 곤욕을 치렀다. 어선을 타고 섬으로 도망치라고 하는가 하면, 선창에서 우리를 인도할 묵약을 했다는 풍문도 있었다. 당시 인천에 거주하던 일본 거류민들은 도리어 우리에게 특별한 동정을 표하며, 다케조에의 행동이 너무나 연약하여 일본의 체면을 손상케 한다고 비난 공격하였다. 그리하여 그들이 남의 눈을 피해가면서 우리들을 지도세마루에 올려주었다. 이 소문을 들은 묄렌도르프는 조선 병사를 배 안에까지 보내 폭력으로 우리를 빼앗으려 하였는데, 다케조에가 그런 처사를 묵인할 것이란 풍문이 들려왔다.

우리들은 배 안에서 회의를 열고, 이렇게 된 이상에는 체포되어 욕을 보는 것보다 차라리 최후의 수단을 다하는 수밖에 없다고 결의를 하였다.

이때, 지도세마루 선장인 쓰지 가쓰사부로[辻勝三郎]가 이 말을 듣고, 육지의 일은 내가 어떻게 할 방법이 없지만 이 배 안의 일은 나에게 권한이 있으니, 어떤 사람이든지 내 배 안에 함부로 들어와서 누구를 붙잡아 가지 못하게 할 터이니 안심하라고 언명하였다. 그러나 배 가운데 탐정探偵이 타지나 않았나, 또는 기박지寄泊地에서 무슨 일이나 발생치 않을까 하여, 일행은 비밀 창고 속에 숨어 있었으나, 마음들은 초조하였다.

우리 일행은 아홉 사람이다.

원래는 43인이었는데, 대부분 참살, 혹은 처형을 당하고, 나머지가 다만 아홉 사람뿐이다. 닷새 전까지만 하더라도 고국을 자주 독립으로 개조하여 국정國情*을 새롭게 하며, 일본과 협력하여 세계에 전진하는 제일보를 내디디다가 그만 실패하고, 지금은 지도세마루 배 밑에 갇힌 신세가 되어 만리의 파도를 건너 도망가려는 망명자가 되었으니, 그 운명은 가련하였다.

지도세마루의 선장 쓰지는, 키는 작으나 담력은 과인過人**하였다. 다케조에는 우리들을 조선 병사에게 내어주려고 하였으나 쓰지는, 젊은 애국자들을 호구에 내맡긴다는 것은 너무나 잔인하지 않느냐고 강경히 반대했을 뿐 아니라, 우리 일행을 석탄 밑에 숨게 하여 소재를 감추어놓고, 자기는 손에 육혈포를 들고 선두에 서서, 만일 자기의 허락 없이 배에 올라오는 조선 병사가 있다면 용서 없이 사격하겠다고 외치는 바람에, 누구 한 사람 감히 그 앞을 지나지 못하였다. 배 밑에 새끼[繩]며 그 밖의 여러 가지 물건이 있었는데, 그 속에 자리를 정하고 사흘 동안이나 주먹밥을 먹어가면서 숨소리 한 번 크게 쉬지 못하고 지냈다.

12월 11일(양력)에 비로소 인천을 떠나, 13일에 간신히 나가사키 항[長崎港]에 상륙하여, 처음으로 여관에 들어 자유로운 잠을 이루게

---

* 나라의 형편.
** 보통 사람보다 뛰어남.

되었다.

나가사키에서 며칠을 쉬어 가지고, 일행은 요코하마[橫浜]에 도착하였다. 그때, 우리나라에선 다시 민씨파閔氏派가 정권을 차지하여, 묄렌도르프를 우리나라 대표로 일본에 파견하여, 일본 상인의 피해에 대한 사의謝意를 표하게 했다. 그러나 그것은 표면에 나타낸 구실이요, 그 내면에는 우리들 죄인의 인도를 요구하는 것이 주목적이었다. 그가 일본에 있는 한 우리 일행은 안심할 수가 없었다.

이른바 삼일천하.

그러나 좀 더 생각해보면, 그것은 삼일천하랄 것도 아닌 삼 일 간의 돌풍이었다. 김옥균은 왕을 모시고 대궐 내에서 안절부절못하고 수다를 떨었을 뿐, 어느 누구한테 호령 한 번 못 하고 궁서窮鼠***의 몰골로 일본으로 달아나고 말았다는 얘기가 되었을 뿐이다.

그러나 그 돌풍으로 인한 희생은 적지 않았다. 전투에서 죽은 사람, 암살당한 사람, 형륙刑戮****을 당한 사람들의 수를 모두 합치면 한, 청, 일에 걸쳐 3백 명을 불하不下할 것이다. 그런데다 정세는 묘하게 비뚤어져나갔다. 청군은 청군대로 그 수가 불어만 가고, 일군 또한 해괴망측한 구실을 달아 그 수를 증가시키고 있었다.

일본은 상세한 내용이야 어떠했건, 조선 국왕의 수칙에 의하여 다케조에 공사가 군사를 거느리고 왕을 보호하러 궐내로 들어갔는

*** 쫓겨서 궁지에 몰린 쥐.
**** 처형.

데 고맙다고 하기는커녕, 청군이 쳐들어오자 이에 조선병이 합세해서 일본군에게 공격을 가했을 뿐 아니라, 공사관을 파괴하고 일본 거류민에게 가해했으니, 이런 처사가 어디에 있느냐고 항의가 강경했다.

그리고 일본의 거물 대관 이노우에 가오루[井上馨]가 대군을 거느리고 한성에 들어온다는 풍문이 돌았다. 그러자 청국 측은, 일본의 행패가 명명백백한데 어째서 그들을 사문査問*하여 결연한 태도를 취할 작정은 않고 화의和議하려 하니 어떻게 된 일이냐고 조정에 압박을 가해 왔다.

진퇴가 궁하게 된 외무독판外務督辦 김홍집이 미국공사 푸트에게 의견을 물으러 왔다. 그 자리에 우연히 최천중도 동좌하게 되었는데, 푸트의 의견은 다음과 같았다.

"…만일 귀국의 병대가 몇 만 명이나 되고 재정이 넉넉하다면 당당히 일본인들을 성토할 수가 있다. 그러나 귀국은 싸울 만한 병대도, 지원할 만한 재정도 가지고 있지 않다. 비록 일본공사가 동병動兵한 것이 큰 잘못이었다고 하더라도 믿을 만한 증거가 없다. 유일한 증거는, 어떤 형편에서였건 귀국의 국왕이 쓴 '빨리 와서 나를 보호해달라'는 수칙이다. 다케조에는 그 수칙에 따라 우방의 정리**를 다했다고 말하고 있다. 그런 사정인데 한결같이 다케조에의 잘못이라고 우긴다면, 일본 정부가 그 공사를 비호하는 태도를 강경

---

* 진상을 밝히기 위해 조사하여 따져 물음.
** 情理: 인정과 도리.

하게 하도록 자극할 뿐이다. 내 사사로운 마음을 말하면, 외국인이 일인을 미워하는 감정은 귀국의 인민보다 덜하지 않다. 그러나 공적으로 말하면, 일본은 동양의 강국이어서 일본이 하고자 하는 바는 어느 나라도 말리지 못한다. 마침 일본공사가 돌아온 것은, 귀국에 강화講和할 시기를 제공한 거나 다를 바가 없다. 서둘러 강화하지 않고 그들이 화를 내어 본국으로 돌아가는 결과를 만들면, 그것은 귀국에 대단히 불리하게 된다. 지금 강화하면 귀국이 선수를 칠 수 있지만, 지금 기회를 놓치면 선수를 그들에게 빼앗기는 결과가 된다. 귀국은 정부도 백성도 일본과 싸울 생각은 전연 하지 않으면서 일본인들을 자극하고 충동질만 하니 한스러울 뿐이다…"

이러한 푸트의 의견이 그 후 그의 행동에도 반영되었음인지, 일본의 기록은,

— 당시의 미국공사 푸트 씨는 우리 일본의 입장을 지지했다.

고 되어 있다.

아무튼, 갑신의 정변은 동양의 은사국隱士國 조선을 세계의 뉴스 프런트에 등장시킨 최초의 일이 되었다. 그 각국의 반응을 적어볼 참이지만, 먼저 일본의 경우부터 기록해보기로 한다.

사건이 발발한 지 8일 후, 일본 정부는 나가사키에 도착한 지도 세마루가 친 전보를 통해 쿠데타의 실패를 알았다. 이 정변의 배후엔 이노우에 가오루의 음모가 있었는데, 미리 용의주도한 준비가 되어 있지 않아 일본 정부는 당황했다.

한편, 사건의 진상을 전연 모르는 일본 국민은 '재류방인在留邦人이 학살되었다'는 신문 보도만을 읽고 흥분했다. 당연히, 다케조에

공사의 경솔한 행동에 대해 비난이 집중되었다.

— 다케조에는 할복하라!

— 다케조에에게 할복을 명하라!

는 등의 아우성이 일었다. 이어,

— 청국을 쳐야 한다. 조선 정부를 용서해선 안 된다.

는 여론이 번졌다.

도쿄부 하의 청년 유지와 각급 공사립학교 학생들은 우에노 공원[上野公園]에서 시위운동을 벌여, 선혈이 임리*한 돼지 대가리를 장대 끝에 걸고 대로를 질주했다. 심지어는, 일본의 아사노신문[朝野新聞]이 비전론非戰論을 주장했다고 해서 그 사옥을 파괴하는 소동까지 있었다. 어느 패는 청국공사관을 습격하여 청룡기靑龍旗를 찢는 횡포도 부렸다.

일본 정부는 이노우에 외상을 전권대사로 명하고, 조선 정부에 대해서 강경한 방침을 취하기로 했다. 그 수원隨員으로서 외무 대서기관 곤도 마쓰케[近藤眞鋤], 육군 대장 다카시마 도모노스케[高島(之助)], 해군 소장 가바야마 스게노리[樺山資記], 정부 고문인 미국인 스티븐스가 동행했다. 이에 수반된 병력은 2천5백 명, 군함 6척, 이 밖에 경찰대가 파견되었다. 거창한 행동이었다. 그들은 12월 30일(양력) 인천에 도착하여, 이듬해 1885년 1월 3일 서울에 입성했다.

당시는 김홍집 정권 시대이다. 1월 4일 예비회담이 있고, 5일에 본회담이 있었다.

---

* 淋漓: 피, 땀, 물 따위의 액체가 흘러 흥건한 모양.

다케조에 공사가 이 사건에 관련된 것은 아랑곳없이, 일본은 일본공사관을 습격한 사건, 일본 거류민을 죽인 사건만을 주요 의제로 하여 사죄와 배상금을 요구했다.

일본의 강압에 굴복하여, 조선 정부는 일본의 요구 조건을 전부 승인했다. 1월 9일에 조인되었는데, 그 내용은 다음과 같다.

1. 조선 정부는 국왕이 친서를 보내 일본 천황에게 사의를 표할 것.

2. 일본의 조난자 유족, 기타 배상금으로서 금 11만 원을 지불할 것.

3. 이소바야시[磯林] 중위를 살해한 범인을 20일 내에 체포하여 엄벌할 것.

4. 일본공사관 신축을 위해 토지를 제공하고 건축비 2만 원을 지출할 것.

5. 공사관 호위를 위한 병사兵舍를 공사관 부속의 토지에 설치할 것.

이것이 이른바 한성조약漢城條約인데, 조선으로 봐선 다시없는 굴욕적 조약인데도 불구하고 일본에서는 조선에 대한 일본의 요구가 너무나 경輕하다는 비난의 소리가 높았다.

심지어는,

"사건의 원흉은 청국이다. 청국을 쳐라."

하는 청·일 개전론까지 나왔을 정도이다.

한편, 청국의 반응도 극렬하기 짝이 없었다. 당시 상해신보上海申報는 다음과 같은 사설을 내걸고 흥분했다.

'왜국의 간노奸奴들이 조선의 경박재자輕薄才子*들을 선동하여 괴변을 꾸며 국왕을 협박, 정권을 잡고 중신 7, 8명을 살육하는 야료를 부렸다. 그러나 아我의 청국의 장수들이 기민하게 이에 대처하여 일본의 야망을 분쇄하고 경박재자를 제압하여 대사에 이르지 않게 한 것은 만행萬幸**이었다. 경박재자 중 수명은 체포되었으나 김옥균, 박영효 등 수뇌 7, 8명은 일본의 비호 아래 일본으로 도주했다고 한다. 조선은 아방의 속국이다. 앞으로 왜인들의 동향을 엄사嚴査하여 이와 같은 불려不悷의 사건이 발생하지 않도록 조심할 것이니라. 한데 왜인은 조선 정부를 강박하여 막대한 배상금을 요구할 뿐 아니라, 우리 청국을 면매面罵***하니 적반하장이라….'

이와 때를 같이하여 파리의 '피가로'는

'극동의 은사국 코레아에서 궁정 쿠데타가 발생했다. 김옥균 등 청년 정객들이 일본의 세력을 업고 일으킨 이 쿠데타는 청국군의 개입으로 3일 만에 실패했다. 쿠데타의 주역들은 일본으로 망명했다. 이 사건으로 인해 목하 청·일 간은 일촉즉발의 긴장 상태에 있다….'

라고 보도했고, 스웨덴의 '다겐스 나히터'는

'우리가 그 존재도 알 수 없었던 극동의 소국 코레아에서 개화를 주목적으로 한 쿠데타가 발생했다. 그 지도자는 김옥균이라고 하는 청년 정객이다. 그들은 보수파의 영수들을 죽이고 국왕을 자기

---

* 재주는 있으나 경박한 사람.
** 만일의 요행. 천만다행.
*** 면전에서 직접 비난함.

236

편으로 끌어들여 개혁 정치를 하려고 했으나 청국군의 개입으로 거사 3일 만에 실패로 돌아갔는데, 이 사건의 원인遠因과 근인近因을 따져보면 문제는 복잡하다.'

라고 보도했다.

독일의 '베를리너 츠아리퉁'은,

'이상에 불타기만 하고 현실적인 식견이 부족한 조선의 청년 정객들이 궁정 쿠데타를 통해 정권을 장악하려다가 실패했다. 이 사건으로 인해 청·일 간의 긴장 상태는 일촉즉발의 위기 속에 있는데 그 동향을 지켜볼 만하다.'

라고 했고, 영국의 '타임즈'는

'일본을 모방하려는 조선의 친일파 정객들이 일본의 협력을 얻어 쿠데타를 감행했으나 실패하고 말았다. 이상의 면으로선 동정할 수 있으나 현실적인 면으로선 경거망동이었다고 아니 할 수 없다. 이로 인해 극동의 풍운은 자못 예측을 불허하는 상태에 있다. 쿠데타의 주동 인물은 김옥균이라고 한다.'

라고 했다. 미국의 '보스턴 글로브'도 대강 이와 비슷한 기사를 실었다.

조선이 세계의 시야에 크게 등장한 것은 '갑신정변'을 계기로 한 이것이 처음이다.

어떻게 된 까닭인지 갑신정변을 둘러싼 청일 양국의 확집確執****에 대해서 국제적인 여론은 일본에 유리하게 움직였다. 교묘하고 민첩

**** 자기의 의견을 고집하여 양보하지 아니함.

한 일본이 이런 기회를 놓칠 까닭이 없었다.

일본 정부는 참의 이토 히로부미[伊藤博文]를 특명 전권대사로 임명하여 천진으로 파견했다. 조선 문제에 관하여 이홍장과 교섭할 목적이었다.

회담은 1885년 4월 3일부터 18일까지 계속되었다. 이토는 청국군이 일본군을 사상했다는 사실을 들어 그 책임을 추궁했으나 이홍장은,

"우리가 조선에서 취한 조치는 정당하다. 단연코 우리의 잘못은 없다."

하고 주장하여 일본의 요구 조건인 폭행 청병의 징계처분과 손해배상의 지불을 단호히 거절했다.

이렇게 양측의 의견이 맞서 험악한 공기가 되자, 주청 영국공사 파크스의 조정으로 4월 18일(음력 3월 4일) 이홍장과 이토 사이에 다음과 같은 조약이 성립되었다.

1. 중국은 조선에 주둔하고 있는 군대를, 일본은 공사관 호위의 군대를 4개월 이내에 각기 철수한다.

2. 양국은 조선 국왕이 외국인 교관을 초빙하여 스스로 치안하기에 족한 군대를 교련할 수 있도록 권고한다. 그러나 청국이나 일본은 조선에 교관을 파견하지 않는다.

3. 장래 조선에 중대한 변란이 발생했을 경우 청·일 양국, 혹은 1국이 파병을 요할 때는 응당 이에 앞서 문서로 통지하여야 하며 그 사건이 진정되면 즉시 철수하여야 한다.

이것이 이른바 천진조약天津條約이다.

얼핏 보면 일본이 청국으로부터 한 푼의 배상, 한마디의 사과도 받지 못했으니 대단한 양보라고 하겠지만, 사실은 외교적으로 일본이 크게 승리한 것과 다를 바 없었다. 즉, 일본은 조선에 있어서 청국과 똑같은 지위를 확보한 셈이 되었기 때문이다. 종전에는 청국이 속방이란 명분을 붙여 조선에 마음대로 군대를 보내기도 하고 철수하기도 했던 것이나, 이번의 천진조약으로 속절없이 군대의 파견에 있어서 규제를 받게 되었는데, 출병할 땐 공사관을 호위한다는 어색한 변명을 붙여야 했던 일본이 청국과 같은 차원으로 할 수 있게 되었으니 커다란 수확이라고 아니 할 수 없었다.

그런데 그 당시 천진조약의 의미를 똑바로 인식한 사람은 별로 없었던 것 같다.

그러나 최천중만은 그 의미를 알았다.

곽선우와 연치성, 강원수가 있는 자리에서 최천중이 다음과 같이 말했다.

"모두들 천진조약의 조문을 보고 하나마나 한 얘기, 있으나마나 한 것으로 알고 있는 모양이지만 그렇지가 않다. 이토는 영리하기 이를 데 없는 사람이고, 이홍장은 정치의 식견, 외교상의 수완에 있어선 머저리와 같은 자다. 그 종이 한 장으로 청국은 조선에 있어서의 그들의 기득권을 깡그리 포기한 셈이다. 앞으로 일본은 천진조약을 들고 나와 사사건건 청국에 대항할 것인데 청국은 어떻게 할 것인가? 월등한 국력을 과시함으로써 이따위 조약쯤은 아무것도 아니라고 믿고 수월하게 도장을 찍은 모양이지만, 곧 자기 발

을 도끼로 찍은 셈이 될 것이다. 아무래도 조선은 일본에 먹히고
말 모양인 것 같다."

갑신정변은 개화의 물결을 역류시켜 드디어는 망국의 속도를 빨
리한 결과가 되었다. 당시 윤치호는 사태의 진상을 어느 정도 알았
는지 모르지만 다음과 같이 개탄했다.

…그동안 지내면서 관망하건대 조정에는 주석柱石*과 같은 신하가
없고, 인민에게는 떨쳐 일어서려는 바람[望]이 없다. 그러니 몇 백
년 닫아두었던 방문을 막 열게 되매, 머뭇거려 능히 활발하게 앞으
로 나아가지 못하는 것도 당연한 이치라고 하겠다. 군부모君父母가
성명하여 여러 나라의 문명과 기술의 취사取捨를 통촉하고, 군정,
세무, 기계 등에 대해서도 새로운 법을 많이 좇고 있는 터이다. 다만
보필하는 사람이 없어 제대로 성공한 것 없는 것이 한스러우나 그
래도 부지런히 하여 마침내 바라는 바를 조금은 이루게 되었다. 또
한 청인의 구속을 받았으나 금년 추동秋冬이 되어서는 점차 그물을
벗어날 희망이 있었던 것이다.
개화당은 비록 수는 많지 않으나 김옥균, 홍영식, 박영효, 서재필,
서광범 등 여러 사람은 문벌 좋은 집안 출신이어서 가히 큰 지도자
가 될 만하였다. 더욱이 약간의 시무時務에도 통달하고 있어서 나
라에 희망을 주는 사람들이었으며, 그 수가 가히 하나의 당을 이룰

* 기둥과 주춧돌.

240

만하였다. 문견을 넓히고 알지 못하는 것 깨우치기를 날로 달로 더하여 인민들이 밝은 것을 취하고 어두운 것을 버리는 보람을 볼 수 있게도 되었다. 추동 간에 인민들이 검은 옷을 많이 입게 되었다.

이로 볼 때, 실리를 취하고 밝은 곳으로 나아가려는 인민들의 방향을 가히 엿볼 수가 있겠다. 아아, 그런데 어찌 뜻하였겠는가. 4, 5인이 개화의 총도자總導者가 되어 갑자기 격패激悖**한 일을 저질러 나라를 위태롭게 만들고 청인들로부터 억압과 능멸 받음이 전날보다 배는 더하게 되고, 이른바 개화에 관한 말은 땅에 밟혀 흔적도 없게 하리라는 것을.

전에는 인민이 비록 외교하는 것을 좋아하지는 않았으나 시비를 가리려 하진 않았다. 개화당을 꾸짖는 자도 많이 있었으나 개화가 이로운 것이라고 말하면 듣는 사람들이 감히 크게 꺾으려들지는 않았다. 그런데 변을 겪은 뒤부터 조야에서 모두 말하길 '소위 개화당이라고 하는 것은 충의를 모르고 외인과 연결하여 나라를 팔고 겨레를 배반하였다'고 하고 있다. 어찌 개화에 착안한 사람 가운데 마음속에 이와 같은 의사를 품은 사람이 있었겠는가. 그러나 패격悖激하여 일을 그르친 4, 5인이 곧 전날의 개화당 인물인 까닭에 세인들은 외교하는 사람을 다 매국지적賣國之賊이라 하고 있는 것이다. 조정에서 채용한 자들은 좀먹고 썩은 초유草儒에 지나지 못하여, 입 가득히 고담을 늘어놓으나 마음으론 사리만을 꾀하는 무리들인 것이다. 세상에 혹 외교를 좋아하는 사람이 있더라도 감히 입을 열

** 격하게 어지럽힘.

지 못하고 짐짓 완고한 체하고 만다. 이리하여 2, 3의 간노奸奴들이 밖으로 호세胡勢를 끼고 군상君上을 위협하여 나랏일을 날로 그르치고 있다.

한스럽다. 3, 4인의 패거悖擧가….

'3, 4인의 패거'란 곧 김옥균, 홍영식, 박영효, 서재필 등의 행동을 말하는 것임은 물론이다.

폐흥일몽

廢興一夢

김옥균의 패거를 두고 비난의 소리가 빗발치듯 요란한 가운데 최천중은 심사가 평온하지 않았다.

　경박한 데가 없는 바는 아니었으나 패기覇氣는 경박을 동반하게 마련이고, 난세에 야망을 펴려고 할 땐 과인過人의 격함이 없어선 안 되는 것이라고 생각하면 김옥균의 심사를 짐작 못 할 바 아니었다.

　모두들 무모한 거사였다고 하지만 요컨대 시운이 없었다. 운이 있으면 소가 뒷걸음질을 치다가 쥐를 잡을 수도 있다. 최천중은 조정에서 김옥균 등을 두고 매국지적당賣國之賊黨이라고 한다는 소리를 듣고 혀를 찼다. 심중에 일편一片의 신념도 없고, 안중眼中에 지척의 전망도 없이 그저 이利와 안安만을 탐하던 자들이 사태가 그렇게 되자 중구난방으로 떠들어대는 것인데, 김옥균을 욕하는 바로 그자들이 김옥균의 일이 성취되었을 때는 미관말직이라도 얻으려고 호시탐탐하던 자들이 아닌가.

　곰곰이 생각해보니 김옥균 등의 일이 성사되지 않았다는 것은 앞으로 어떠한 개혁사改革事도 성공할 수 없다는 사실을 증명한 것 같아서 최천중은 더욱 불쾌했던 것이다.

최천중은 12월 8일 포도청에서 이희정, 김봉균, 신중모, 이창규, 이윤상, 오창모, 서재창, 차홍식, 남홍철, 고홍종, 이점돌, 최영식 등을 국문한다고 들었다.

김봉균은 박영효의 가겸*으로서 중관中官 유재현을 살해했고, 이윤상은 서광범의 가겸, 고홍종·이점돌은 김옥균의 심복, 신중모·서재창은 사관생도, 이창규는 보부상의 두령으로서 모두 김옥균의 계획에 참여하였다가 난후亂後에 체포된 자들이었다. 그 가운데 고홍종, 이점돌은 최천중이 친히 알고 있는 사람들이다. 간혹 김옥균의 심부름으로 최천중의 집에 드나들었기 때문이다. 최천중은 그들이 불쌍해서 견딜 수가 없었다. 그러나 손을 써볼 방책이 있을 수도 없었고, 설혹 있다고 해도 섣불리 행동할 수도 없었는데, 13일엔 그들이 처형된다는 통문이 있었다.

김봉균, 이희정, 신중모, 이창규는 모반대역부도죄謀反大逆不道罪라고 하여 군기사軍器寺 앞길에서 능지처참을 당했다. 능지처참이란 사지를 갈래갈래 찢어 죽이는 참형이다.

이윤상과 이점돌은 서소문 밖에서 참형을 당했다. 차홍식, 서재창, 남홍철, 최영식은 지정불고죄知情不告罪라 하여 역시 서소문 밖에서 참형을 당했다.

---

* 家傔: 사삿집 종.

뿐만 아니라 사건이 앞으로 어느 정도까지 확대될지 모른다고 하였다. 아첨에 급급한 소인배들은 밀고를 공으로 알고 조작까지 해서 밀고를 할 것이고, 정무를 맡은 고관들은 죽이는 것으로써 임무를 다하는 것으로 알고 있는 터이니 한성은 이미 피바다가 되었고, 앞으로도 피바다가 될 것이었다.

최천중은 연치성과 구철룡에게, 처형당한 자들의 가족의 거처를 알아내어 아무도 모르게 시량柴糧을 갖다주어 위로하라고 일렀다. 그리고 눈물을 뿌려 먹을 갈아 다음과 같이 썼다.

> 공명의수성功名意誰成
> 살인편건곤殺人遍乾坤
> 괴무증난술愧無拯亂術
> 저립공상혼佇立空傷魂
> (누가 공명을 이룰 수 있을까.
> 살인이 천지에 가득하구나.
> 난을 수습할 방책은 없고
> 우두커니 서서 헛되이 마음만을 상할 뿐이고녀.)

을유년도 2월에 들어선 어느 날 소민이 오랜만에 최천중을 찾아왔다. 소민은 나름대로는 최선을 다한 사람이다. 그러니 최천중은 그를 탓할 수가 없었지만 말이 약간 거칠게 나왔다.

"친일파가 전멸했으니 이제 청국은 우리나라를 어떻게 도울 참이라고 하던가?"

"청국, 믿을 수가 없습니다."

하는 뜻밖의 답이 돌아왔다.

"믿을 수 없는 청국을 위해 소공은 견마지로를 다하지 않았던
가?"

"청국을 위한 것이 아니고 나라를 위한 것입니다."

"나라를 위해 그 많은 준재들이 망하는 것을 보고 있었단 말인
가?"

"그런 친일의 재사才士들을 없애야 합니다. 그들을 없애는 데 도
움이 될 것이므로 청국이 하는 짓을 방관했을 뿐입니다."

"소공은 과연 청국의 처사를 방관하는 데 그쳤는가?"

"듣자오니 선생께선 절 책망하시는 것 같사온데…."

"…."

"사사로운 친밀감으로 해서 이번의 변이 선생님의 마음을 아프
게 했으리라는 것은 충분히 짐작이 가옵니다. 그러나 분명하지 않
습니까. 이 나라가 일본에 먹히도록 방치할 순 없는 것이 아니옵니
까. 김 등을 방치하면 끝끝내 놈들에게 먹히는 길을 닦아주는 결
과밖에 더 되겠사옵니까?"

"김옥균은 나라를 팔아먹을 사람이 아냐."

"그분의 양심을 저도 모르는 바 아닙니다. 그러나 나라의 일이나
사인私人의 일이 별반 다를 것이 없사옵니다. 일인들의 재력과 무
력, 거기에다 지력智力까지 빌려 성사된 일이 나라를 위해 온전한
것이 될 줄 아시옵니까? 알맹이는 그들이 차지하고 껍데기만 이편
이 갖는 어쭙잖은 꼴 이상으로 될 게 어디에 있습니까? 저는 단연

코 이번에 취한 저의 행동은 화원禍源*을 미연에 방지한 것이라 자부하고 있사옵니다."

"그런 뜻을 내가 왜 모르겠나? 그러나 그 밖에 달리 방도가 있었지 않았을까 싶어 하는 푸념일세."

"달리 방법이 없었사옵니다. 일시에 친일 세력을 없애는 방법은 그 밖엔 없었사옵니다. 뿐만 아니라 이번의 난難에서 얻은 것이 있사옵니다."

"얻은 것이 뭔가?"

"일인을 믿어서는 안 된다는 사실입니다. 사달의 장본은 일본인인데 모든 것을 이쪽에 뒤집어씌우지 않았습니까. 김옥균 등에 대한 처우만 하더라도 그렇지 않습니까. 일본 정부는 그들을 냉대하기 짝이 없다고 합니다. 인천에서 배를 타고 떠날 수 있었던 것도 일개의 야인인 선장의 의협심 덕택이라고 합니다. 그렇게 신의에 있어서나 도리에 있어서 어긋난 사람들을 앞으로 어떻게 믿겠사옵니까? 그러니 이번의 사달은 일본을 믿지 말라는, 믿어선 안 된다는 교훈을 남긴 것입니다."

"그럼 청국은 믿을 수 있단 말인가?"

"아까도 말씀드리지 않았습니까. 결단코 청국도 믿을 수가 없습니다."

"그럼 앞으로 어떻게 해야 하는 건가?"

최천중은 장탄식을 했다.

"방법은 한 가지밖에 없습니다."

---

* 화근.

소민이 결연한 말투가 되었다.

"그 한 가지란?"

"남의 힘에 의뢰하지 말고 우리가 우리나라를 세워 나가는 일입니다."

"그게 안 되니까 이런저런 사달이 생겨난 것이 아닌가."

"안 될 리가 없습니다."

"무슨 묘책이라도 있단 말인가?"

"있습죠."

"한번 들어보고 싶구나."

최천중이 자세를 고쳐 앉아 소민의 말을 기다렸다.

"이달 초순에 덕국, 즉 독일의 총영사 부들러가 독판督辦 김윤식에게 서한을 보낸 것이 있습니다. 그 서한에 이르기를, 우리나라가 영세중립永世中立 선언을 해야 한다는 것이었습니다."

영세중립이란 말은 최천중이 처음으로 듣는 말이어서 그 말의 뜻을 물었다.

소민이 설명했다.

"어느 나라와도 무력에 관한 조약을 맺지 않으며, 어느 한 나라에 절대로 편들지 않으며, 어떤 외국의 군대도 이 땅에 들어오지 못하도록 하는 것이 영세중립 선언입니다."

"선언을 한다고 될 일인가?"

"그러기 위해선 갖가지의 준비가 있어야 하겠지요. 국론을 통일한다든가, 널리 세계에 호소해서 각국이 그 선언을 승인할 수 있도록 교섭을 한다든가, 각국이 그 선언을 어겼을 땐 만국의 공법에 비추어 제재하는 방법을 강구한다든가 하는….”

“글쎄, 그것이 그렇게 쉬운 일인가 말이다.”

“쉽지 않다고 해도 이 격동하는 풍운 속에서 우리가 우리를 지 탱하고 나라를 유지하는 길은 이 길밖에 없지 않사옵니까.”

“글쎄….”

“스위스라는 나라의 선례가 있다고 합니다. 독일영사 부들러의 말로는 지금으로부터 20년 전에 보불전쟁이 있었는데 프러시아와 프랑스 사이에 끼여 있는 소국 스위스는 영세중립 선언을 함으로 써 그 전쟁의 화를 면했다고 합니다. 부들러는 청국과 일본 사이에 전쟁이 일어나는 것은 필지必至의 사실인즉, 이때 중립 선언을 해 두지 않으면 장차 어떤 화가 닥칠지 모르니, 빨리 중립 선언을 하 여 제 외국에 통보하는 한편, 선후책을 강구하라고 권고한 것입니 다. 우리나라가 중립 선언을 하기만 하면, 거기 따른 국제적인 문제 는 부들러 자신이 선두에 나서서 해결되도록 노력하겠다고까지 했 습니다.”

“흐음.”

하고 최천중이 생각에 잠겼다. 미상불 그렇게 되기만 하면 오죽이 나 좋을까 하는 감회를 갖기도 했다.

소민이 얘기를 계속했다.

“그런데 독판 김윤식은 청국과 일본 간에 전쟁이 발생할 까닭이 없으니 따라서 중립 선언 같은 것은 필요가 없다고 그 서한을 돌려 보냈다지 않습니까. 그러고는 김윤식이 원세개 장군에게 그렇게 했 노라고, 칭찬받을 것을 기대한 보고를 해 온 것입니다. 세상에 이런 일이 있을 수 있겠습니까…."

소민은 흥분에 북받쳐 주먹으로 방바닥을 치며 울부짖었다.

"…모처럼 부들러 영사가 알선까지 해주려고 하는데 어째서 천여天與의 이 기회를 호락호락 놓쳐버리고 만단 말입니까? 설혹 당장엔 달갑지 않더라도 그런 일은 신중을 기하기 위해서라도 좀 더 두고 검토해봐야 할 게 아닙니까?"

"김 독판으로선 이러나저러나 불가능한 사안을 미뤄두느니보다 빨리 결판을 내야겠다는 생각으로 되돌려준 것이겠지."

"왜 불가능하다는 겁니까? 나라가 이 꼴인데 이런 상황에서 벗어나기 위해선 온갖 몸부림이라도 쳐봐야 할 게 아닙니까. 물론 어려운 일이긴 하겠지요. 하지만 나라의 장래를 전망하고 그 길밖에 없다고 생각되면 혼신의 노력을 다해보는 것이 중신된 자의 도리라고 생각하는데요."

"김윤식은 청나라의 눈이 두려운 것이다. 속방의 대관이라는 의식이 그 핏속에 흐르고 있는 거야. 그러니 어찌 대담한 중립 선언 같은 것을 검토해볼 생각이나 있었겠나?"

"저는 그래도 김 독판만은 기골이 있는 분으로 알았는데 정말 실망했습니다."

"조정에 주석柱石이 없고 야에 의기意氣가 없는 것이 어제오늘 시작된 일인가?"

"그렇더라도 청국과 일본 사이에 전단戰端*이 없을 것이라고 어

---

* 전쟁을 하게 된 실마리.

떻게 장담할 수 있느냐는 말입니다."

최천중은 한참 동안 말없이 천장을 쳐다보고 있다가

"청진에 전쟁을 일으킬 징조라도 있던가?"

하고 물었다.

"청진으로선 스스로 전쟁을 도발할 의사는 없는 것으로 압니다. 그러나 일본이 시비를 걸어오면 불사일전不辭一戰할 준비는 하고 있습니다."

"전쟁은 있고야 말 것 같애."

최천중이 불쑥 말했다.

그러자 소민이 다시 중립론을 들먹였다.

"일본에 붙는다고 해서 활로가 있을 것이 아니고 청국에 붙는다고 해서 활로가 있을 것도 아니고, 그렇다고 해서 미, 영, 노, 불, 독 어느 나라도 의지할 수 없는 이때에 영세중립만이 유일한 길이 아니겠습니까?"

"언야선言也善**이다만, 지금 조정의 부신腐臣들이 해바라기처럼 모두 청국만 쳐다보고 있는데 어찌 그런 말만이라도 끄집어낼 수 있겠는가? 대역무도로 몰려 서소문 형장으로 가기가 바쁠 걸세."

"야의 힘을 묶어 커다란 세력으로 만들면 어떠하오리까?"

"…"

"천리의 길도 일보부터란 말이 있습니다. 저는 동지들을 규합하여 내일부터라도 행동을 개시할 요량으로 있습니다."

** 말로는 좋음.

"어떤 행동인가?"

"조정에서 친일파를 청소했으니까 지금부턴 친청파를 소탕하는 것입니다. 성교聖敎*도 윤집궐중允執厥中**이라고 하였거늘 중립의 주장에 귀 기울이지 않는 자는 모조리 베어 없앨 각오입니다."

소민의 말이 엉뚱한 방향으로 번지는 바람에 최천중은 아연 긴장했다.

소민은 한다면 하는 의지의 사나이였던 것이다. 최천중이 정색을 하고 꾸짖는 말투가 되었다.

"일개 독일영사 부들러의 교언巧言만을 듣고 흥분한다는 것은 장부로서 취할 바가 아니다. 비록 영세중립이 가可하다고 하더라도 그 원류***하는 바 이치와 응용되는 방법을 지실****한 연후에 행해야 하는 것이어늘, 어찌 일편의 낱말을 앞세워 목숨을 내던지 겠는가. 피차 이 일을 좀 더 연구하고 검토해보기로 하자."

"선생님의 말씀 지당하옵니다만, 영세중립은 20년 전부터 포회해 온 저의 신념이었고, 그것에 관하여 학습한 바도 적지 않습니다. 다만 발설을 삼가온 것은 친일파의 개화론이 한때를 풍비해 있어 저의 소신을 귀담아들을 자가 없었기 때문이고, 이제 발설한 것은 부들러의 권고가 시의에 맞다고 생각한 까닭이지, 설익은 낱말을 앞세워 경거망동하고자 한 것은 아니로소이다. 청일 간의 전쟁은 필

---

*   성인의 가르침.
**   '진실로 그 중(中)을 잡으라.'
***   源流: 본줄기. 본래 바탕.
**** 知悉: 모든 형편이나 사정을 자세히 앎.

지의 사실, 그렇게 되면 우리나라는 전란의 도가니로 화합니다. 청일 간의 전쟁이 이 땅에서 불붙지 않게 하기 위해서도 지금부터 중립의 기운을 떨쳐야 하는 것이옵니다. 저는 이런 신념으로 김옥균 등의 거세去勢 작용에 스스로 가담했고 지금 형장의 이슬로 사라져가는 무수한 젊은이들의 죽음을 견디고 있는 것이옵니다. 그러니 선생님께서 막으신다고 하여도 제 소신은 굽힐 수가 없으며, 제 행동을 주저할 수가 없사옵니다."

"그렇다면 나에게 의논하는 까닭이 뭔가? 내 충고를 듣지 않겠다고 각오를 했다면 무슨 까닭으로 나에게 그런 말을 하는가?"

"다소의 자금이 필요하와 그것을 부탁드리려고 말씀드린 것이옵니다."

"소공은 나를 원치도 않는 일에 자금을 댈 그런 사람으로 보고 있는가?"

"원, 불원에 구애하지 않고 옳은 일이면 도와주실 어른이라고 믿사옵니다."

"…"

"이 나라가 중립국이 되는 것은 혹시 불가능할지 모르지만, 그렇게 만들어야겠다는 생각이 틀렸다곤 생각하지 않으시겠지요?"

"…"

"그러나 저희들은 김옥균 등처럼 경박하게 일을 꾸밀 생각은 없사옵니다. 우리 당대에 실현할 수 있으면 그런 다행이 없고, 만일 우리 당대에 실현되지 못하더라도 캄캄한 밤에 영세중립의 횃불을 거는 뜻은 되지 않으리까?"

"···."

"중립을 선포하는 덴 지금이 적시입니다. 세계 각국을 불러들여 자기들끼리 자기들의 안전을 위해 협상케 하여, 어느 나라도 과분한 이利를 이 나라에서 취할 수 없다고 판단될 때엔 부득이 그들의 이익을 위해서라도 우리의 중립을 승인해야 하는 겁니다. 일본이 이 이상 우리에게 덤비면 이보다 손이 많다는 것을 알려줘야 합니다. 청국 역시 이 이상 고집하다간 제 외국, 특히 일본을 도발하여 막대한 손해를 입을 것이란 경각을 해야 합니다. 조정도 스스로를 보전하기 위해선 영세중립밖엔 없다는 사실을 깨닫도록 해야 합니다."

"소공의 뜻은 알겠다."

최천중이 이렇게 말하자 소민의 눈이 반짝했다.

"그러시다면 자금을 주시겠습니까?"

"그걸 어디에 쓰려구?"

"그건 지금 말씀드릴 수 없습니다. 보다도 선생님께선 그걸 모르시는 게 좋을 것입니다."

최천중은 마음속으로 짐작했다. 친청파 대관들을 비롯해서 완고한 대관들에게 칼바람을 불게 할 모양인데 그러기 위한 도당徒黨들의 숙식비, 또는 은신처를 마련하는 비용, 게다가 무기와 화약을 구입하는 비용 등일 것이다.

"좋아."

하고 최천중이 가볍게 말했다.

"연치성 공에게 말을 하게. 연공이 내라고 하면 돈을 내겠다."

"고맙습니다."

하고 물러가려는 소민에게 물었다.

"그 부들러라는 영사를 만나볼 수 없을까?"

"…?"

"아냐, 영세중립이 어떤 것인가를 그 사람을 통해서 소상하게 알아보고 싶어. 이미 중립국이 되어 있다는 스위스란 나라의 사정도 알고 싶구."

"청국의 오뭇 공사에게 소개해달라고 부탁을 해보겠습니다."

이렇게 약속하고 소민은 물러갔다.

최천중의 가슴에 구름 같은 생각이 일었다.

'이 나라에도 기막힌 재사들이 많다. 그 재사 가운데 어느 부류는 일본에 붙고, 어느 부류는 청국에 붙고, 어느 부류는 시골에서 썩고 있다. 그들의 역량을 한군데에 모으고, 이에 민중이 성원하면 오죽이나 좋을까만!'

최천중은 친일파 김옥균을 좋아하면서, 한편 소민을 아끼는 스스로의 모순을 가슴 아프게 느꼈다.

생각은 영세중립으로 몰려갔다. 소민의 말마따나, 나라의 활로는 그 길밖에 없을 것 같았다. 그러나 그것이 실현될 수 있는 일일까? 일본에 붙어 일을 꾀하긴 수월하다. 얻을 힘이 거기에 있고 몇 마디의 언설로써 자기의 태도를 변명하면 그만인 것이다. 청국에 붙는 것도 마찬가지다.

그러나 중립에의 길은 그렇지가 못하다. 어느 나라의 도움을 받을 수도 없다. 처음부터 끝까지 자기의 힘으로 해야 한다. 게다가 친일파, 친청파, 고루파의 방해도 있다. 도와주는 힘이 없으니 인심을 수람하는 방법도 모호하다.

'오로지 우리의 힘만으로 달성해야 한다!'

바로 이 사실에 최천중은 매력과 흥미를 느꼈다.

'한번 해볼 만한 일이다.'

그러자 문득 왕문과 민하가 소민의 당黨이 아닌가 하는 생각이 들었다. 동시에 왕문이 왕기王器의 사주를 타고났다면, 영세중립국이 될 이 나라의 원수가 되는 것이 가장 합당하다는 결론에 도달했다.

근본 사상은 경천애민, 나라의 체면은 영세중립국.

최천중은 무릎을 쳤다. 어둡고 긴, 그리고 험난한 길이긴 했지만, 하여간 한 줄기의 길이 트인 것이다.

'암중모색은 끝났다!'

그러나 당분간은 불가근 불가원하게 소민 일당의 동향을 지켜볼 일이고, 왕문과 민하를 안전지대에 피신시켜야만 하는 것이다.

소민이 다녀간 후 사흘째에 연치성이 최천중에게 와서 아뢰었다.

"전날 소공이 선생님께 원하는 바가 있지 않았습니까?"

"조금 출물出物*을 해주었으면 하는 얘기던데…."

최천중이 연치성을 건너다보았다.

"그 일에 관해서 말씀드리고자 합니다."

---

* 무슨 일을 하는 데에 내어놓는 돈이나 물건.

하고 연치성이 말을 보탰다.

"우선 십만 냥만 있었으면 하는 얘기였습니다."

"십만 냥? 그걸 어디에 쓴다고 하더냐?"

"열흘 후에 천진으로 떠나는 배가 있는데, 그 선장과 소공이 잘 아는 사이라고 합니다. 소공은 그편으로 육혈포 백 정과 탄환 육천 발쯤을 부탁할 모양입니다."

"그걸 어디다 쓰려구?"

"그건 묻지 말라는 부탁이었습니다만…."

"용도도 밝히지 않고 돈만 내라는 얘긴가?"

"아마 선생님께 누를 끼치지 않으려는 심산인가 봅니다."

"흐음."

하고 최천중이 팔짱을 끼었다.

연치성의 다음 말이 있었다.

"육혈포 백 정과 탄환 육천 발은 우리가 인수해도 좋을 듯합니다."

"…?"

"반드시 쓰일 곳이 있을 겁니다. 소공은 소공대로의 용도가 있습니다. 그걸 저는 잘 압니다. 한데, 만일 소공에게 소용이 없어졌을 땐 우리가 인수해도 된다는 뜻입니다."

"어차피…."

하다가 최천중이 말끝을 흐렸다.

연치성은 흐려진 그 말끝을 대신 들먹였다.

"어차피 우리에게도 소용되는 물건이 아니겠습니까?"

"그렇긴 하지."

최천중은 대사를 일으키려면 무력이 있어야 하고, 그 무력을 막강하게 하기 위해선 신식 총기가 필요하다고 느끼고 있었던 터였다.

"육혈포 백 정을 무난히 가지고 올 수 있을까?"

"청국군 군용품을 가장해서 싣고, 청국군 군용품으로서 운반해 오면 무난할 것이 아니옵니까?"

"그렇겠군."

"어디에 쓰건 그 무기는 제가 간수할 요량으로 있습니다."

"감쪽같이 할 수만 있다면 육혈포 백 정이 아니라 이백 정쯤 사도록 하지. 탄환도 그 배쯤으로 하구."

"제 생각으론 일단은 백 정쯤으로 해두는 것이 나을 것 같습니다."

"아냐, 기회가 있을 때 준비해두자꾸나."

"예."

"그럼 내가 말해놓을 터이니, 연공이 삼개 최공에게 가서 돈을 받아 소공에게 건네주게."

"예."

하고 연치성이 잠깐 머뭇거리더니 용기를 내어 말했다.

"이대로 가만있을 순 없습니다. 바로 어제 전라도 담양에서 윤봉학尹鳳鶴을 비롯한 열일곱 명의 계꾼이 포졸들에게 붙들렸다 하옵니다."

연치성이 말하는 계꾼이란 삼전도계三田渡契의 계꾼을 뜻하는 것이다.

윤봉학은 전라도 담양 일대의 계꾼을 통솔하는 계주였다. 완력이 강하여 쌀 한 섬씩을 각각 한 손에 들고 한꺼번에 두 섬씩을 나를 수 있는 위인이었다.

최천중은 한동안 말을 못 하고 멍청해 있었다. 부리부리한 눈, 너털웃음을 웃으며 황소처럼 벌어지는 입, 어느 때 최천중이 윤봉학에게 술을 권했더니 그는 사절하고 이유를 묻는 최천중을 보고 말했었다.

"아무리 마셔도 취해야죠. 취하지도 않는 술 마시면 뭣 합니까? 괜히 배탈만 나는걸."

씩씩하고 활달한 윤봉학이 잡혔다는 소식은 충격이었다.

"무슨 까닭으로 잡혔는가?"

"화적으로 몰렸다는 얘기였습니다."

"어떻게 해서 화적으로?"

"담양의 관고官庫를 부수고 들어간 모양인데, 그 고을 원님이란 게 술수에 능했는가 봅니다. 관고 들머리에 함정을 만들어놓아 사정을 모르고 들어간 사람은 그 함정에 빠지도록 되어 있었던 것 같습니다."

"왜 그런 짓을…."

최천중이 혀를 끌끌 찼다.

"엄동설한에 굶주리고 있는 난민들을 보아 넘길 수 없어 울컥한 것 아니겠습니까. 윤봉학은 사리를 탐해 그런 짓을 할 위인이 아니옵니다."

"그럴 테지."

"그러니까 선생님, 이대로 무책無策인 채 소일하고 있다간 삼전계도 무위無爲로 붕괴되고 말 것입니다. 무위한 채로 무사하기나 하면 다행이겠습니다만…"

하고, 연치성은 각 도의 삼전계원 가운데 의분義憤으로 간악한 토호들과 토색하는 관가를 습격했다가 붙들린 예를 다음다음으로 들먹였다.

"한성에선 조병수趙秉守와 그 일당 열둘이 붙들렸고, 황해도에선 이완충李完充 이하 아홉 명이 붙들렸고, 경상도에선 문무용文武用의 일당 여덟 명이 붙들렸고, 그 밖에도 소식을 못 들어서 그렇지 상당수가 혈기에 날뛰다가 옥고를 치르고 있는 것으로 짐작하고 있습니다."

최천중은 긴 한숨을 쉬고 연치성에게 당부했다.

"언제이건 때는 온다. 가까운 장래에 때가 온다. 그러니 모두들 근신하고 있으라고 전국의 계꾼들에게 통문을 돌려라. 개구리도 뛰려면 움츠릴 줄을 알지 않느냐. 하물며 사람이랴. 죽음을 기하면 삼천리강산을 내 것으로 만들 수도 있거늘, 왜 하찮은 일로 억울한 꼴을 당하느냐 말이다. 꼭 죽고 싶거든 탐관오리 백 명의 생명과 바꿀 요량으로 하라. 개죽음은 원래 군자가 택할 바가 아니다. 장부가 저지를 바가 아니다. 온 나라와 만백성을 위해서 떳떳하게 생명을 내던지라고 일러라. 삼전계 총계주總契主의 영이 떨어지지 않을 때는 불거일수不擧一手하고 부동일족不動一足하라고 일러라. 문장은 강원수 공에게 의뢰하여 이 뜻을 적어, 내일부터 전국 방방곡곡에 돌려라. 기강이 해이해지면 계는 망한다. 기강을 바로 세워야 하느니. 삼전계에 기강이 있고, 의리가 있고, 정리情理가 있는 한 우리에겐 희망이 있어."

최천중이 독일총영사 부들러를 만난 것은 그로부터 10여 일 후의 일이다. 이에 앞서 조동호의 충고가 있었다.

"통사通詞*는 심복을 택해야 하오. 자칫 잘못했다간 무슨 일이 일어날지 모르오. 작금 외국인과 만나는 사람들을 특히 심하게 정탐하는 것 같아서 하는 말이오."

그럴 즈음 소민의 친구이며 천진서 독일인 상사에서 일하던 사람이 교역 차 한성에 들어와 있었다. 이름을 지운초池運初라고 하는 한계韓系 청국인이었다.

부들러에게 최천중을 소개한 사람은 중국공사 오씨와 미국공사관의 조지 풀크였다. 풀크는, 지금은 미국에 돌아가 있는 푸트와 최천중의 교의를 들먹여 드물게 보는 민간의 지사라는 명목으로 부들러에게 최천중을 소개했던 모양이었다.

부들러는 수인사가 끝나자

"미국공사 푸트 씨와는 각별한 친교가 있었다고 들었소. 나에게도 그러한 호의를 베푸시기 바라오."

라고 정중하게 말했다.

"그것은 오히려 내가 부탁할 일이오."

하곤 최천중은 단도직입적으로 물었다.

---

*　통역.

"듣건대 부들러 씨께선 우리나라 독판 김윤식 공에게 조선의 영세중립에 관한 신한信翰을 보냈다고 하는데 그것이 사실입니까?"

"그걸 어떻게 아셨소?"

부들러에게 놀라는 빛이 있었다.

"내 비록 야에 있는 몸이긴 하나, 국내의 대소사는 거의 다 알고 있습니다."

부들러는 신중을 기해서인지 조심조심 말을 골랐다.

"일개 무능한 외교관의 처지로서 주재국의 정책에 관계되는 의견을 말한다는 것은 심히 주제넘은 행동이란 걸 모르는 바는 아니오. 그러나 하두 사정이 안타까워 외교관의 분제分際*를 넘어 감히 건의한 것이었는데, 결과는 하지 않은 것만 못하게 되었소."

"세상이 뭐라고 하건, 나는 귀하의 충정을 잘 이해하고 있습니다."

"고맙소. 외람하지만 나는 이 나라의 운명이 극히 위태롭다고 판단하고 있소. 대국 사이에 끼여 좌고우면하다간 무슨 화가 닥칠지 모른다는 판단이었소. 그래서 용기를 내어 고언을 드린 것이오. 그리고 그 신념은 지금도 변하지가 않았소. 영세중립국을 만든다는 것은 여간 어려운 일이 아니오. 그러나 개인으로 말하면 죽음이요, 국가로 말하면 파멸인데, 죽음과 파멸을 피하기 위해선 아무리 어려운 일이라도 사양할 수가 있겠소?"

"아무렴, 그렇고말고요."

---

* 신분의 위아래와 높낮이의 한계.

"그런데 귀국의 대관들은 내 말에 귀를 기울이지 않습니다."

"부끄럽소이다."

"나는 이 나라에 부임하는 길에 청국의 이홍장 대인을 만났는데, 그 자리에서 들은 얘기론 지금 조선에서 쓸 만한 정치가는 김홍집, 김윤식, 어윤중이라고 합디다. 이홍장 씨가 직접 말씀하신 겁니다. 나는 그 가운데서 외무의 직책에 있는 김윤식 씨를 골라 건의했습니다. 청·일전쟁은 필지의 사실이라고 전제하고 한 헌책이었는데, 김윤식은 절대로 그런 일이 없을 것이라고 장담을 합디다. 나는 좀 더 간곡하게 헌책을 되풀이하려다가 그만두었습니다."

"귀하는 우리나라가 영세중립국 선언을 해야 한다고 말씀하셨다는데, 그 취지는 대강 어떠한 것입니까?"

최천중이 물었다.

이에 대한 부들러의 대답은,

"대국들 사이에 끼인 분쟁 지역에선 자주 독립과 자위의 필요상 중립을 선언하는 경우가 있습니다. 싸우고 있는 어느 편에도 가담하지 않겠다는 선언입니다. 나라의 사정과 전쟁의 사정에 따라 나라가 수시로 취할 수 있는 태도이지요. 그런데 영세중립이란 것은 영원히, 즉 어느 때 어떤 사정에도 남의 나라의 전쟁에 참견하지 않을 것이니, 우리나라에 대해서도 참견하지 말라는 태도 표명입니다. 지금 조선이 취해야 마땅할 태도이지요."

"나라가 영세중립을 선언하려면 어떤 단계를 밟아야 합니까?"

"국왕이 중심이 되어 조정의 의견을 합친 뒤에 제 외국에 널리 이 사실을 알리는 것이 첫째 단계이고, 몇몇 나라를 움직여 세계 각국이 회동하게 하여 그 선언을 승인하도록 공작하는 것이 둘째 단계요, 그럼에도 불구하고 외국 군대가 이 나라에 침입했을 때의 대응 방책을 강구하는 것이 셋째 단계입니다."

"귀하도 아시는 바와 같이 지금 청·일 양국이 우리나라에 버티고 있고 각기 이익을 도모하려고 하고 있는데, 우선 이 두 나라가 영세중립의 선언을 승인하겠습니까?"

"선생님께서 빠뜨린 것이 하나 있습니다. 그것은 이 나라를 노리고 있는 것이 청·일 양국만이 아니라 러시아도 노리고 있다는 사실입니다."

"그러니까 더욱 어려운 일 아니겠습니까?"

"쉽지 않겠지요. 그러나 문제는 귀국의 조정과 국민의 단결에 있습니다. 세 나라가 서로 정립하고 있다는 사실은, 그것을 이용할 줄만 알면 영세중립국을 하기 위한 가장 좋은 조건이 될 수 있습니다. 내 좁은 경험입니다만, 귀국의 조정이나 국민은 우선 외세에 의존하려는 안이한 생각을 버려야 합니다. 그런 안이한 생각에 젖어 있는 한, 실례의 말씀입니다만, 이 나라는 희망이 없습니다. 이대로 가다간 불원 청·일 양국 간의 전쟁통에 불바다가 될 것입니다."

"긴급한 문제가 무엇이겠습니까?"

"조정의 대관들이 빨리 결심을 해야 합니다."

"어떻게 그 완고한 자들을…."

"그 방법은 뜻있는 사람들이 생각해내야지요. 외국인인 내가 이래라저래라 할 수 없는 일 아니겠습니까?"

"스위스란 나라가 있다고 들었습니다만, 그 나라의 사정을 알고 싶습니다."

최천중이 이렇게 묻자 부들러는 보일 듯 말 듯 엷은 웃음을 띠고,

"세계에서 영세중립을 선언한 나라는 몇 군데 있지만, 모두 보잘 것없는 소국들이고, 큰 나라로선 오직 스위스 하나뿐입니다. 스위스와 조선은 역사적, 지리적으로 닮은 데가 많기는 합니다만 국민성은 판이하게 다른 것 같습니다. 스위스 사람들은 보수적인 기질이 있는 한편, 아주 개명적開明的입니다. 그런 점이 귀국의 국민성과는 정반대라고 할 수 있지요…."

부들러의 얘기는 계속되었다.

"스위스인은 철저합니다. 부지런하기도 하구요. 남의 나라의 지배를 받는 것을 싫어하는 데도 철저합니다. 그러니 스위스는 귀국에게 그다지 참고가 되진 못할 것입니다. 그 반면, 귀국은 스위스에 비해 월등하게 유리한 면을 가지고 있습니다. 스위스란 나라는 귀국에 비하면 형성된 연조가 얼마 되지 않습니다. 이합집산이 무상하던 나라가 오늘의 규모로서 정립된 것은 불과 70년이 될까 말까 합니다. 게다가 다민족으로 구성된 복합국가이며 사용하는 언어도 네 종류, 다섯 종류나 되어 국민 간의 의사를 합치는 데 여간 고생스럽지 않습니다. 이에 비하면 귀국은 반만 년 역사에다 단일민족, 단일언어 아닙니까? 조금만 노력하면 국론의 일체화는 쉽게 이루어질 것으로 압니다."

"스위스 같은 나라가 어떻게 영세중립 선언을 할 정도로 국론을 통일할 수 있었을까요?"

"그 설명은 쉽지가 않습니다. 줄잡아 수백 년 동안의 스위스 역사를 들먹여야 하니까요."

"듣건대 보불전쟁 때 영세중립 선언을 했다고 하던데요."

"그것은 내가 김윤식 공에게 쓴 편지를 너무나 간추려서 읽고 퍼뜨린 소문일 것입니다. 스위스의 역사는 13세기에까지 기슬러 올라갈 수 있는데, 당시의 영주였던 합스부르크 가의 주민들이 반항하는 과정에서 발생하여 성장한 것이 스위스입니다. 그 이래 줄곧 침략이 있었고, 전쟁이 있었지요. 스위스 사람들은 각 지방마다 할거해서 침략자들과 싸웠습니다. 그러는 동안에 각 지방이 연방 조직을 만들어 서로 유대를 갖게 된 것이지요. 민족은 달라도, 그리고 내부에서 서로 갈등을 일으켜도, 이상스럽게 대외적인 결속력은 강했던 것입니다. 게다가 스위스 군인들의 용맹은 거의 전설적입니다. 강대국의 침략군을 여지없이 격퇴했으니까요. 그래서 스위스 군인들은 비싼 임금을 받고 용병으로 팔려가기도 한 겁니다. 스위스가 자위상 중립을 표방하게 된 것은 16세기의 종교전쟁과 30년전쟁 때입니다. 그런데 1798년 나폴레옹이 스위스에 침입해서 스위스연방을 해체하고 헬베티아공화국을 세웠는데, 1814년 나폴레옹이 실각하자 1815년 비엔나회의에서 종래의 19주에 3주를 더 보태어 22주로 구성된 스위스연방을 건립하고 스위스의 영세중립을 승인한 것입니다. 그러니 스위스의 경우는 자기들의 자발적인 의사도 있었겠지만, 당시의 유럽의 정세가 그렇게 만들었다고 할 수 있습니다. 이 점에서도 스위스는 귀국에 대한 좋은 참고가 되진 못할 겁니다. 그러나 그 영세중립의 이념만은 배울 수 있겠죠. 아니, 배워야 하겠지요. 스위스가 만일 영세중립국이 아니었더라면 오늘날 스위스는 존립할 수 없었을 겁니다."

그리고 부들러는 스위스의 정치 형태에 관해, 또는 스위스의 풍경에 관해, 스위스에 몰려드는 각국의 정치적 망명객에 관해 소상한 설명을 했다. 그 모든 것이 최천중에겐 새로운 지식이었고 자극이었다.

최천중은 문득 부들러 총영사의 관상에 흥미를 느꼈다. 최천중은 원래 양인의 관상엔 관심을 두지 않기로 했기에 푸트 공사의 경우에도 대인지풍大人之風이 있다는 느낌만으로써 전색하려 들지 않았는데, 부들러의 관상엔 양인이라 하더라도 마음을 끄는 그 무엇인가가 있었다.

만일 최천중이 오늘의 용어를 알고 있었더라면, 이상주의자형이란 말에 상도想到했을 것이다. 부들러는 아직 젊은 나이인데도 머리의 거의 반이 벗겨져 있었다. 준수한 이마에 연금색 눈썹, 그 아래의 눈은 살큼 아지랑이가 낀 파란 하늘 빛깔이었다. 네모가 진 듯한 얼굴인데도 부드러움이 있었던 것은, 모양 좋게 솟은 콧날과, 두툼하여 탐욕스럽지도 않고 얇아서 각박하지도 않은 입술이었다. 대성大成을 기하기엔 너무나 선명한 윤곽이고, 범상하게 생을 마치기엔 고아한 기품이 있는 얼굴과 몸맵시가 최천중의 관심을 끈 것이다.

가보지는 않았지만, 그들을 있게 한 산수山水의 탓으로 빛깔과 골격이 다를 것이라서 동양의 준칙으로선 양인의 관상을 판단할 수 없다고 믿고 있는 최천중이었지만, 부들러의 인상엔 양의 동서,

269

피색皮色*의 다름을 초월한 운명적인 계시가 있었다.

한마디로 말해 이상에 열렬한 나머지 세론의 방해를 받을 위험이 있고, 절조를 지키는 나머지 출세에 지장을 초래할 경우가 있는 그런 관상이었던 것이다.

최천중은 부들러가 말을 일단락 짓는 것을 기다려 다음과 같이 시작했다.

"귀하는 재고난입속인기才高難入俗人機**란 말을 혹시 들은 적이 있습니까?"

하고 통사 지운초에게 한자로 써주며 충분한 설명을 하라고 일렀다. 지운초의 설명에 귀를 기울이고 있던 부들러의 얼굴에 놀라는 빛이 돌았다.

"우리 서양에도 그런 말이 있습니다. 한데, 왜 그런 말을 하는 겁니까?"

최천중은 부들러의 관상에서 얻은 인상을 정직하게 말했다.

부들러의 얼굴이 일순 긴장됐다. 그러고는 말했다.

"재고난입속인기란 표현은 내게 지나칩니다. 그러나 이상에 열렬한 나머지 세론의 방해를 받는다는 말은 적절합니다."

부들러는 고개를 끄덕끄덕하곤 말소리를 낮추었다.

"그 일례가 바로 금번의 사건입니다. 내가 김윤식 씨에게 보낸 영세중립 선언에 관한 편지가 청국의 북양대신 이홍장 대인에게 보

---

* 피부색.
** '재주가 높으면 보통 사람의 틀 속에 받아들여지기 어렵다.'

고된 모양입니다. 이홍장 대인이 격노했던 것 같아요. 바로 어제 나의 본국으로부터 소환 명령이 왔습니다. 주재국의 국사에 관해 건방진 참견을 하는 것은 용서할 수 없다는 내용이었습니다. 이홍장 대인으로선 자기네들의 속국에 영세중립 선언을 권하는 내가 얄미웠겠지요. 성내는 게 당연합니다. 그런데 일국의 외교관이 성심을 다해 보낸 신서信書의 내용을 청국의 고위층에 폭로한다는 건, 개인으로 보나 나라의 이해관계로서 보나 결코 훌륭한 일이 못 된다고 생각합니다. 이홍장이 김윤식 씨를 높이 찬양한 까닭을 그로써 안 느낌이었습니다만, 그 때문에 나의 외교관 경력은 끝장이 났습니다."

"부들러 씨, 무슨 말씀이십니까?"

부들러의 뜻밖의 말에 최천중이 당황해서 물었다.

"선생의 내 성격에 관한 탁월한 판단을 듣고 백년의 지기를 얻은 것 같은 감동을 받았기 때문에 내 일신상의 문제를 이처럼 솔직하게 털어놓은 것입니다."

하고 부들러는 미소를 머금었다.

"이유야 어떻건, 우리나라에 와서 귀하의 외교관으로서의 경력에 좌절이 생겼다니 심히 유감스럽게 생각하오."

"아니올시다. 외교관의 경력보다 소중한 것은 인간으로서의 경력입니다. 나는 몇 날 몇 밤을 생각한 끝에 귀국에 영세중립을 권고한 것입니다. 그것이 귀국에도 유리할 뿐 아니라 내 조국에도 손해가 없고, 나아가 세계와 인류의 평화를 위해 조금의 지장도 없다고 판단한 뒤에 장문의 편지를 쓰게 된 것입니다. 나는 외교관의 임무를, 자기 조국의 이해에 배치됨이 없다고 믿으면 주재국을 위해 최선을 다하는 것이라고 믿어왔습니다. 지금도 그렇게 믿고 있습니다. 나는 내 신념대로 행동한 것입니다. 우리 정부 상층부의 견해와 내 견해 사이에 약간의 차이가 있었던 거지요. 그럴 수도 있는 것 아니겠습니까? 우리 독일에선 외교관이 주재국에서 실수가 있다고 인정되면 결코 용서하질 않습니다. 나는 그 방침도 좋다고 생각하여 승복하고 있습니다. 하지만 나는 비록 외교관으로서는 실수했을지 모르나 인간으로선 떳떳하다고 믿고 있습니다. 나는 베를린대학 출신이지만, 베를린대학 출신이란 자랑에 앞서 이마누엘 헤르만 피히테의 제자입니다. 이마누엘 피히테는 유명한 고틀리프 피히테의 아드님이지요. 나는 그 이상주의를 배워 평생을 그로써 관철할 생각으로 있습니다. 인간으로서의 승리는 자기가 자기에게 내리는 판결에 달려 있습니다. 가장 떳떳한 승리지요."

최천중은 '인간으로서의 승리'란 새로운 말을 가슴에 새겨넣었다.

부들러는 다시 이렇게도 말했다.

"그런 까닭에 나의 신서를 청국에 폭로한 김윤식 씨에겐 조금도 유감이 없습니다. 진실로 유감이 없습니다. 내 조국의 정부가 그런 일로 해서 나를 소환하듯 귀국의 정부에도 사정이 있을 것 아닙니까. 이번 사건으로 해서 나는 귀국의 사정을 더욱 잘 인식하게 되었습니다."

"그럼 곧 떠나시게 됩니까?"

"수일 내에 나의 후임이 오게 되어 있습니다."

"알게 되자 이별이니 퍽 섭섭합니다."

"또 만날 날이 있겠죠. 훗날 귀국의 번영과 안정을 기다려 다시 찾아올 작정입니다. 그 유명한 금강산을 구경하지 못했으니까요."

그 말엔 감개가 서려 있었다.

"부들러 씨."

최천중이 나직하게 불렀다.

"말씀하시죠."

"일개 야인이 이 나라의 영세중립을 위해 노력하겠다면 어떻게 하는 것이 좋겠습니까?"

최천중의 질문이 진지하고 심각하다는 것을 안 부들러는 팔로 턱을 괴고 한참을 생각에 잠기더니,

"귀국의 사정을 감안하여 내 소견을 말해보겠소."

하고 얘기를 시작했다. 그 얘기는 무려 세 시간을 끌었다.

인생이란 결국 우연의 연속이랄 수밖에 없는 것일까. 어느 고빗 길에 살의를 품은 복병이 있을지 모르고, 어느 길목에 영광으로 이 끄는 귀인이 기다리고 있을지 모른다. 때론 패멸의 징조가 희망의 의상을 두르고 나타날 경우도 있고, 때론 바로 그 뒤쪽에 탄탄대로 가 시작되는 그곳을 닫힌 철문이 가로막고 있는 경우도 있다.

만능의 재才를 허장虛藏한 채 초야에 묻혀 생을 끝내는 사람이 있는가 하면, 둔재가 좋은 스승을 만나 활연 기개를 펴는 기적이 나타날 수도 있다. 요컨대 인생을 결정하는 것은 운불운運不運이라 고 할 수 있는데 최천중은 그 운불운을 미리 감지하고자 그의 일 생을 건 셈이다.

그럴 때 최천중이 부들러를 만난 것은 실로 운명적인 사건이라고 아니할 수 없었다. 솔직히 말해 그가 새로운 왕조를 세우기 위해 왕문과 같은 왕재왕기王才王器를 만들었다고는 하나, 나라를 이끌 대의와 명분을 갖지 못했었는데, 부들러의 말에 계발啓發됨이 있어 선명한 기치旗幟를 장만할 수 있었으니 말이다.

부들러를 만나고 돌아온 최천중은 마음속에 기기期하는 바가 있어 강원수를 불렀다. 그러고는 이렇게 시작했다.

"강공, 자네 벼슬을 해볼 생각이 없나?"

"결단코 그런 마음은 없사옵니다. 만일 선생님의 말씀이 아니었다면 세이洗耳*라도 하고 싶습니다."

"강공의 뜻은 잘 알겠다. 그러나 내가 강공에게 벼슬하길 권하는 것은 방편으로서 하는 말일세."

"무엇을 위한 방편이오리까?"

"잘 들어보게."

하고 최천중이 찬찬히 말했다.

"이 왕조의 명운은 단석旦夕**에 있지 않은가. 언젠가는 망하고 말어. 그건 강공도 잘 알고 있겠지. 망해가는 나라를 속히 망하게 하기 위해선 조정의 내부에 우리의 심복이 들어가 있어야 하겠어. 뿐만 아니라 앞으로 우리가 일을 하기 위해선 심복들이 조정을 점거하고 있는 것이 편리해."

---

* 귀를 씻음.

** 아침과 저녁.

"그렇게 하겠습니다만, 민문閔文과 관계가 없는 제가 어찌 등용의 기회를 얻을 수 있겠습니까?"

"돈이면 될 것 아닌가."

"돈을 쓰면 되겠지요. 되겠지요만 어떻게 창피해서 놈들과 어울릴 수 있겠습니까?"

"그러니까 방편이라고 하질 않는가. 대사를 위해 강공이 굴욕을 참고 벼슬을 해달라는 게 아닌가."

"아무리 대사를 위하는 노릇이라고 해도 찰찰지신察察之身***에 더러운 뻘을 묻게 할 순 없소이다."

강원수의 완강한 반대에 부딪힌 최천중은 부들러의 얘기를 인용하기도 하면서 자기의 포부를 소상하게 말하곤,

"새 나라를 만들어 백성을 살리는 건곤일척의 거사巨事가 아닌가."
하고 타일렀다.

간곡한 최천중의 권을 물리칠 수가 없어 강원수는 말했다.

"분부대로 하겠습니다."

"오는 3월 17일에 경과정시가 있다더라. 그 과거에 응시하도록 하게."

과거에 응시하라는 말이 있자 강원수가 웃었다. 어이가 없다는 표정이었다.

과장이 매문매서賣文賣書, 매관매직의 도박장, 아니 거래장이 된 지는 이미 오래된 일이었다.

그 무렵 한성엔 다음과 같은 속요가 퍼져 있었다.

*** '깨끗한 몸'. '어부사'의 '身之察察'을 차용한 것임.

과거를 보려거든 민씨 집에 태어나라. 민씨 집에 태어나지 못했거든 민씨 집안 사위가 되어라. 사위도 못 되거든 천 냥, 만 냥 돈짐 지고 들어가라. 그러지도 못하걸랑 달 보듯이 볼 일이요, 별 보듯이 할 일이라.

아닌 게 아니라 과거장은 과거장이 아니라 난장판이었다.

문제는 미리 팔려 나가고, 답안을 미리 써넣을 수도 있었다. 과거를 보기에 앞서 이번 과거엔 누구와 누구가 합격될 것이라고 미리 정해져 있었다. 과장에 들어가는 자는 선비 하나이면 잡인배가 백 명이었다. 하나가 답안을 쓰고 있으면 모두들 그것을 베껴 썼다. 시관이 이리 뛰고 저리 뛰며 호통을 치는 것도 건성으로 하는 노릇이지 감독하기 위해서가 아니었다.

대관들 집에선 가난한 관유館儒*를 먹여 살리고 있다가 과거가 있으면 그들로 하여금 대리 응시케 했다. 답안 문안을 작성하는 사람을 거벽巨擘이라고 하고, 그것을 대서하는 사람을 사수寫手라고 하는 말까지 만들어져 있었다.

과거가 있다고 하면 거벽과 사수를 시켜 과장으로 보내고 본인은 집에서 빈둥대고 있으면 되었다. 그래서 '눈뜬장님을 장원으로 뽑았다'는 말까지 나돌았다.

민씨의 집안이나 민씨와 관련이 있는 집안의 사람이 아닌 사람이 대과에 급제하려면 10만 냥을 내어야만 되게 돼 있었다. 뿐만

---

* 성균관에 기숙하던 유생.

아니라 특정 인물을 급제시키기 위해 베푼 과거도 있었다. 1882년 9월에 열린 과거가 그런 것이었다.

임오군란 때 민비를 안전하게 피신시킨 윤태준尹泰駿과 군란 후 대일 교섭에 공을 세운 이조연李祖淵 등 두 사람을 합격시키기 위한 과거였던 것이다.

그 외에 아예 값을 붙여놓은 진사과란 것도 있었다. 그 무렵 국왕이 진사를 백 명 더 선발해선 한 사람으로부터 2만 냥을 받으란 어명이 있었다. 국왕마저 한몫 끼어든 셈이다.

최천중은 이번 정시에 문과에 열 명, 무과에 열 명을 합격시킬 요량을 세웠다. 한 20만 냥 쓸 작정이었다. 그리고 그 인선人選을 문과는 강원수에게, 무과는 연치성에게 맡겼다.

일단 벼슬아치를 만들어 조정이나 병영에 끼워놓으면 사건이 있을 땐 요긴하게 쓰일 것이었다.

최천중은 강원수와 연치성의 인선을 기다려 시관인 심이택沈履澤과 민종묵을 찾아갔다. 몇 번인가 관상을 보느라고 드나들었기 때문에 그 두 사람과는 면식이 있어서 거침없이 꺼냈다.

"금번 정시가 있다지요?"

"그렇소."

"몇 사람 부탁합시다."

"몇 사람이라니, 한 사람도 어려울 판에."

하는 심이택의 말꼬리를 붙들어 최천중이,

"도매로 합시다. 문과 열 명, 무과 열 명에 이십만 냥이오."

심이택이 눈을 껌벅껌벅, 고개를 끄덕끄덕했다.

최천중이 심이택의 집을 나서는데 한 사람이 따라 나왔다. 면식이 있는 듯해서 물었다.

"어디선가 본 적이 있는 것 같은데…."

"민 대감 사랑에서 첫인사를 했습죠."

최천중은 그제야 알 수 있었다. 죽은 민태호閔台鎬의 거간 노릇을 하고 있던 정말교鄭末教였다. 거간이란 벼슬을 사고파는 데 중간에 서서 흥정을 하는 사람을 말한다. 속으로,

'민태호가 죽고 나니 심이택에게 붙었나?'

하고 그자와 거리를 두려고 했다.

"할 말이 있으니 천천히 걸읍시다."

정말교가 최천중에게 바싹 붙어 섰다.

"무슨 말이우?"

"길바닥에서 말하기 무엇하니 술집에나 들릅시다."

최천중은 '너 같은 놈하고 술을 마셔?' 싶었지만 내색은 않고 오늘은 바쁜 일이 있다고 했다.

"그럼 걸으면서 얘기합시다."

하고 정말교가 꺼낸 말은 이러했다.

"어디 직각直閣* 벼슬 살 자가 없을까요?"

"직각 벼슬까지 팔아먹나?"

최천중이 어이가 없어서 되물었다.

"돈 나름이지요. 돈만 낸다면 그 이상의 벼슬도 살 수 있습죠."

---

* 규장각에 속한 정삼품에서 종육품까지의 벼슬.

278

"이왕이면 임금 벼슬을 사지."

"쉬잇! 누가 듣겠소."

"임금 벼슬은 팔지 못하겠다는 건가?"

"그런 말은 삼가시오. 나는 지금 농담하고 있는 게 아뇨."

"그래, 직각 벼슬은 얼마면 살 수 있소?"

"경상도 함양의 정순이란 자는 이십만 냥에 샀다우."

"이십만 냥? 그런 돈이 있으면 똥배나 채우고 편안하게 낮잠이나 잘 일이지."

최천중이 혀를 끌끌 찼다.

"그런데 내가 들면 십일만 냥에 사게 해주겠소."

"십만 냥이면 십만 냥이지 십일만 냥이라니, 일만 냥의 꼬리는 왜 붙었소?"

"허허 참. 나도 얻어먹는 게 있어야 거간 노릇을 할 맛이 있을 것 아뇨?"

"벼슬 거간하고 한 건에 만 냥씩이면 꽤 벌이가 되는 장사이군."

"직각 벼슬쯤 되니까 그렇지 다른 벼슬이야 어디…."

"말이 났으니까 골고루 벼슬 값이나 알아둡시다. 부사 벼슬 하나 하려면?"

"삼천 냥은 내야 할 거요."

"군수는?"

"이천 냥."

"현감은?"

"천 냥."

"과거 급제를 사는 돈을 합치면 이만 몇 천 냥 든다는 얘기구려."

"그것도 나 같은 거간을 통해야만 되지 딴 놈을 통해선 어림도 없소."

"팔도 감사 한자리 하려면?"

"오만 냥은 있어야 할 거요."

"그 감사 자리 하나 삽시다."

최천중이 선뜻 말했다.

"그럼 내 거간료는 어떻게 할 거요?"

"오천 냥 내지."

"좋소. 누구요? 사람은."

최천중의 염두에 떠오른 사람은 문영선文永先이었다. 영남 출신의 문영선은 청풍에서 황봉련을 연모했으나 황봉련은 그 사랑을 거절했다. 황봉련은 전도 유위한 문영선을 죽게 할 수 없었던 것이다. 문영선이 과거에 장원급제한 데도 깊은 사연이 있었다.

얘기가 난 김에 매관매직의 상황을 좀 더 적어보기로 한다.

'중비中批'란 말이 있고, '첨서낙점添書落點'이란 말이 있고, '차함借銜'이란 말이 있고, '공명첩空名帖'이란 것도 있고, 벼락감투란 것도 있고, '구동지狗同知', '구감역狗監役'이란 말까지 있었다.

'중비'는 특채를 말한다. 방불하게 돈만 내면 바라는 직책에 특별 채용하는 것이다. 중中은 적중的中했다는 뜻이고 비批는 결재決裁를 뜻한다.

'첨서낙점'도 특채를 의미한다. 원래 이조吏曹에선 자리 하나를 두고 세 명을 추천하기로 되어 있었다. 그 가운데 한 사람을 왕이 가려낸다. 이것을 낙점이라고 한다. 그런데 매관매직이 성행함에 따라 왕이 이조에서 추천하는 사람 이외의 사람을 적어넣는 일이 많았다. 그래서 첨서낙점이라고 하는 것이다.

'차함'은 말단 관청의 직함을 사고파는 행위다. 돈 많은 상인常人이 양반 행세를 할 양으로 도사都事, 동지同知, 감찰監察, 참봉, 감역監役 따위의 직함을 사는 노릇이다.

'공명첩'은 '공명고신空名告身'이라고도 하는데, 실무가 없는 이름만의 직함이다. 일례를 들면 참봉이라고 하는 것은 능참봉陵參奉으로, 왕릉을 관리하는 직함인데 관리할 능도 없으면서 참봉 명첩만 얻는 것이다.

벼락감투란 이상 말한 공명첩을 마음대로 인쇄해선 탐관오리들이 지방으로 들고 돌아다니며 부잣집을 찾아 돈을 뜯어내는 노릇을 말한다.

'구동지'란 말이 생겨난 것은 다음과 같은 얘기가 있었기 때문이다.

시골의 어느 부자 과부가 개를 한 마리 기르고 있었다.

과부는 그 개를 사랑한 나머지 석지錫之라는 이름을 붙여놓고 짬이 있을 때마다 "석지, 석지" 하고 불렀다. 협잡배들은 '석지'가 과부의 아들인 줄 알고 그 이름으로 동지同知라는 직함을 적은 공명첩을 보냈다.

그러고는 돈을 받으러 갔다.

이때 과부는 "네 비록 개일망정 직함을 얻었으니 어찌 너를 소홀히 하겠느냐"며 갓, 탕건, 벼슬아치가 쓰는 관자貫子까지 마련해서

씌워주곤 그 개를 구동지라고 불렀다. 구감역이란 말도 이런 식으로 생겨난 말이다.

이러한 폐단이 관기를 문란하게 한 정도는 형언할 수 없거니와 이에 따른 재정의 난맥상은 완전히 말기 증상을 나타내고 있었다. 바꾸어 말하면, 중앙과 지방의 관리들이 매관매직을 비롯한 온갖 부정 수단으로 사욕만 채우기 때문에 국고로 들어갈 세수입이 급격히 줄어들었다.

이러한 정상을 소상하게 관찰한 일본 관원 스기무라[杉村]는 세밀한 보고를 본국 정부에 제출했는데 그 말미에 자기의 의견을 이렇게 달았다.

'…이것은 이미 국가라고 할 수가 없고 간리奸吏와 탐관이 끝 간데 없이 날뛰는 개판입니다. 민심은 완전히 조정에 등을 돌렸고 어떤 외인外人의 지배라도 안온하게 배불리 먹을 수 있는 환경만 만들어준다면 하등의 불평도 하지 않을 그런 상황이라고 하겠습니다. 예산도 없고 감사도 없는 정치가 오직 매관매직으로 명맥을 이어나가는 형편이니 가히 짐작할 수 있지 않겠습니까…'

최천중의 심중에 거사擧事의 계획이 착착 구축되어갔다. 그 계획의 핵심엔 부들러의 정치사상이 있었다. 단일언어, 단일민족의 민족주의 이상에 즉卽한 정신적 통일체로서의 국가. 재산을 균등히 하고 기회를 균등히 하고 계급을 타파한 민본적 체제로서의 국가. 그러고는 상부상조하여 가난하면 같이 가난하고, 부富하면 같이 부하는 경제적 화합체로서의 국가.

외교는 선린과 개방을 원칙으로 하되 어느 나라에도 불편부당하는 영세중립의 노선. 학문은 동서의 학풍을 골고루 도입하여 백화난만한 문화의 꽃밭을 만들고….

그렇게 하려면 인쇄기를 도입해서 문서를 찍어 계몽에 힘쓰고, 장정을 무장시켜 일으켜 세워 그 둘레에 농민의 지지를 모으면 방제防堤가 일시에 터지는 것처럼 도도한 격류를 만들어 노후老朽한 조정을 뒤엎고 새로운 나라를 세울 수 있을 것이 아닌가. 그러기 위해선 먼저 배일 제청排日除淸의 기치를 높이 들고 국민의 의사를 선명히 해둘 필요가 있다….

동학당과 긴밀하게 손을 잡고 삼전계원三田契員이 중핵이 되어 밀고 나가기만 하면….

아, 성사成事는 재천在天이라!

최천중이 내당 별실에 칩거하여 국민들을 감분흥기感奮興起시킬 격문을 초하고 있는데 연치성의 소리가 있었다. 연치성은,

"방금 소민을 만나고 돌아오는 길입니다."

하고 얼굴색이 변하며 덧붙였다.

"영국의 함대가 십여 일 전에 거문도를 점령했답니다."

"영국 함대가 거문도를? 어째서?"

"소민의 말로는 청국은 아라사의 남하에 제동을 걸기 위해 영국이 취한 전략이라고 말하고 있답니다."

"드디어 영국도 우리나라 문제에 끼어들었군."

"이홍장이 우리 조정에 편지를 보내어 영국이 아라사의 남하를

두려워하여 남해의 요충인 거문도에 사선師船*을 주둔시키고 있는 바, 귀국은 그들의 감언에 현혹되어 그 섬을 임차하는 일이 없도록 하라고 경고해 왔다는 것입니다."

"하여간 청국의 이홍장은 능구렁이다. 자기들에게 유리할 땐 조선은 속방이니 조선에 관한 문제는 자기들과 의논하라고 하고, 약간 사정이 어려워지면 우리에게 해결하라고 뒤집어씌우고…"

"아무튼 무슨 일이 일어날 것 같지 않습니까?"

"영국 함대가 거문도를 점령했다고 해서 대단할 건 없다. 망하는 나라는 빨리 망해야 하느니. 보다도 우리나라를 영세중립으로 끌고 가려면 많은 외국들이 이곳에서 득실거리며 시비를 벌여야 한다. 그런 뜻에서, 영국 함대의 거문도 점령은 도리어 우리에게 유리할지도 모른다."

"그러나 그 때문에 우리 백성들 중에 상하는 자라도 나온다면…"

"연공은 마음이 약한 것이 탈이로군. 나라가 망할 판인데 몇 사람 상하는 것이 문젠가? 한데, 박종태의 소식은 아직 듣지 못했나?"

"일 년을 기한하고 떠난 사람이니 모레엔 꼭 돌아올 것입니다. 종태는 언약을 저버리는 사람이 아닙니다."

박종태가 돌아온 것은 삼월 말이다.

최천중은 반가워 어쩔 줄을 모를 심정이었지만 꾸짖는 말이 되지 않을 수 없었다.

"사람이 어디 그럴 수가 있나? 거처만은 알려야 할 것이 아닌가."

---

* 군함.

284

"동학에 몰두하기 위해선 일단 가사家事와 단절해 있어야겠다고 마음먹었습니다."

하고 박종태가 머리를 조아렸다.

"누가 너더러 동학에 몰두하라고 하더냐? 그들의 사정을 알고 상부상조할 수 있는 방편을 살펴보라고 했지."

"상부상조는 돈독한 우의와 깊은 신뢰가 있어야만 이루어질 일이 아닙니까. 그러려면 제가 그들의 교에 몰두하여 그들의 신뢰를 얻어야 한다고 생각한 것입니다. 뿐만 아니라 동학을 배워야겠다고 마음먹기도 하였사옵니다."

"그 까닭은?"

"제가 생각하기론 이 나라를 경국제민하는 원리도 방책도 동학을 빼고는 없다고 생각한 때문입니다."

"그렇게 장담할 수가 있는가?"

최천중이 정색을 하고 물었다.

"그러하옵니다. 경천애민 이외에 나라의 대도大道가 없사온데, 동학의 교도들은 구설지도口舌之徒**로서 끝내는 것이 아니옵고 실천궁행實踐躬行의 의지와 성력을 아울러 갖추고 있사옵니다. 게다가 내가 겪은 바 출중한 인재들이 많사옵니다. 단 한 가지 우려되는 바는, 동학도 가운덴 크게 이별二別하여 동학을 수심이근신修心而謹身하는 교敎로서 전수傳守하자는 파가 있고, 이와는 달리 넓게 천하에 베풀어 만인을 구제하는데, 그러기 위해선 정사에까

** 말로만 하는 무리들.

지 간여해야 한다고 하는 파가 있사와 좀처럼 의견의 일치를 보지 못하고 있는 형편에 있습니다."

그러고는 동학의 내부를 세세하고 소상하게 설명했다.

박종태의 설명을 들은 뒤 최천중은 부들러 공사의 충고를 듣고 깨달은 바를 말하고 물었다.

"만일 이 같은 목표를 내세워 동조를 구하면 동학도는 이에 호응하겠는가?"

"분명한 사리가 있고 그 대의와 명분이 보국안민輔國安民을 위해 뚜렷하다면 동학도는 반드시 이에 호응할 줄 아옵니다."

"그렇다면 됐다. 내 지금 생각하는 바가 있으니 금명간 박공과 의논을 하겠다."

하고, 너그러운 표정으로 바꾸곤 최천중이 농담을 곁들여 물었다.

"그동안 쭉 어디에 있었나?"

"소백산 골짜기에 칩거하고 있다가 간혹 동학의 명사를 찾아 주로 영호남을 돌아다녔습니다."

그러자 최천중이,

"동학 말고도 좋은 일이 있었지?"

하고 빙그레 웃었다. 박종태의 얼굴이 금세 붉어졌다.

"박공의 얼굴에 씌어 있어."

"어떻게 씌어 있습니까?"

종태가 주저주저 물었다.

"재자才子가 가인佳人을 만나 한경寒景이 경승景勝으로 변했다고 씌어 있군."

최천중이 호방하게 웃었다.

드디어 최천중은 영세중립 이론과 동학의 교리를 합쳐 건국의
이념적인 경략經略을 만들라고 강원수에게 명령했다.

연치성에겐 핵심이 될 정병精兵 일만 명과 그 둘레에 민병을 모
아 장차 정규군이 되게 하는 군략軍略을 소민과 더불어 짜게 했다.

곽선우에겐 전국의 부호 명단을 작성해서 자금을 각출할 수 있
게 하는 방도를 안출하도록 일렀다. 순순히 자금을 내지 않을 경우
엔 비상수단을 써야 하므로, 그 수단 방법까지 연구하도록 한 것인
데, 그 부호 명단에 관직을 빙자하여 치부한 탐관오리도 빠뜨리지
말도록 했다.

강원도로부터 김권과 윤량과 이책을 불러, 만일에 대비해서 근거
지 또는 책원지策源地*가 될 수 있으며 피난처를 겸할 수 있는 공
수양면攻守兩面으로 편리한 천험天險**을 찾아 그곳에 양곡과 의
약품을 비축하고 축성築城하도록 일렀다.

강직순에겐 전국의 각 산악에 숨어 있는 화적의 두목을 찾아 신
호가 있으면 궐기하도록 임무를 맡겼다. 그러기 위해선 지금 과천
에 은거 중인 하준호를 먼저 찾아야 할 것이라고 했다.

조동호에겐 그 제자를 전국 각지에 파견하여 영세중립의 사상을
선전하고 배일 제정이 민족의 급선무란 사실을 선포하도록 했다.

---

* 　전선의 작전부대에 대해, 보급·정비 등의 병참 지원을 행하는 후방 기지.
** 　지세가 천연적으로 험함.

박람강기한 김웅서에겐 빨리 학교를 개설해서 장차 민족의 간부가 될 청년을 골라 양성하라고 이르고 그 준비를 서둘게 했다.

최팔룡에겐 삼개의 상인들을 설득시켜 우선 이백만 냥의 돈이나 양곡을 수집하라는 부탁을 했다. 삼개의 상인들은 어느 사이에 최천중에게 승복해 있었던 까닭으로, 그가 필요하다고 하면 출물出物을 아끼지 않을 심적 태도가 되어 있었다.

최천중은 그 밖에 활판소活版所를 만드는 일을 비롯한 세세한 일까지 배하에 있는 사람들의 적성에 맞추어 시켜놓고 박종태에겐 다음과 같이 말했다.

"이상과 같은 일을 총괄하는 일이 박공의 책임이다. 뿐만 아니라, 자네는 전국에 산재되어 있는 삼전도계원을 총지휘하는 동시, 동학도들과의 연결을 긴밀히 해야 하겠다. 그리고 언젠가 동학도들과 결합할 때를 위해 연락하는 요원을 만들어두어야 하겠다."

그러자 박종태는,

"전국의 동학도 접주 밑엔 2, 3명씩 우리 삼전계원이 붙어 있습니다. 그러니 동학도와의 결합은 잘 될 것이옵니다."

최천중은 또 부인 박숙녀와 교난을 당한 천주교도의 유족들을 합심할 수 있는 방도를 연구했다. 그러고는 정회수를 데리고 소사素砂로 가서 박도일朴道一 노인을 만났다. 박도일은 최천중이 연전, 지금은 왕문의 부인이 되어 있는 망화의 일 때문에 우연히 만난 다산 정약용 선생의 제자인데, 최천중과는 간담상조肝膽相照*하는

---

* '간과 쓸개를 내놓고 서로에게 내보인다'라는 뜻으로, 서로 마음을 터놓고 친밀히

사이가 되어 있었다.

박도일은 최천중의 열기 띤 얘기를 듣자 덥석 손을 잡으며 맹세
했다.

"이 세상에 난 보람을 다하리다."

춘소일각春宵一刻은 치천금値千金**이라고 했다. 바야흐로 그 춘
소, 정확하게 말하면 을유년 4월 9일의 초저녁.

최천중은 미취微醉***하여 황봉련의 무릎을 베고 창 너머로 신월
新月을 바라보고 있었다. 살랑거리는 바람이 화단의 화향花香을 몰
아 훈풍으로 되었다.

최천중은 강원수를 비롯해 문무과 합쳐 이십 명의 등제자登第子
를 모아놓고 축연을 베푼 끝에 이렇게 황봉련의 무릎을 베고 치천
금하는 춘소일각을 즐기고 있는 터였다. 20만 냥에 등과 20명이면
밑진 장사는 아니란 것과, 돈으로 산 합격일지라도 합격은 합격이
란 마음에 앞으로 그들에게 기대할 바 크다는 기쁨이 곁들어 최천
중은 기분이 좋았다.

최천중은 그 축연의 자리에서,

"폐흥일몽廢興一夢이다. 너희들의 생명을 내게 맡겨라."

사귐.

** '봄밤의 한순간은 천금의 값어치가 있다.' 소식의 '춘야(春夜)'에 나오는 구절로 원
   래는 봄밤의 아름다운 정취를 비유하는 말로 쓰였으나, 그 뜻이 확대되어 어렵게
   얻은 시간을 아껴 보람 있게 쓰자는 뜻으로 됨.

*** 술이 약간 취함.

라고 일장 연설을 했다.

"폐에도 영광이 있고 흥에도 영광이 있다. 제공이 나와 뜻을 같이 할 때 폐흥간廢興間에 영광이 있을 것이다. 그러나 끝끝내는 폐흥일몽일 것이 아닌가. 그럴 바에야 장부의 뜻을 높고 넓게 펼쳐 그 일몽이 청사靑史에 구슬처럼 새겨지도록 분발해야 하지 않겠는가…."

모두들 술잔에 핏방울을 드리어 충성을 다하겠다고 맹세했다. 입 밖에 내어 말로 표현하진 않았지만 최천중의 뜻을 자기들의 뜻같이 하겠다는 맹세였다.

그 축연의 장면을 다시 한 번 눈앞에 그려보며 최천중이 황봉련의 허리에 손을 둘렀다.

"임자."

"예."

"오늘 등과한 스물의 선비와 한량에게 좋은 자리를 만들어주는 것은 임자의 수완이오. 이미 들어가 있는 자들을 합쳐 수명의 간자間者가 되는 셈이오. 그들의 향배가 이씨 왕조의 명맥을 단절할 수 있는, 그런 자리에 끼우도록 하시오."

"말씀하시는 뜻 알았사와요."

생긋이 미소 짓는 황봉련의 얼굴은 도무지 사십 세를 넘긴 여인으론 볼 수 없는 화용華容이었다. 그리고 그 웃음은 자신에 넘쳐 있는 웃음이기도 했다. 점술과 돈에 사족을 쓰지 못하는 조정의 작태인지라 신비로운 점술가로 알려진 황봉련이 돈의 힘을 보태 계교를 꾸민다면 불가능사不可能事란 있을 수 없는 것이다.

최천중이 황봉련을 쳐다보며 속삭였다.

"당신의 청춘은 아직도 멀었구려."

"나으리의 청춘도 아직, 아직이외다."

두 사람은 서로의 감동을 어떻게 할 수가 없었다. 이윽고 사랑의 신비가 두 남녀의 몸뚱어리에 불을 붙였다.

월명훈풍月明薰風에 요요한 피리 소리가 어울렸다. 그것은 최천중과 황봉련의 심이心耳만이 들은 천상의 음악이었다. 두 남녀는 스스로를 잃었다.

다시 정신을 차리게 된 것은 이경이 지나서였는데, 최천중의 말이 있었다. 권위 있는 목소리였다.

"장안의 점술가들을 모조리 동원하시오. 불원 새 세상이 닥쳐오리란 예언을 퍼뜨리게 하시오. 나라와 백성을 구할 신왕이 백구白鳩*의 깃발을 들고 나타날 것이라고 이르시오."

<10권으로 이어집니다>

---

* 흰 비둘기.